colección alandar **a** colibrí

SUEÑO DE UNA TARDE DOMINICAL

Por Enrique Rivera

Transcrito, corregido y anotado
por Diana Coronado

EDELVIVES

Esta obra está protegida
por los Derechos de Autor.
No la reproduzcas sin permiso.
Acude a info@cempro.org.mx
CeMPro

Teléfono: 55 1946-0620
Fax: 55 1946-0655
e-mail: info@edelvives.com.mx
e-mail: servicioalcliente@edelvives.com.mx

Dirección editorial:
Flavio Martín Pinaglia
Edición:
Olga Correa Inostroza
Jefe de producción:
Pablo Silva Fernández
Coordinación de producción:
Alma Rosa Regato Mendizábal
Coordinación de diseño:
Luis Eduardo Valdespino Martínez
Ilustración de portada:
Claudia Navarro

Derechos reservados:
© Del texto: Diana Coronado
© De esta edición:
© **Editorial Progreso, S. A. de C.V.**
   GRUPO EDELVIVES

Sueño de una tarde dominical
(Colección Alandar Colibrí)

Miembro de la Cámara Nacional de la Industria
Editorial Mexicana Registro No. 232

ISBN: 978-607-567-435-3

Impreso en México
Printed in Mexico

1ª edición: 2022

Se terminó la impresión de esta obra en octubre de 2022 en los talleres de Editorial Progreso, S. A. de C. V.,
Naranjo No. 248, Col. Santa María la Ribera, Alcaldía Cuauhtémoc, C. P. 06400, Ciudad de México.

FICHA PARA BIBLIOTECAS

808.068
C245s 2022
            Coronado, Diana, autora
                Sueño de una tarde dominical / Diana Coronado. — Primera
            edición. — México : Editorial Edelvives, 2022.
            400 p. ; 13 x 21.5 cm. (Alandar Colibrí. Morada ; 21)

            ISBN 978-607-567-435-3

            1. Literatura juvenil. 2. Amor – Literatura juvenil. 3. Pintura – Literatura
            juvenil. 4. Viajes – Literatura juvenil. I. Título. II. Serie. III. Edelvives.

No quiero estar en este ~~pinch~~ avión.
No me quiero ir de Viena.
No quiero regresar a México.
No quiero recordar el lago.
~~No quiero~~ Sí QUIERO pensar en ti.

No quiero escribir.
Detesto escribir.
Detesto escribir.
Detesto escribir.
Detesto escribir.
Detesto escribir.
Detesto escribir.
Detesto escribir.

Yo, Enrique Rivera, estudiante mexicano de tercero de secundaria, prometo, súper-mega-hiper prometo NUNCA (JAMÁS) VOLVER A ESCRIBIR UN DIARIO.

ESTO **NO** ES UN DIARIO Y NUNCA LO SERÁ,
ES UN SIMPLE CUADERNO COMPRADO EN VIENA.
Y LE PERTENECE A:

~~ENRIQUE RIVERA~~

SI LO ABRES, TE ~~ANIQUILO~~
NO ESTOY DE HUMOR PARA NEGOCIACIONES

Sábado 22 de agosto de 2015, 10:55

Aunque este verano en la hermosa ciudad de Viena ha sido lo mejor que me ha pasado, no sé por qué cometí la estupidez de verter mi patética vida en aquel cuaderno que me regaló mi tío Hugo detallando LOS CINCUENTA DÍAS en un lugar al que (de entrada) ni siquiera quería ir, en un DIARIO que (de salida) no quería escribir.

No lo volveré a hacer.

Nunca de los nuncas.

Jamás de los jamases.

Me niego.

Odio los diarios, son molestos, patéticos, inútiles.

Odio las notas secretas.

Escribir es nefasto. Horroroso. Nadie puede hacerme cambiar de opinión.

No me interesa escribir mis memorias.

No me interesa anotar lo que me pasa.

No me interesa redactar lo que pienso.

No me interesa expresar lo que siento.

NO ME INTERESA.

Y no voy a hacerlo porque... DUELE MUCHO.

Pero quiero decirte algo, Hannah... Y es que no puedo dejar de pensar en ti, ni en el maldito horario etéreo que suma las horas alejándome de tu precioso diente chueco mientras cruzamos líneas imaginarias determinadas por el meridano de Greenwich en el vuelo más exasperante y desgraciado de mi vida...

Siento un vacío en el estómago y al mismo tiempo quiero vomitar. ¿Cómo es eso posible?

Debería incinerar esta pluma Bic y dejar de darle vueltas a tu despedida y de mover mi mano desahogándome sobre el papel. Soy tan ~~imbécil~~ zoquete como el perro de Pavlov, condicionado a escribir correctamente cuando pienso en ti.

Quiero darle *delete* a este sentimiento horrible en mi garganta.

Quiero borrar las últimas siete semanas de mi vida.

Quiero olvidar el olor de tu cabello, el color de tus ojos y el sabor de tus labios.

Quiero dejar de tararear Hasta *la raíz*.

Jamás debiste haber escuchado a Natalia Lafourcade.

Debería deshacerme de estas hojas encuadernadas, tirarlas a la basura o decirle a la azafata que abra una ventana y las aviente hacia el vacío de las nubes aunque el avión se despresurice y mi vida corra peligro. PERO ESTE CUADERNO es lo único tangible que me queda de ti.

<u>¡¡¡CÓMO PERDÍ MI DIARIO!!!</u>
<u>¡¡¡Y EL REGALO DE CUMPLEAÑOS QUE ME DISTE!!!</u>

<u>¡¡¡Ahhhhh!!!</u>
<u>¡¡Quiero arrancarme las uñas de las manos y de los pies!!!</u>

Soy un ~~pend—~~ Soy un cobarde cursi con el corazón aplastado por la presión de la cabina de este maldito avión que me aleja a miles de kilómetros de velocidad y en unas horas el Atlántico entero quedará entre nosotros.

Quiero desaparecer esta nostalgia, aniquilar cualquier emoción, tachar con plumón indeleble la palabra *Sehnsucht* de mi diccionario interno. Maldita AÑORANZA.

La odio.

Los veranos en el extranjero son una porquería. No se los recomiendo a NADIE. Ni a mi peor enemigo.

Lo único que importa es que NO ESTOY JUNTO A TI.

Debí haber roto mi promesa y no haber escrito nada sobre Viena.

Heinrich der Autor... ¡Qué autor ni que nada! A la ~~chin~~ goma con ese sobrenombre. Al diablo con la promesa de escribir correctamente y no decir groserías. Me vale todo.

Lo único que quiero estar contigo, HANNAH SCHMIDT.

Quiero decirte Sherlock y que me digas Neuling.

Quiero descubrir historias.

Quiero ver cisnes.

Quiero escucharte reír.

Quiero estar contigo en Viena así estés enojada y me mires con ojos de pistola. Lo prefiero a estar en México, sin ti.

No quiero llegar A MI CASA, quiero estar ALLÁ. Sigo con dolor de laringe y de panza y con este humor de Pato Donald. Ojalá sean anginas y apendicitis y me las extirpen y luego me realicen una lobotomía para que junto con ellas me arranquen la imagen de tu sonrisa diciéndome adiós desde el tren.

Hannah hannaH

hannaH Hannah

Debería poder entrar al espejo del palíndromo de tu nombre y saltar por entre las letras cual piedras en un río de relatividad y aparecer a tu lado. Me he convertido en un maldito cursi con problemas de incontinencia de voluntad. No debería, pero...

No soy capaz,
necesitaba escribirte, Hannah.
Solo a ti
A ti
Ti
i

PARTE 1

¿Qué importa la hora y la fecha estando en México, cuando aquí todo el mundo es impuntual y cada instante lo siento tan deprimente como cuando terminé de ver la película japonesa de las luciérnagas?

_____

_____

No quiero escribir, solo quisiera decirle a Hannah que daría un riñón por estar allá, NACH DORT, ahora mismo, 23 DE AGOSTO DE 2015 en Hauptbahnhof, porque en este preciso momento, en este exacto minuto, en este segundo específico de la tarde en Viena y mañana de México el tren de Graz está llegando y yo estaría ahí para recibirla con el beso más perfecto, perfectísimo, que no supe darle y ella a mí sí. Esta vez la abrazaría y acariciaría su cabello como se supone que debería hacerlo porque así sucede en las películas, aunque sean unas mentirosas porque ahora sé que no es tan fácil dar un beso aunque tampoco es tan difícil.

Cuando me senté frente a la computadora quería escribir que fue el mejor verano del mundo y de mi corta existencia y la historia de amor entre el pintor Gustav Klimt y la diseñadora Emilie Flöge es la mejor que me han contado y haberla escuchado de sus labios, sus preciosísimos labios, y haber recorrido Viena juntos en busca de pistas fue maravilloso. Pero seamos honestos, eso NO LO PUEDO poner en un email. Es demasiado cursi y por lo tanto grotesco. Entonces uso el teclado para mentir brevemente hipócritamente falsamente estúpidamente y solo escribo:

13

HOLA, YA LLEGUÉ. TODO BIEN. GRACIAS POR TODO.

Aunque nada <u>nada</u> NADA está bien.

Da igual si en UNA SEMANA intercambiamos dos mensajes diciéndonos cosas de cero, 0=0, importancia cuando no me atrevo a confesar que relaté cada uno de los días y paseos y recorridos en Viena y sentado en el avión abrí la mochila y… y…
<u>Mi diario</u> CON TU REGALO adentro NO ESTABA.

Quise salir corriendo a buscarlos, pero las puertas estaban cerradas y yo me sentí prisionero del cinturón, de los pasajeros, de la azafata y de mi maldito subconsciente que quizá necesitaba abandonarlo como mecanismo para borrar el verano de mi memoria.
Miré los campos de Viena hacerse cada vez más pequeños y mientras desaparecían entre nubes lloré sin hacer ruido, deseando salir de esa cápsula voladora pintada de blanco y rojo con el nombre aéreo del país en el que me quería quedar.

Acabo de encontrar que desde Canal de Miramontes hasta Neulinggasse son exactamente 10,160.39 kilómetros de distancia. ¿Qué se supone que deba hacer con semejante número?

MALDITA DISTANCIA. Austria y México deberían ser países vecinos… O hermanos… ¿Dónde está Maximiliano cuando uno lo necesita?

Hoy, 3 DE SEPTIEMBRE DE 2015, recibí un email. Me esperé a estar solo para leerlo. Cerré la puerta del estudio. La primera línea: *Zum Geburstag viel Glück, Neuling* = Feliz cumpleaños... Puf. Ufff. Ahhhh. Sí, súper feliz. No sabes. El PEOR cumpleaños de mi vida. Luego viene la pregunta en alemán: "¿Te gustó tu regalo?". Quería arrancarme el cabello hasta quedarme calvo. Pero de repente me cayó gordo, gordísimo, obesísimo adiposo gordinflón recordarlo cuando quería olvidar mi enorme, inmensa, colosal estupidez, así que solo respondí: "Sí. Gracias".

Desde que volví mi mamá se la pasa preguntándome si estoy enojado. ME HARTA. A mi papá le ha dado por cantarme *El triste*. Lo odio cuando hace eso. También a José José.

¿Habrá un vagón 9 ¾ en la estación del metro Taxqueña que me lleve a Rochusgasse del *Ubahn*? Debería haberlo. Tendría UN PASAJERO todos los días.

Anoche tío Hugo preguntó por MI DIARIO. El famosísimo diario infame. Me quedé callado. "Sí, me imaginaba que no ibas a cumplir tu promesa", y se echó una de sus risas burlonas. Apreté fuerte los dientes, calcifiqué mis muelas, es posible que la temperatura de mi sangre haya alcanzado el punto de ebullición. Según yo, no respondí nada, pero agregó: "¿Te has dado cuenta que desde que volviste de Viena lo único que haces es gruñir, Enriquito? Parece que ahora sí te pegó la adolescencia de lleno". Quise soltarle un puñetazo en la cara, pero hablábamos por teléfono.

Me preguntan, pero no he contado nada de Viena. Tengo que responder el último mensaje, pero ¿para qué? No es lo mismo. Además, ¿qué digo? ¿Todo esto? Sería absurdo. Absolutamente irracional.

En las películas románticas las cosas siempre se acomodan y las parejas se reencuentran. ¿Cuál es la solución cuando tienes 14 años y quizá nunca la vuelvas a ver? ¿Cómo resuelvo el dilema de la distancia? La duda del hombre araña es francamente patética. Es un ñoño chilletas y quejicas. La respuesta es muy sencilla: yo dejaría de ser un superhéroe para estar con Hannah, pero me quedaría con las telarañas para dar paseos por entre los edificios y poner un par de hamacas en la azotea donde podríamos acostarnos a ver las estrellas o las nubes pasar.

He tenido la computadora una hora prendida… SESENTA MINUTOS de negligencia y energía desperdiciada. ¿A quién trato de engañar? No sé qué decir. No sé para qué escribir. No sé por qué no usan whatsapp en Europa. Neta.

Soñaré con el título de mi mensaje vacío.

Han pasado semanas. El pendiente de responder al último mensaje pesa como una piedra amarrada a mi tobillo. Me siento el Pípila cargando una MEGA losa. Para colmo, mis amigos friegan y friegan que Austria mató mi sentido del humor, que no soy tan divertido como antes. Me he vuelto creativo en los insultos, lo que más coraje me da es que los hago reír al decírselos y al final dicen: Bienvenido, ya te extrañábamos. Me caen fatal… aunque luego termino riéndome con ellos.

No soporto ver a Pablo y a Karina destilando miel enfrente de mí. Los detesto. Cómo no les da vergüenza ser tan, PERO TAN cursis. Me dan asco. Lo bueno es que Karina se enojó el fin de semana con Pablo porque no le había respondido un whats o algo así el mismo día. Por primera vez en meses pudimos ver el fut los dos solos. También me di cuenta de que soy un asno… Innegable e infaliblemente Hannah debe estar enojada conmigo.

Soñé que estaba encerrado dentro de un cubo de Rubik el cual tenía que resolver para poder escapar y HANNAH estaba afuera. Adentro no había luz y para encontrar la salida solo contaba con una minilinterna pedorra a la que se le estaban acabando las pilas. Ella me llamaba y yo trataba de seguir su voz, pero en el cubo la acústica era MUY truculenta, no sabía si el sonido venía de un lado o del otro e iba como un tarado caminando de aquí para allá chocando con las paredes desesperado por salir. Desperté antes de verla.

El fin de semana vi la última película de los X-Men, en la que Wolverine se va al pasado. No entiendo qué le ve Hannah si es un superhéroe ruco, peludo e iracundo. Tiene cara de que huele mal. Wácala.

Ayer fue 15 DE SEPTIEMBRE y fuimos a casa de mi tía. Mi primo Mariano me pidió que me quedara a dormir con él y hoy en la mañana vimos Paddington. En una escena me aventé como Gigi Buffon por el control remoto para detenerla, luego le regresé, me acerqué a la tele y Mariano preguntó:

M: ¿Qué ves?

Yo: Nada.

M: ¿Por qué paraste la película?

No respondí, solo me quedé observándola. Sí, ahí estaba: la postal del retrato de Emilie Flöge con el vestido morado pegada en la pared del cuarto de la niña.

Yo: Alguien puso sus dedos cochinos y manchó la pantalla.

Me hice menso limpiándola con mi playera. Miré la imagen del cuadro de Klimt dentro de la tele mientras no dejaba de pensar: ¿La habrán comprado en el Wien Museum?

Mi mamá trajo un champú que huele a hierbabuena. Lo usé el otro día y fusssshhhhh entré a un portal que me transportó a la casa de Neulingasse y al cabello de Hannah. Fue una experiencia tremendamente horrible e increíble a la vez. Surrealismo embotellado.

CADA día, cuando me baño, tiro un poco de aquel producto nefario por la coladera para acabar más rápido con la tortura. No soy un irresponsable con el medio ambiente, es un simple reflejo de supervivencia.

Título del correo: *Frohe Weihnachten!* ¡Feliz Navidad!

HANNAH me envió una foto, se ve MUY bien. Demasiado bien. Uf, en mi casa necesitamos clases de decoración navideña, no tenemos nada cercano al arbolito (mega arbolote) que pusieron allá. El de los Schmidt se ve espectacular. El de los Rivera, en cambio, da vergüenza. Es miserable. Mis papás siguen con el que compraron cuando yo era pequeño, o quizá lo tienen desde que nací. Es artificial, obvio, la naturaleza no es capaz de crear algo tan feo y durable. Cada año, el pobre desgraciado va perdiendo las agujas verdes de las ramas sintéticas descubriendo el tronco de metal. Está desnudo y francamente espantoso. Si hablara pediría a gritos una eutanasia. Lo "decoramos" con esferas que tienen más polvo que azúcar glas un polvorón y el pobre niño Jesús necesita urgentemente un *makeover* junto con sus padres. Mi humilde recomendación: pintura y Kola Loka. Aunque lo peor (sí, hay algo aún más ínfimo) es EL MUSGO. Sin exagerar, es más espeluznante y repugnante que el pelo atorado en una coladera. Cada año lo miro con el temor de que salga una cucaracha, un alacrán, una rata... o un malévolo hombre musgo que se pega a tu piel y te consume. Da miedo. Yo no lo toco, aunque me ofrezcan un millón de pesos por hacerlo. Me provoca pesadillas.

Se terminó muy rápido el champú que olía a hierbabuena y... mi mamá compró otro pensando que me había encantado. Mátenme.

Título del mensaje: *Guten Rutsch*!

No supe cómo traducirlo, pero me deseabas un feliz año nuevo. Respondí tres tonterías, lo único honesto fue: "Espero que tengas un gran 2016".

Adiós al 2015... El mejor y peor año de mi vida.

1. Conseguir beca para la Prepa Tec. ✓
2. Entrar al programa multicultural (PTM). ✗
3. Permiso de conducir y que me presten el coche.
   ✓ x = ½
4. Invitar a alguien para la graduación. ✗
5. Besar a alguien (el espejo no cuenta). ✓

En la casa de Pablo hay un imán de *El beso* en el refrigerador. Hoy estaba viéndolo cuando su hermana mayor entró a la cocina. (Nota: Sofía siempre ha sido bastante mamila, dice que va a estudiar en la Academia de San Carlos). El caso es que señala el imán y dice: "La pintura se llama *Der Kuss* en alemán". Ni siquiera pronunció bien la r de *Der*. Volteé a verla y ella pensó que me interesaba escucharla, entonces continuó con su voz de pesada y haciéndome a un lado para abrir el refri: "Es de Gustav Klimt, un pintor austriaco. No creo que lo conozcas". La miré sacar su "leche" de almendras (obvio, es una intolerante), cerró el refri y cuando estaba a punto de irse, le dije: "Sí, ya sé, lo pintó para el Kunstschau de 1907 y ganó un premio en París". Se detuvo, luego volteó lentamente a verme, yo aproveché su súbito asombro para tirar hacia la portería: "Seguramente sabes que es de los pocos autorretratos de Klimt. Está el del techo del Burgtheater, el mural del teatro y éste…", señalé a la mujer en el cuadro. "Seguro sabes quién es…". Sofía negó con la cabeza y la boca abierta, era evidente que no tenía la menor idea: "Es Emilie Flöge, ¿no has escuchado de ella…?". Dio un paso hacia el imán y yo continué con voz de experto caminando hacia la puerta: "Fue una diseñadora de modas muy famosa de la época y el gran amor del pintor". Te juro que solo me faltaban el puro y el monóculo. "Las plantas son la representación de las algas del Attersee, el lago a donde iban a pasar los veranos juntos. Es cristalino, de un azul brillante. Suele estar lleno de cisnes. ¿Has ido?". Silencio sepulcral. "La pintura también se llama Los amantes, *Das Liebespaar* en alemán", rematé al salir de la cocina. Casi hecho a perder mi imagen de académico experto por la risa, pero logré aguantarme al dejarla ahí, completamente muda. Cuando me fui de su casa, por primera vez desde que conozco a Pablo, ella se despidió de mí y dijo mi nombre, aunque pensé que no se lo sabía.

No me he olvidado de nada de lo que aprendí en Viena.

Gran noticia: ¡¡¡¡Me acaban de aceptar en la prepa del Tec!!!!

Estoy de pésimo humor. Me peleé con el profesor en clase de Español. Me bajó tres puntos en el parcial por no acentuar la palabra SOLO. Dijo: "Compañero, no lleva tilde cuando es adjetivo, pero sí cuando es adverbio". "Claro que no, profe, vea el diccionario de dudas de la RAE". Estuvimos un rato así: él diciendo que no, yo que sí, hasta que sacó su teléfono y lo buscó. Yo tenía la razón, pero como le ardió tanto que lo corrigiera, dijo: "Pero en casos de ambigüedad es mejor acentuar. Además, es más elegante con tilde. Lo siento, esa es tu calificación". ¡No manches! Casi le aviento el examen en la cara. Maldito ruco autoritario, me choca, se la pasa depreciando cualquier cosa de nuestra generación. El otro día dijo: "Yo nací en un río de astros y ustedes en un charco. Los jóvenes de ahora ya no leen y se la pasan en las redes sociales". Estaba a punto de contestarle: "Solo porque usted crea eso, no quiere decir que sea cierto. Y ese SOLO es sin acento". Tómela. Obvio, me quedé callado. No soporto a ese profesor arcaico.

¡¡Estoy feliz como un anélido oligoqueto!!! O sea, como una lombriz y ya maté la rima. Hoy me llamaron del Tec y... sonido de tambores redoblados... ¡¡¡Me dieron la beca de liderazgo por mis tremendas habilidades en robótica!!!

La mala... (¿por qué no puede haber solo una buena y ya? Buda tiene razón: La vida es sufrimiento)... No entré al programa multicultural porque mi inglés es equivalente al de un cavernícola.

Pero Buda también dijo: "El dolor es real, el sufrimiento es opcional". Así que me quedo con la buena y decido que me valga gorro no haber sido elegido para el PTM, que además tiene siglas de grosería. Me quedo en el PBB, con nombre para infantes.

Qué *cool*, en unos meses estaré cambiándome a una prepa en donde no hay un patio de recreo y puedo hacer lo que quiera en mis horas libres.

Mañana es mi graduación de secundaria. No invité a nadie, pero Érika me pidió que fuera por ella y la regresara a su casa. ¿Eso cuenta como llevar pareja? Aunque va a manejar mi papá. Qué oso.

Ayer vino a la casa Mariano y vimos unos capítulos de la serie de Ninjago. Garmadon se roba el cuadro de Adele. Tengo que admitir que es malo, pero tiene buen gusto. Eso me recordó que le tomé una foto al imán con el cuadro de Klimt en casa de Pablo y nunca se la envié a Hannah. No sé qué o cómo escribirle después de tanto tiempo. Y eso me hizo pensar en mis brackets, en lo ñoño que me veo y en su diente chueco. Ojalá nunca se lo enderecen, sería trágico.

Hoy es mi cumpleaños. Soy un quinceañero sin chambelanas. Hannah no me ha escrito. Qué fea. Bueno, la realidad soy yo el que debería responder.

Le escondí a mi mamá los aretes que le traje de Viena, sus favoritos. Estoy muy enojado con ella. Parece que no le importo.

PROPÓSITOS PARA EL **2017**

1. Promedio de más de 9.0. ✓
2. Aplicar a la experiencia en el extranjero ✓
3. Hacer ejercicio como un demente para tener cuadritos en el estómago. ½
4. Invitar a Martina. ½

Estoy desveladísimo, pero terminamos nuestro robot. Está BIEN chido, agarra muy bien los cubos y el piloto es un crack. Estamos listos para los regionales. Ojalá me toque ir al de Canadá y califiquemos al mundial en Houston.

Mañana tomo el avión para hacer el verano en el extranjero. Por alguna extraña razón pensé en la noche antes de irme a Austria, cuando tenía todo empacado y no podía dormir de la emoción y el miedo. Si hace dos años hubiera sabido lo que sería ese verano en Europa, hubiera estado más tranquilo. No es cierto… Si alguien me hubiera dicho lo que fue, me hubiera puesto aún más nervioso.

México-Panamá fue mi regalo de cumpleaños adelantado. Fue GLORIOOOOOSOOOOOOO ver en vivo el gol del Chucky. Tío Hugo es la neta. Estábamos sentados del lado de la banda izquierda y desde que el Tecatito tomó la pelota y lanzó el pase el estadio entero se paró de su asiento. De pronto, casi como en cámara lenta, vimos correr al Muñeco Diabólico, saltó, remató de cabeza y…

¡¡¡¡¡¡GOOOOOOOOOOOOOOOOOOOOOOOOOOOOOOOOOOOL!!!!!!

Ovación entera. 87,000 personas gritando. El ruido era ensordecedor. Tío Hugo y yo subimos los puños, nos miramos, nos abrazamos, miré hacia el otro lado, había una desconocida y… me paralicé, pero seguimos gritando goool… y volví a voltear hacia mi tío y…

Y… Y… Y…

¡¡¡¡¡¡¡¡¡¡¡CALIFICAMOS AL MUNDIAL!!!!!!!!!!!!

Estuvo súper-mega-ultra increíble.

Tío Hugo llegó a casa con un *six* de cervezas para brindar por mi cumple y mi papá lo regañó. Argumenté que en Austria es legal beber cerveza a los 16. Le valió gorro, porque la última vez que había revisado estábamos en México. Terminó sirviéndome la mitad en un vaso para brindar. Mi mamá también vino. Me la pasé muy bien.

No inventes

No inventes

No inventes

No inventes

Acabábamos de hacer el simulacro.

Pareció un mal chiste.

Cachos de edificio cayendo.

Se sintió espantoso.

Justo el mismo día, ¿cuál es la probabilidad?

No lo puedo creer.

Mi papá me abrazó como nunca.

En mi casa todo tirado, hasta un librero, dos grietas grandes.

Se colapsó el techo del Soriana.

Mi mamá llegó en bicicleta, no pudo sacar su coche.

Se sintió increíble abrazarla.

Nunca jamás me vuelvo a enojar con ella.

Apagué mi celular porque no puedo ver más videos de lo que pasó.

Tío Hugo, por suerte, no estaba en la Condesa, pero no puede entrar a su depa hasta que revisen el edificio.

Mariano y mi tía están bien.

Mis abuelos también están bien.

Francisco se lastimó un tobillo.

Ha sido terrible.

Terrible.

Acabo de recibir un mail de la escuela:

LAS CLASES SE SUSPENDIERON.

Hoy 19 DE SEPTIEMBRE DE 2017 acabo de recibir un correo después de más de un año. No quería que pasara algo así para que me contactara. Debí haberle escrito desde hace MUCHO. Muchísimo. Me temblaron las manos cuando vi el nombre de Hannah en el celular y de inmediato abrí el mensaje: *Neuling, alles gut mit dir und deiner Familie?* Me pregunta por mí, por mi familia, pero lo que me hizo un nudo en la garganta es que me llamara *Neuling*. No se ha olvidado de mi apodo y yo sigo entendiendo el alemán. Le respondí: *Gracias por escribirme. Gracias por pensar en mí. Gracias por preocuparte. Me gustaría responderte en tu idioma, pero no me salen las palabras.* Espero que no haya olvidado el español y entienda mi respuesta.

Danke. Gracias. *Vielen Dank.* Muchas, muchísimas gracias.

Los mensajes de Hannah son una ventana que abren a otro mundo, a otro horario, a otro tiempo. Que no me deje de enviarme fotos. Podremos estar a miles de kilómetros de distancia, pero cada vez que veo su nombre en mis notificaciones sonrío. Prometo nunca volver a dejar de responder.

Mi tía necesita ayuda profesional y mi papá se está quedando con ella. Sigue en shock, no deja de llorar. Yo me quedo en casa cuidando a Mariano mientras mi mamá le lleva comida a los damnificados y a la gente que trabaja moviendo escombros. Nunca en mi vida la había visto cocinar tanto. No prendo la tele para que mi primo no vea las noticias. Le enseñé a jugar Uno y a ratos salimos al patio a chutar. A veces dejo que me gane con las cartas para que no se desespere a sus siete años y hago sendas actuaciones de portero para hacerlo reír. Paco Memo se queda corto. He descargado algunos juegos para entretenernos y le enseñé a jugar Fortnite. Nadie se opuso. Los días se hacen larguíiiiiisimos.

El terremoto también nos ha forzado a arreglar la casa. En las noches subo a escombrar mi cuarto y hoy encontré los apuntes del curso de alemán en Viena. No me acordaba que circulaba las seis letras de tu nombre entre los ejercicios de gramática para formarlo sin que nadie lo supiera: HANNAH.

Qué risa mi romanticismo básico e inmaduro.

Cambié mi escritorio y lo puse en dirección hacia la ventana. En la calle no hay coches, un paisaje poco defeño y triste. Hoy nos avisaron que por los daños el Tec permanecerá cerrado hasta nuevo aviso. Las clases serán en línea con asesorías de los profesores en el Estado de México y habrá transporte de mi campus para allá. Aunque también dan opción de terminar el semestre en otro Tec. Mi mamá sugirió que me fuera a Cuernavaca con mis abuelos, me serviría de distracción y la pasaría bien con ellos.

Acaba de venir Mariano a pedirme que le leyera un libro. Le dije que se lavara los dientes y que lo alcanzaba en un momento. Pero haciendo voces y chistes, me dijo. Anoche creí que se ahogaba de la risa. Me asustó. Duerme en la litera conmigo, él abajo, yo arriba. Ayer tuvo una pesadilla, bajé a su cama y lo abracé. Las réplicas lo asustan mucho. Me ha hecho preguntas que no sé cómo responder. Lo único bueno de este temblor es que volví a saber de Hannah.

Acomodando mi escritorio apareció el USB rojo con las fotos del verano en Viena, junto con una araña muerta. Ok, lo reconozco, estaba viva y me sacó un pedo mayúsculo. La aniquilé con mis poderosos puños de hierro. Tiré al escusado el cadáver arácnido y abrí los archivos... Uf. ¡¡¡No manches!!! Fue como recuperar mi diario en imágenes. He estudiado cada una recibiendo flashazos de aquellos días. No solo recordé todo lo que hice con Hannah, también las conversaciones y cómo me sentía. Sirvió de terapia en estos momentos en que realmente necesito pensar en otras cosas. Los buenos recuerdos me hacen sentir MUCHO mejor.

Al fin Hannah descargó whatsapp. He visto varias veces su foto de perfil, haciéndole zoom y toda la onda. Se está riendo, trae el anillo de su abuela en el dedo gordo de la mano y se ve que hace frío en Edimburgo por la bufanda roja. Está más guapa de lo que recordaba y eso que la recordaba súper cool. Uf... Ni Martina, ni Sofía, ni nadie, me ha gustado tanto.

Las fotos me hacen dudar... ¿Fue mutuo? Yo babeaba cada que la veía. Pero, ¿le gusté aunque sea un poco?

Esta semana fue mi primera en el Campus Cuernavaca. Érika se fue a San Luis Potosí con su familia y Francisco va presencial a Santa Fe. Estuvo bien no haberme quedado. Aquí me siento de vacaciones, se vale ir en shorts y chanclas a clases. Ayer me invitaron a una fiesta en una casa increíble con alberca y mi nuevo amigo prepara unos clamatos deliciosos. Mis papás bromean que no voy a querer regresar a la Ciudad de México cuando termine el semestre.

Hace rato mis abuelos sugirieron ver una peli. Tenían el DVD de *El tercer hombre* del Criterion Collection. No se acordaban de que la tenían o de cómo llegó a ese cajón. Viena aparece en estado bruto postsegunda guerra mundial y no fue fácil reconocerlo. Los montones de escombro de la película son como los que nos dejó el terremoto. Filmaron una escena en el cementerio de Zentralfriedhof, me hizo recordar el día que fuimos Hannah y yo. Ella se tropezó, me crucé estirando el brazo y su cara quedó muy cerca de la mía. La debí haber besado mucho antes, no entiendo cómo no me atreví. Era demasiado tímido (o medio menso) a los catorce años. También estaba medio raro eso de ponerse querendón en un panteón.

Hay una chava alemana de intercambio en la escuela y su acento en español me recordó al de Hannah. Siento que este terremoto removió mucho más que mi casa, mi habitación y los edificios de varias ciudades. He estado pensando mucho en ese verano en Viena.

El terremoto me enseñó que la vida es demasiado frágil para seguir haciéndome preguntas en este cuaderno de pasta dura y portada de exhibición. Me encanta recibir sus correos, sus fotos, sus palabras en alemán. Quiero escucharla decir mi nombre patinando la r con ese sonido de gato malhumorado sin ganas de pelear. Lo reconozco, nadie me ha gustado como Hannah, con nadie me he sentido tan contento y nervioso y ansioso y feliz. Quizás era por la enorme ñoñez e inexperiencia de mi corta edad… aunque sospecho que no era eso, sino ella.

Propósitos para el 2018

1. AHORRAR DINERO. ✓
2. SER EL PILOTO DE NUESTRO ROBOT. ✓
3. PREMIO DE CORTOMETRAJE. x
4. CONSEGUIR BECA PARA UNA UNIVERSIDAD EN EL EXTRANJERO. x
5. INVITAR A HANNAH A MÉXICO. ✓

Ganamos el *Regional's Chairman Award*. Pase directo al mundial de robótica, chiquititos. Como dice Mariano: ¡¡¡Somos unos cracks!!!

Hoy aprendí que una cosa es invitar y otra muy diferente es que quieran o puedan venir a México. ¿Cómo le hago para volver a Viena? Voy a proponer un viaje al equipo de robótica para que nos lo patrocinen, ¿a hacer qué? Tengo que inventarme algo.

¡Le llegó mi regalo de cumpleaños más rápido de lo que imaginé!

Ok, ok, lo acepto, no tenía ni idea de qué enviar y tuve que pedir ayuda. Mis amigos sugirieron completas inutilidades y tuve la buena idea de preguntarle a Érika, quien lo consultó con sus amigas, y para no hacer el cuento largo acabé yendo a las tiendas con un séquito de ocho mujeres, tres de robótica, dos del equipo de voleibol y otras tres que no conocía. Todas se portaron de diez. Les va a dar gusto saber que le encantó.

Creí que los arcoíris eran cosa de la infancia, pero aparentemente no. Me quedó claro que mis amigos y yo somos completamente ignorantes de los gustos de otras personas, especialmente mujeres… Me pulí porque lo envolví yo mero y mi tío me ayudó a enviarlo desde su oficina. Cuando supo que era para una chava no me cobró el envío. "Enriquito, Enriquito, ¿quién iba a pensar que te enamoraste en Viena?", me dijo riéndose. Quería que le enseñara una foto de la susodicha, no lo hice. A Érika y compañía, sí. Una dijo que tiene unos ojos muy lindos y otra que pagaría por tener sus piernas.

Hannita: Yo pagaría por verte otra vez.

Hannah se acordó de mi cumpleaños. Fue muy chido despertar y encontrar su mensaje.

El otro día tío Hugo se encontró a Valentina con sus dos hijas y vi cómo casi se le caen los pantalones al verla. Cuando subió al coche, me confesó toda su historia juntos y de cómo había metido la pata. Ahora entiendo que lo peor, lo peor, lo peor es quedarse con la duda de lo que hubiera sido. El próximo año voy a dar mi 110%, voy a jugarme el todo por el todo. O encuentro una forma de viajar a Europa o tengo que convencerla de que venga.

Necesito un plan…

1. Reencontrarme con Hannah (aunque me tengan que lanzar en un cañón de circo para cruzar el Atlántico).
2. Dar asesorías de robótica.
3. Mantener mi promedio.
4. Hacer mucho ejercicio.

Plan: Voy a escribirle postales cada semana hasta que se harte de mí y me diga, me suplique, que ya no quiere recibir ni una más o escuche el timbre y sea Hannah del otro lado de la puerta. Lo que suceda primero.

Envié la primera... Estoy nervioso y contento. Decidí irme por el lado anecdótico y escribirle tonterías para hacerla reír. Ojalá le guste el mural de Diego Rivera. Busqué su dirección en Edimburgo para poder imaginarla entrando, abriendo el buzón y poniendo cara de sorpresa. ¡Wow! ¡Uf! ¡Qué detallazo! ¿Dónde puedo comprar un boleto de avión a México?, seguro dirá.

Me acuerdo de que en Viena recibió la carta de una amiga que había ido a pasar el verano a Islandia. Lo llamó correo feliz: *fröhliche Post*, y le dio un beso al papel. Igual mi postal y mis chistes le parecen tan chidos que lo llama "correo eufórico". Ahora que lo pienso, aquí nunca recibimos más que cuentas de Telmex, cfe y panfletos de promociones de La Comer. Es decir, cobros y basura.

Fue extraño entrar a la oficina de correos. Neta, ¿quién manda cartas en el siglo xxi? Los románticos empedernidos, supongo. O las personas octogenarias. El promedio de edad de los otros dos clientes era como de 150 años y la oficina entera olía a naftalina. La señorita en el mostrador dijo: "Tardará en llegar unas semanitas". ¿Semanitas serán semanas de tres días en vez de siete? Ojalá.

¿Y si tiene novio? Diablos. Cómo no lo pensé antes. Soy un idiota. Pésima idea. Bueno, ni modo, demasiado tarde. A ver qué hace con las postales que le envié. Podría decorar la pared de su cuarto como la niña de Paddington. De cualquier modo, lo más seguro es que se pierdan en el camino y no lleguen.

Señoras y señores, niños y niñas, perrhijos y perrhijas... Hannah Schmidt ha recibido no una, no dos, sino doce postales de un tirón. Sí, así como lo escuchan. Quise dar mi máximo, seguir los pasos del Gran Maestro Klimt, mi gurú, mi guía espiritual, mi sensei en las artes del amor. Lo siento Gustav, no escribo una postal al día, sino varias, y las envío todas a la vez porque es un rollo encontrar lugar para estacionarse cerca de la oficina de correos. Jaaaaaaa, soy más eficiente que tú.

No he sabido nada de nada en semanas. Qué bestia soy. ¿Qué me hizo pensar que si enviaba un costal de postales con tonterías escritas detrás iba a querer venir a una ciudad con tráfico, volcanes activos y sobre placas tectónicas en continua fricción? ¿Habré perdido lo poco que había ganado?

Nooooooo. No no no no no... Nooo lo puedo creeeeer. Casi me meo en los pantalones como perrito emocionado.

¡¡¡No solo respondió mi correo…!!! No pensé que me hiciera caso. Aventé el dardo a ciegas. No creí que dejaría pendiente su plan de viajar por el sudeste asiático para el próximo año. Le di al blanco. Ni en mi sueño más loco, más demente, más absurdo, imaginé que aceptaría visitarme cuatro semanas y media para *zusammen reisen*. Claro, viajemos juntos Hannah-Hannita preciosa. A donde tú quieras.

JULIO… SIGO SIN CREERLO. ¡¡¡WOOOOOOWWWW!!! Mega wow. ESO ES menos de cuatro meses.

Tengo que desempolvar mi alemán.

Tengo que planear hasta el último detalle.

Tengo que ahorrar más dinero.

Tengo que pedir ayuda.

Viena le tiene que hacer los mandados a la Ciudad de los Palacios, aun entre el smog y la caca de paloma…

De eso me encargo yoooooooooo.

EL ARCHI - MEGA - SÚPER - ULTRA GRAN VERANO DE 2019

Mañana a esta hora Hannah estará durmiendo en el estudio. ¡No lo puedo creer! ¿Cómo sobreviviré tenerla en la habitación contigua? ¿Cómo conciliar el sueño sabiéndola del otro lado de una pared de tablaroca? Desde que recibí la información de los vuelos, los nervios han incrementado exponencialmente por día. Anoche soñé que escuchaba el timbre, abría y aparecía en la puerta de mi casa. Se veía distinta, yo sabía que era ella, pero parecía otra persona… Era otra. Su cabello era larguísimo, le llegaba hasta las rodillas. Su cara parecía que acababa de pasar por un filtro de Snapchat, de esos que te ves con ojos de marciano. Me parecía espeluznante y yo quería salir corriendo a esconderme debajo de mi cama, pero me decía: "No seas tonto Enrique, es Hannah, la misma que conociste en Viena", pero al voltear veía sus pies junto a la cama, eran dos tamales envueltos en hojas de elote y los talones estaban tan secos que parecían mazapanes de la Rosa cuarteados. Desperté espantado. Hiperventilaba. Desbloqueé mi teléfono y desesperado abrí una foto para comprobar que sigue siendo la misma.

La ociosidad y la falta de sueño me han impulsado a leer lo que he escrito en este cuaderno… Qué menso, ¿cómo extravié mi diario? Ahora podría leerlo y sorprenderla con mi memoria fotográfica de esas semanas en Viena.

También fue raro… Al releer las primeras páginas, lo que escribí en el avión, lo que siento llegando a México… Uf. No ayudó, me puso más nervioso… ¿Cómo será ahora? Lo que más me preocupa, es ¿qué impresión daré?

Hannah: ¿Te gustará México? ¿Qué pensarás de los patos en el lago de Chapultepec, las palomas del Zócalo y las ratas de Coyoacán? No quiero que extrañes los cisnes pachones que habitan los lagos de Austria.

Uy… El reloj marca la 1:23 horas, en 17 horas aterriza el avión, sigo sin poder dormir y me ha dado por contar sílabas:

> Hoy, julio cuatro
> de dos mil diecinueve,
> llegas aquí.

Domingo 4 de agosto de 2019

Ahhhhhhhhh… ¡¡¡No puede ser!!! *Déjà vu… Déjà*-maldito-perverso-*vu*. Esto parece una paramnesia amplificada exponencial. Lloré todo el camino del aeropuerto a mi casa y me subí la capucha de la sudadera al bajarme del coche y entrar a mi casa porque vi de reojo que un vecino con su bici quería acercarse a decirme algo, pero yo corrí a la puerta como si me urgiera entrar al baño, subí los escalones de tres en tres y me encerré en mi cuarto. Quería patear todo lo que estaba en mi camino y tirar lo que había en mi escritorio, como en las películas.

10:58 pm — He intentado leer, ver una película, una serie. Nada. ¿Escuchar música? Imposible.

11:51 — Es casi medianoche, no puedo dormir. Mañana tengo clase de 7 y no quiero ir, tengo un nudo en el estómago y no sé cómo desenredarlo.

1:09 am — No-pensar-en-ti está siendo inútil, imposible, una utopía por definición irrealizable.

1:54 am — Quizá… Quizá si canalizo este sentimiento. Si dreno cada una de las canciones que no salen de mi cabeza. Si traslado a una hoja la bomba molotov emocional que fue esta visita… Y si recuerdo hasta el hartazgo los días juntos. Tengo que escribir, escribirlo, escribirte…

2:07 am — Voy a relatar nuestro verano porque es la única manera de reducir el dolor que provoca el vacío y no quiero tener una úlcera de esófago a mi corta edad. Esta pluma que me regalaste va a ayudarme a traerte nuevamente a esta casa, a esta colonia, a esta ciudad que de un despegue a otro perdió tu encanto. Fue un mes maravilloso, increíble, que pasó demasiado rápido y también demasiado lento y de pronto creo que lo imaginé o soñé, pero nunca estuviste aquí. Tengo que revivirlo para convencerme de que no alucino, desdoblar mi personalidad para asegurarme de que no eres parte de una esquizofrenia tardía. Sí, eso haré. Rastrearé las palabras anotadas apresuradamente en papelitos del parquímetro, de los estacionamientos, en los tickets de compra, en las servilletas cuando leías o ibas al baño o mirabas tu teléfono o el mapa o simplemente dormías. Esas frases que no son poemas, ni canciones, nada tan sublimemente cursi. Son imágenes, recuerdos, sentimientos, emociones, olores, colores almacenados en CARRETES DE MEMORIAS ESPECÍFICAS filmadas con mi cámara Súper 8 del hipocampo y almacenadas en la bodega de la corteza central de mi cerebro. ¿Qué diré? ¿Qué no diré? No lo sé. Pero no quiero cargar remordimientos, menos contigo, la persona más hermosa de la galaxia entera, la chica a quien quise desde un instante irreconocible y efímero durante ese verano en Viena, hasta ahora que te fuiste. No voy a arrepentirme de lo que pienso y no dije, lo que siento y no supe expresar, por qué hice o no hice tal o cual. No sabes cuánto te agradezco el que hayas cruzado el Atlántico por mí. Después de estos treinta y un días contigo, regreso a la vida cotidiana, pero no puedo volver a ser el de antes, nada será como antes. Quizá esto que voy a escribirte sea una micromilésima forma de corresponder...

Este cuaderno es para:
Hannah Schmidt

Ábrelo, sin miedo,
soy (literal) un libro abierto.

PARTE 2

Hannah, llegaste con la lluvia… Arribaste en la Terminal 1 junto con una tromba de gotas enormes, truenos y granizo. Aterrizaste en una ciudad de calles inundadas y autos con calaveras encendidas en el Aeropuerto Internacional Benito Juárez donde siete personas le dan la bienvenida a una y se contratan a señores para que te carguen las maletas. Las manos me sudaban y el cuello me dolía de tanto estirarlo en el intento de localizarte en la fila del semáforo de aduana. Los pasajeros de París, de Tokio, y de muchos países que no eran el tuyo se aglomeraban en la salida hablando lenguas incomprensibles mientras yo revisaba constantemente el monitor. El vuelo de Lufthansa no cambiaba su estado desde hacía más de una hora y mi estómago intranquilo, más el litro de agua que me bebí en el trayecto por alguna estúpida razón, me obligó a buscar un baño. Como siempre sucede, porque así es la vida o así es la Ley de Murphy o la de Herodes o de la Vida, me puse jabón y al intentar enjuagarme las manos, el lavamanos tenía un letrero escrito en una hoja rayada de cuaderno Scribe: "Fuera de servicio". Desesperado tuve que esperar a que llenaran a cuentagotas una cubeta para enjuagarme con una jícara. Eso me pasa por pulcro, pensé. Salí de ahí apresurado, enojado, con el monitor gritándome en letras mayúsculas que tu vuelo había arribado. Era obvio que el sistema digital de información era una porquería, por lo que corrí a la puerta de llegadas internacionales, y volví a pararme de puntas en mi puesto de vigilancia junto a la columna. Mis sospechas se confirmaron, habías aterrizado hacía una hora…

Estabas agachada, Hannah, buscando algo en la maleta y… no te reconocí. Traías el pelo al hombro con las puntas color violeta, pero aun así, sin saber que eras tú, me llamaste la atención. Cuando giraste y vi tu rostro, me desconcerté. Eras tú. Puse los talones en el piso, dejé de estirar el cuello y te miré. Detuviste tu cabello detrás de la oreja con tres aretes, tus ojos apenas rebotaban entre los rostros mexicanos intentando encontrarme, bajaste la mirada para desbloquear el celular con la yema del dedo gordo, tus uñas pintadas de oscuro. Te veías hermosa, con esa camiseta de tirantes blanca, los jeans al tobillo, el suéter azul amarrado a la cintura, los botines de duende. Quitaste tus ojos del celular, volteaste de un lado al otro, intimidada por la cantidad de gente y la idea de un México desorganizado y peligroso. Quisiera decirte que sentí un vuelco en el corazón, mariposas en el estómago o imaginé flores cayendo del techo. La realidad es que, viéndote ahí, parada frente a tu maleta color plata llena de calcomanías y la mochila de marca sueca con nombre impronunciable en el hombro, por primera vez en varios días dejé de sentirme ansioso. LLEGASTE, pensé tratando de reconocerte en esos segundos antes de deslizarme entre el gentío, levantar el brazo y gritar tu nombre para que me escucharas. Volteaste, buscaste con las pupilas y cuando me viste irradiaste una sonrisa. Advertí tu diente perfectamente chueco (no, corrijo: chuecamente perfecto), y mientras avanzaba esquivando personas sin que perdiéramos el contacto visual, mi sistema nervioso reaccionó, la adrenalina y noradrenalina hicieron efecto, y el ritmo cardíaco aumentó el compás exponencialmente.

Me detuve y nos miramos unos segundos. ¿Dos? ¿Tres? ¿Cinco? ¿Veinte? ¿Cuántos fueron? Como película romántica no podíamos romper esa línea de visión enganchada. Alguien te empujó, espabilándote, espabilándonos. Entonces nos acercamos y cuando nuestras mejillas se rozaron para darnos un beso común y corriente no pude creer que hubieran pasado cuatro años. Estoy más alto que tú, bastante más alto que tú, y la diferencia de edad es menos notoria. Mientras pensaba en eso, tu perfume mezclado con algo de sudor activó mi corteza piriforme evocando detalles que suponía olvidados. Cabeceaste para darme el segundo beso, como en Austria, pero mi memoria emocional estaba desbocada y me hice para atrás por despistado. Cuando te vi acercarte la reacción fue torpe, apresurada, me volví a inclinar como impulsado por un resorte y casi, casi, casi te planto el segundo beso en los labios, de picotazo, como parecía ser mi costumbre. Quise decir perdón, pero me quedé callado y nos miramos incómodamente mientras tú te recuperabas diciendo: "*Servus, Neuling*", ese saludo inconfundiblemente austriaco junto a mi apodo de novato y el timbre de tu voz hicieron que por unos instantes me encogiera para volver a ser el Enrique de ciento sesenta y tres centímetros de alto y casi catorce años de edad.

Me recuperé, vaya que lo hice: "¿Qué onda, Sherlock?", dije como escudo para controlar el estado líquido de mis piernas. Dejaste la maleta y me observaste sonriendo. "No lo puedo creer", dijiste en alemán, te pusiste de puntitas y mientras me rodeabas el cuello agregaste en español: "Creciste *Enrjike*". Al tiempo que escuché mi nombre con tus erres patinadas (como solo tú lo sabes decir), aspiré el olor de tu cabello, lo sentí cosquillear mis párpados y de UNA volvieron los sentimientos de aquellas maravillosas siete semanas juntos. Todas mis neuronas sensoriales se activaron causándome un corto circuito encefálico. Cerré los ojos, apreté mis brazos alrededor de tu cintura (tu delirante cintura) y sentí como si nos hubiéramos visto el día anterior. Tu piel era el semiconductor de la energía que empezaba a envolver mi cuerpo, como un aura *Nen*.

En el coche la conversación fue breve, intrascendente, rara; hablada en un ingleñol alemanizado porque ahora (y me disculpo nuevamente por eso) mi inglés es mucho mejor que mi alemán. Tu acento británico se sobreponía al mío de defeño con pretensiones Berlitzianas y nos reímos de la pronunciación. Prometimos hablar solo español y alemán, como antes, aunque tuviéramos que utilizar el diccionario. Las manos me sudaban, pero no porque llovía, hacía calor y había humedad dentro del auto, sino por el hecho de que estuvieras sentada a veinte centímetros de mí en el asiento de junto, que no dejáramos de sonreír y nos volteáramos a ver sin enganchar las miradas. Me respondiste entretenida a mis minuciosas preguntas sobre el menú del avión como si fuera un tema primordial. Cuando viste que Boulevard Puerto Aéreo era un afluente de autos emitiste un wow impactada. Entonces dije, cambiando de velocidad y moviéndome a la lateral:

Yo: Me da mucho gusto que te animaras a visitarme.

De reojo te vi girar los hombros hacia mí. Cruzaste la pierna.

Tú: Qué bueno que me invitaste, Enrjike.

No podía voltear a verte, habíamos entrado a los carriles estrechos del Viaducto. El flujo continuo de los autos y las coladeras inesquivables tambaleando el carro no me daban ninguna oportunidad.

Tú: Me prometiste que México iba a ser mucho más interesante que Tailandia. Vine a comprobarlo.

Yo: Una pastita con huitlacoche le gana a cualquier Pad Thai, ya verás.

Tú: Ah, ¿sí?

Yo: Además, si querías picante, este es el paraíso terrenal, Hannah.

Sonreíste, era una sonrisa entera, de esas que cruzan de un lado al otro del rostro. Te volteé a ver y tu miraste hacia otro lado. Luego volviste a observarme, supongo que estabas reconociéndome del mismo modo que yo intenté hacerlo contigo en el aeropuerto.

Tú: Enrjike, tu cabello está más largo y ondulado. Me gusta.

Estiraste la mano y lo acariciaste. Me quedé quieto, sentí cosquillas en el cráneo y tragué saliva. No podía distraerme para tomar Río Churubusco. Un coche de atrás tocó el claxon, era la hora pico y los conductores estaban empezando a desquiciarse.

Aun ahora es difícil describirte, porque estás igual y distinta a la vez. Tu ADN determinando el tono exacto de tu cabello (menos lo violeta, claro), de tu iris, de tus labios, la estructura de tus huesos no ha cambiado, pero algunos de los gestos, los ángulos del perfil, el delineador en tus ojos, sí. Te hice notar el acento adquirido en ese semestre en Sevilla y respondiste:

H: Es que allá no encontré un buen maestro de español. (Te inclinaste y detuviste tu cabello detrás de la oreja esbozando una media sonrisa. ¿Me estabas coqueteando?) Por eso estoy en MÉJICO, Enrjike.

Pronunciaste el nombre de mi país marcando la jota en una mezcla de España y Austria. Sonó encantadoramente sexy.

Yo: Se pronuncia MÉXICO. Hay que suavizar el sonido de la x, Hannah. No tiene que rasparte la garganta, sino acariciarla. Ahora suena como motor de tráiler y debe escucharse como coche de fórmula uno. Te prometo que en un par de semanas estarías diciéndolo como mexicana.

Reíste y tu risa sonó como las burbujas del champagne. Tomé nota de que era la primera del viaje, lo celebré en mi cabeza. Te agachaste a buscar algo en tu mochila y al erguirte hiciste la pregunta obvia, pero me agarraste desprevenido:

Tú: ¿Sigues escribiendo un diario, *Neuling*?

Silencio…

Río Churubusco estaba completamente parado, mis ojos clavados en la defensa del coche de enfrente, como si tuviera pegada una calcomanía con la respuesta adecuada. ¿Te debía contar que lo había olvidado en el aeropuerto de Viena antes de subirme al avión? Me iba a ver como un imbécil después de estar escribe y escribe por un verano entero. No tenía que mentir, tampoco tenía que ser explícito.

Yo: No… Los diarios son para cuando uno está chavito, ¿no?

Tú: Mi papá te sigue diciendo *Heinrich der Autor*. ¿Alguna vez volviste a leer lo que escribiste sobre Gustav y Emilie?

El coche de adelante se separó, avanzamos tres metros. Prendí el aire acondicionado para desempañar el parabrisas, para refrescarme, para pensar si debía decirte la verdad.

Yo: No, la verdad no.

Avanzamos cinco metros más. Volteaste al frente. Descruzaste la pierna. Hubo un silencio raro. No supe descifrar qué pensabas.

Tú: ¡No me digas que olvidaste lo que aprendimos!

Was??? *What*??? ¿¿¿Quéquéqué??? Cara de anime con ojos redondos en blanco, boca cuadrada, moco escurriendo. Todo en mi cabeza sin revelar nada con el rostro.

Yo: ¡No! Claro que no.

Tú: *Freut mich.* Me alegra. Me alegra mucho.

Agitaste un botecito de Orbit de menta: "¿*Kaugummi*?", dijiste poniendo dos pastillas blancas en la palma de tu mano. Las miré, había olvidado que así se decía chicle en alemán y que tenías un lunar en el meñique. Al tomar uno me regalaste la sonrisa más linda, te metiste el tuyo a la boca y prendiste el radio.

No me acuerdo de qué otras cosas hablamos, pero sí de la sensación de tenerte en el asiento del copiloto. El auto estaba cargado de algo, ¿no crees? Era una fuerza invisible, extraña, parecida a la dolorosa y adictiva sensación de la corriente eléctrica, porque a pesar de los nervios, del espantoso tráfico, de los enormes charcos de agua y los cristales empañados, el trayecto del aeropuerto a mi casa fue inmejorable.

CARRETE #2

Llevo tratando de averiguar en qué preciso momento me poseyó el trastorno límite de personalidad. Mi ego se convirtió en un puente de piso de cristal con grietas en la base. La sensación de incomodidad era constante y más molesta que una piedrita en el zapato. La visualizo como un chicle pegado en la parte trasera del pantalón, un hipo imparable, o tan frustrante como esa comezón en la nariz cuando pierdes un estornudo.

Estoy seguro de que inició al llegar a casa, cuando esa construcción de dos pisos y tres habitaciones, de patio con azaleas y covacha convertida en gimnasio/taller/bodega, por primera vez en mi vida no me pareció suficiente. Aunque la hubieran construido mis abuelos hace más de sesenta años, o precisamente por esa razón, dejé de apreciarla y al verla desde el coche me disgustó el color de la fachada. Metí la llave a la cerradura y noté el óxido en la herrería, luego el escalón despostillado, lo arcaico de la estufa, la humedad en el baño… Lo primero que me vino a la mente fue la casa de Francisco en el Pedregal, con el pasto perfecto, las plantas exóticas y una puerta automática. Días más tarde, cuando la conociste, levantaste las cejas diciendo: "*Es ist Beeindruckend, oder?*", me molestó, aunque tuvieras razón: la casa es espectacular. Pero tuve que ubicarme para entender que a ti te valía madres si la mía había sido diseñada por un arquitecto famoso o un albañil anónimo o mi propio abuelo con una hoja de cuadrícula y un lápiz, porque no dice nada de mí y la mansión de Francisco no tiene nada que ver conmigo.

Pasé por alto, eso sí, tu entusiasmo, tus miradas de un lado al otro tratando de absorber cada imagen a tu alrededor, interesada en cómo y en dónde vivo, marcando en tu mapa la ubicación exacta de la colonia, la calle, la manzana, la privada. Por un instante me vi reflejado, el interés que despertaba en mí tu departamento de Neulinggasse, pero ese pensamiento apenas ocupó un microsegundo de mi función neuronal porque el resto lo seguí malgastando en criticar mi forma de vida. Por suerte, la curiosidad de mis padres por conocerte funcionó como cortina de humo, te llenaron de exclamaciones y sonrisas ocultando, sin saberlo, las semillas de mi estúpida inseguridad.

¿Cómo no iban a querer conocerte? Jamás había estado tan interesado en verme bien, casi no sabían nada de mi verano en Viena y me había rehusado a enseñarles una foto tuya. Aunque insistí en que venías porque querías conocer México, eran evidentes sus sospechas. Esa tarde, al verte entrar, con tu *look* de rocker-neohippie, se sorprendieron. Aunque disimularon, los conozco bien. Mi mamá te abrazó como si fueras su sobrina y mi papá te quitó la mochila del hombro mientras yo cargaba la maleta por las escaleras para enseñarte tu habitación. Te sentiste abrumada por la amabilidad mexicana y en voz baja te dije: "Acostúmbrate, porque aquí te van a abrir las puertas y te van a mover la silla para que te sientes. Yo no, claro". Me miraste y te empezaste a reír recordando cuando lo había hecho en Viena y te había molestado.

"*Schön!*", dijiste al entrar a lo que sería tu habitación. Qué alivio que te pareciera bonito. Los días de antes hice lo que pude para que el estudio se convirtiera en un espacio agradable. Es el cuarto menos luminoso y el receptáculo de todo lo que no sabemos en dónde poner. Moví el escritorio, la computadora, reorganicé libros, tiré varios electrónicos obsoletos. En el proceso encontré el tóner de la impresora que llevábamos buscando por tres meses y fui a comprar sábanas nuevas para el colchón inflable. Terminó viéndose espacioso y limpio. No solo eso, fui yo quien tomó la iniciativa de llevar el coche al Cubetazo a lavarlo, recogí la casa dos días antes y le prohibí a mi papá que dejara papeles regados en la mesa de la sala. Quizá era mi mamá la más emocionada de tenerte en casa (después de mí, claro). "Conocer quién te interesa es como encontrar una pieza más en el rompecabezas de tu personalidad", le dijo en una ocasión a mi tío Hugo, pero no como algo positivo, sino burlándose de lo que veía en su hermano cada que llegaba con una "novia" nueva. Pero contigo, era como abrirles una ventana a una parte de mí que no habían visto.

Pa: Parece que la pasó muy bien Enrique en Viena.

Dijo mi papá al sentarnos a cenar.

Ma: Aunque casi no nos contó nada.

No sabía hacia dónde iba la conversación, pero quise tomarte de la mano para salir corriendo, ir por tapones para tus oídos, o decirles que por eso no les presento a nadie. Me echaste una mirada entre sorprendida y entretenida: *sorprentretenida*.

Tú: Ah, ¿si?

Pa: Ahora entiendo por qué casi no aprendió alemán, hablas muy bien español, Hannah.

Desconcierto en tu rostro. Tic nervioso en mi ojo.

Ma: El curso fue un desperdicio. Enrique dijo que no le enseñaron nada.

Quise ir por cinta canela y amordazarlos.

Tú: ¿Pero…?

Y soltaste una carcajada. Mis papás se miraron sin entender cuál era la broma.

Tú: ¿Eso les dijiste, Enrjike?

Lanzándome una mirada de reojo ladeaste el cuerpo hacia mí y sin querer nuestros brazos se rozaron. Varios ojos sobre mí. Silencio sepulcral.

Tú: Pero si al final del verano solo hablábamos en alemán. Excepto cuando no queríamos que nos entendieran, ¿recuerdas? (Codazo).

Solo por recordar ese detalle, no se me ocurrió ponerte cinta canela a ti también. Mis padres me miraban con estupor por haberles mentido; tú, inconsciente de lo que acababas de revelar, estirabas la mano para agarrar y entrarle a una tercera quesadilla; yo quería desaparecer.

Las neuronas de mis progenitores comenzaron a trabajar haciendo millones de sinapsis al mismo tiempo. Casi pude apreciar el rayo de luz iluminándolos con una música celestial de fondo. El desconcierto se transformó de inmediato a entendimiento: todo caía en su lugar… Mi mal humor post-verano en Viena, la renuencia a hablar del viaje, la negación de continuar estudiando alemán, la inquietud de la última semana, las otras cosas que hice antes de tu llegada: el corte de cabello, el terrorífico gel, los zapatos nuevos de la ampolla, las camisas de cuello, la loción cara… Se miraron, luego a mí y no dijeron nada, se los agradecí en silencio.

La cena fluyó después de ese inicio inesperado. Fue como pasar de un camino de terracería al asfalto. Conversamos, comimos, reímos. Al terminar fuiste por los regalos tan atinados: mi mamá usa las tazas del Hawelka cada mañana y mi papá apenas nos compartió dos Mozart Kugeln, dijo que esas esferas de mazapán, pistache y turrón eran paradisiacas. Cuando abrí el mío, me llamó la atención que le hubieras atinado a cada uno de los dulces que más me gustaron en Viena. Gracias, dije con cara de sorpresa, y te fuiste a dormir. Te veías muy cansada por el viaje y la diferencia de horario.

Acostado en mi cuarto comiendo las gomitas Haribó, mordí la cabeza de cada osito empatando cómo te veías ahora frente a mis recuerdos de hace cuatro años. También pensé en la cena. Era extraño, ¿por qué no les había contado prácticamente nada a mis papás de Viena? No es lo mío eso de ponerme introspectivo, así que mejor me puse a repasar los planes de los siguientes días, imaginando lo impresionada que quedarías con mis recomendaciones. Me tardé horas en dormir porque estaba inquieto y tú despertaste a las cuatro de la mañana. Se lo echamos en cara al *jet lag*, aunque fue mi culpa: no le puse bien el tapón al colchón inflable y amaneciste casi en el suelo. Lo bueno es que estabas tan cansada que esa noche te hubieras dormido en una cama de clavos.

Lo demás quiero y no quiero contarlo; quiero y no quiero escribirlo. Una parte de mí preferiría saltarse hasta el primer lunes, pero viéndolo en retrospectiva, ese primer fin de semana fue fundamental, esencial, elemental mi querida Watson, para que decidiéramos descifrar otra incógnita, reencontráramos nuestra canción y escucháramos muchas otras. Volveríamos a ser detectives, quizá no tan salvajes como los de Bolaño, pero detectives, al fin y al cabo, dispuestos a recorrer las calles de esta increíble ciudad con olor a coladera, nudos de cables de luz en los postes y limpia parabrisas en los semáforos. A meternos a los cafés veracruzanos, a las tortas de pavo, y a los tacos de carnitas. A escaparnos a una ciudad de callejones, secretos y bifurcaciones. A contarnos aquello que habíamos ocultado. Y me animara a sacar todo, absolutamente todo mi encanto para que dejaras que te besara no una, ni dos, sino muchas, muchísimas veces hasta que alcanzara la mejor calificación en el sistema académico austriaco.

El juego comenzó el viernes en San Ángel... Miento, fue el sábado de ida al Soumaya. Me preguntaste si podías poner música, conectaste tu teléfono y empezó *The View From The Afternoon*, aunque en ese momento no sabía cuál era. Cantaste la primera línea en inglés: *La anticipación tiende trampas y puede decepcionarnos a la mera hora del show*. Sirvió como una premonición, lo malo es que no soy adivino. Cambié de velocidad, me preguntaste si era difícil manejar un auto estándar y empecé a contarte de cuando me quedé con el coche apagado a la mitad de un aguacero en una pendiente por el Desierto de los Leones.

Me invitaron a una fiesta a la que no quería ir, pero me sentí presionado por mis amigos. Debí seguir mi instinto, estuvo malísima: la música era espantosa, no llegaba la comida, los papás querían vigilarnos y prepararon agua de limón como si tuviéramos ocho años. Pésimo. Como éramos muchos, acomodaron mesas en el garaje y pusieron un toldo encima por si llovía. No consideraron que era tiempo de lluvias y pronto el chispeo se convirtió en aguacero. El plástico nos cubría, pero se fue llenando de agua y venciéndose poco a poco. Desde abajo parecía la panza de un pez globo. Nos metimos a la casa a tiempo, porque se rompió sobre una mesa salpicando todo e inundando el garage. Lo único bueno es que tuvieron que desinstalar las bocinas para meterlas. Adiós a la música. En la estancia hacía un calor infernal, las ventanas estaban empañadas de tener como a cuarenta adolescentes tratando de acomodarse y la mamá de mi cuate no dejaba de regañarnos por sentarnos en los apoyabrazos de la sala, o por pisar con las suelas mojadas y sucias su tapete "persa" (aunque parecía del rack de descuento de Zara Home).

Todos hacíamos un esfuerzo por pasarla bien o pretender que la pasábamos bien, pero hasta la apariencia tiene un límite, la fiesta iba en picada. Me harté de disimular. Estar muerto de hambre, sudando como cerdo y bebiendo Tang mientras te regañan por todo, fue demasiado para mí. Había llegado la hora de escapar. El papá nos aseguraba que no tardaban en llegar las pizzas y mis amigos decían que alguien había ido por chelas. Pero, como sabes, en México "no tardan" significa "las acaban de pedir" y "alguien" en realidad quiere decir "estamos buscando voluntarios ¿por qué no vas tú?". Escucharon que me iba y empezaron las frases del manual del infortunado comunista que desea compartir su miseria en partes iguales con la sociedad: "¡No te vayas! ¡Si apenas llegamos! Ahí viene la comida ¡Quédate!". Que nadie se prive de la calamidad, hay que jodernos juntos, era lo que en realidad pensaban. De pronto escucho una voz burlona: "¿Trajiste lancha?". Me asomo y el garaje se había convertido en una alberca de treinta centímetros de profundidad. El agua acumulada del toldo, más la que entraba por debajo de las rejas, era demasiada. Evidentemente la última vez que habían desazolvado la calle había sido en el 2005 y las coladeras no servían. Diablos, pensé. Traía mis tenis nuevos, una chulada de Jordans que había conseguido con un súper descuento en un outlet en el último viaje al first de robótica, en Houston. Obvio, no quería mojarlos con el agua puerca. Me enfrentaba a un dilema.

En eso conectan las bocinas y se escucha la porquería de canción de Farruko. En serio, alguien que en su sano juicio elige ese como su nombre artístico no puede ser prometedor. Suena a insulto del siglo pasado o a supositorio para el estreñimiento. "Olvídate del vientre hinchado, ya llegó Farruko, el único medicamento 100% natural de fibra de avena para que el intestino no se apriete y produzcas heces de fotografía". Al mismo tiempo la madre fastidiosa se me acerca a ofrecerme limonada con unos sándwiches de pan blanco con mayonesa, de esos que se pegan al paladar. NO LO DUDÉ MÁS: me quité los tenis, los metí a la mochila junto con mis calcetines, me arremangué los jeans, y caminé por el garaje inundado mientras mis amigos se reían, otros aplaudían y la mujer gritaba: "Pero, niño, ¿qué haces? ¡Te puedes cortar! ¡Es muy peligroso!". Entre más la escuchaba, más me apuraba pensando: ¿Qué guarda esa señora en el patio para preocuparse por mis pies? ¿Cuchillos? Pero prefería salir cojo a quedarme.

No parabas de reír con mi historia:

Tú: Y ¿el coche? ¿Cuándo se paró?

Yo: Ah, pues al regreso, en una subida no podía sacar bien el clutch, me costó bastante trabajo, pero al fin lo prendí y me fui.

Tú: Y ¿qué más?

Yo: Nada más.

Volviste a soltar una carcajada.

Tú: No has cambiado, Enrjike. Me encantan tus historias.

Yo: Sí he cambiado, un poco… Estoy más alto que tú.

Tú: Es cierto. Eso no se ve en las fotos.

Yo: ¿Qué otras cosas notas?

Mi intención era que dijeras: "Estás mucho más guapo".

Tú: Tu alemán es un desastre.

Puse ojos de: *Ja, ja, qué chistosita,* y te reíste.

Yo: Es que necesitaba a la mejor maestra de alemán.

Tú: Hay mucho que estudiar, *Neuling.* Por cierto, no me contaste si sigues escribiendo.

Yo: Pues sí, algo. El año pasado escribí un guion para un concurso de cortometraje en la escuela.

Tú: ¿Y?

Yo: El guión pasaba. El corto era como si lo hubiera dirigido Tarantino…

Tú: ¡Ah! ¿Sí?

Yo: …después de haber recibido un batazo en la cabeza.

Tú (riendo): Sigues siendo muy divertido.

Yo: ¿Por qué el tono de duda?

Tú: No lo sé. Puedes… Pudiste… Condicional… Podrías haber… cambiado mucho.

Me encantaba ver cómo te concentrabas y te corregías en español. Conoces mucho mejor los tiempos verbales que yo. Estábamos en un alto. Abriste la ventana y entró una ráfaga de aire, tu cabello se despeinó y en tus ojos aparecieron destellos de sol como brillos sobre el Pacífico. Te acomodaste el cabello. Me miraste y cuando busqué tus ojos, desviaste la mirada.

Tú: Me da gusto que sigas siendo el mismo, Enrjike.

Tenía que animarme:

Yo: Hay muchas cosas que siguen igual, Hannah…

Tú: Sí, ¿cómo qué?

Yo: ¿Te acuerdas cuando nos despedimos?

Me miraste y luego hacia el frente. ¿Te sonrrojaste o fue mi imaginación?

Tú: Está en verde.

Maldije en silencio a la Secretaría de Movilidad de la ciudad, no iba a dejar ir el tema así de fácil.

Yo: En eso sí he cambiado.

Te quedaste unos segundos pensando, te mordiste un labio y dijiste:

Tú: ¿Ya no llegas corriendo a tus citas?

Golpe bajo. Reí.

Yo: En que beso MUCHO mejor...

Volteé a ver qué cara ponías, el mechón violeta cubría tu perfil pero seguías mordiéndote el labio, esta vez para no sonreír. Me dejaste esperando unos segundos, cuando empezaba a arrepentirme por lo que acababa de decir soltaste una risita nerviosa.

Tú: *Denkst du, Enrjike? Denn das muss jemand anders* ALGOQUENOENTENDÍ...

Me miraste a los ojos y ahora fui yo quien volteó hacia otro lado. ¡Diablos! Me arrepentí por no haber continuado con el alemán. Carajo, pensaba, no puedo sacar mi teléfono ahora para buscar en el diccionario. Piensa, Enrique, concéntrate, dijo: *Denkst du?* ¿Eso piensas? *Denn das muss jemand anders...* Porque alguien más tiene que... ¿dijo *entscheiden* o *bescheiden*? Entonces hice lo que mi padre hace cuando no está poniendo ni tantita atención por estar viendo su teléfono o el fut o el baseball y no sabe de qué diablos le estás hablando.

Yo: ¿En serio?

Tú: *Ja, wirklich.* En serio... (y esbozaste una enorme sonrisa).

Sonreí yo también, solo que como idiota, como si supiera a qué te referías. Te acomodaste el cabello detrás de la oreja, me miraste y volviste a emitir esa risita que no supe descifrar si era de nervios o de burla.

No me acuerdo de qué otras cosas hablamos después, pero cuando llegamos al museo y fuiste al baño, abrí el traductor del teléfono como un poseído. En ese momento comprobé que se me habían terminado los datos celulares. Intenté meterme a un wifi, pero estaba lentísimo. Parece que forrar un edificio de aluminio no ayuda a tener buena señal. ¿Qué estaba pensando el señor Slim si además de ser el dueño del museo, es de la compañía más grande de telefonía móvil? No cargó el traductor, pero logré abrir el diccionario y busqué las dos posibles palabras. Volviste del baño.

Mientras subíamos por el elevador mi lóbulo prefrontal trabajaba a mil pensando en las opciones:

a) Porque alguien más tiene que decidir/resolver/sentenciar eso.

b) Porque alguien más tiene que ser humilde/modesto/recatado.

c) Ninguna de las anteriores.

Diaaaabloooos. Si era la primera, tenía esperanza. Y mucha. Si era la segunda, no. Ninguna. Si era la tercera, estaba en el hoyo más profundo y negro porque no podía preguntarte qué repitieras lo que habías dicho. Debía encontrar un modo de resolver la duda. Pero al llegar al piso de hasta arriba nos pusimos a comentar las esculturas y me contaste de tu viaje a Francia, del museo Rodin, del libro que leíste sobre Picasso. A veces dejaba de escuchar para seguir deliberando en silencio el significado de tus palabras. Aunque cada vez estaba más seguro de que habías dicho lo segundo, lo cual me hacía sentir sumamente inseguro.

Estoy en la biblioteca, con los audífonos puestos y escuchando *Do I wanna know?* Es perfecta para recordar esos primeros días de tu visita. Casi cada verso describe cómo me sentía. En el momento, me arrepentí (un poco) de haber sacado el tema de ese beso de despedida en Viena, quizá había sido demasiado pronto. Y sí, mi impaciencia interrumpió el curso normal de las conversaciones, pero tienes que entender que me sentía muy ansioso pensando en el pasado y quería saber si había significado para ti lo mismo que para mí. Esa energía extraña, ¿fluía de ambos lados? ¿La sentías tú también?

Tenía que ser precavido, no quería precipitarme y verme como un acosador. Mi madre suele repetirme que la paciencia es una gran virtud. Enfatiza el adjetivo y a mí me choca la frase entera. No lo hace explícito, pero se entiende que, por oposición, la prisa no lo es. Entonces yo argumento que es un mal necesario cuando te estás desangrando y necesitas llegar al hospital, o al baño en estado diarreico. Me estoy desviando. Lo cierto es que tenía permanentes ganas de besarte y no podía dejar de preguntarme si tú también. En ese dilema estaba, cuando tuve la gran idea de pedirle consejo a mi amigo el POPULAR.

No sé a quién se le ocurrió atacar Pearl Harbor, pero quienes lo bombardearon son igual de culpables y más estúpidos porque terminaron muertos. Igual yo: la idea del antro no fue mía, pero fui yo quien la llevó a cabo. Es cierto, las noches están hechas para decir lo que no podemos durante el día, pero deben decirse en condiciones donde el interlocutor sea capaz de escuchar. "Te voy a llevar a un sitio que te va a encantar", fue la frase que dije una y otra vez durante ese fin de semana, sin decirte a dónde íbamos. Ahora, un mes después, sé que ni un burro hubiera rebuznado tanto como yo. En vez de escuchar a mi cerebro reptiliano, a mi sentido común, al universo entero que me gritaba: "¡Pregúntale a ella qué quiere!", me dejé llevar a lo idiota.

Lo peor es que la noche estaba condenada. Para empezar, dejé los cuartos del coche prendidos y cuando salimos la batería estaba muerta. Mi papá y yo tuvimos que empujarlo para darle corriente mientras tú terminabas de vestirte y ni te enteraste, si no hubieras dicho que hiciéramos otra cosa. Saliste echando tiros con el vestido negro cortito, tu chamarra con botones de sargento pimienta y los botines. Olías a jabón y perfume. Estaba seguro de que sería la noche perfecta. Pero cuando llegamos al antro te dejaron pasar y a mí me bloquearon el paso. Te querían a ti adentro porque estás guapísima y en esta tierra de morenos es un PLUS-EXTRA ser rubia natural. Yo salía sobrando. Te diste la vuelta: "Vamos a otro sitio", dijiste en alemán. Insistí en quedarnos, porque según Francisco el antro era la mejor opción para un acercamiento positivo, con la música fuerte tendríamos que hablarnos al oído y no sería difícil conseguir una mesa. Al fin nos hicieron el favor de dejarnos pasar después de quince minutos de espera. ¿Qué otra señal necesitaba para abortar el plan?

Más que bailar, quería averiguar exactamente qué habías dicho. Para mi infausta suerte, había un evento y el sitio estaba a reventar. El único espacio disponible era ese taburete infame con la bocina justo encima de nosotros y ni siquiera pudimos llegar a la barra a comprar una cerveza. Ni modo, pensé, y me acerqué a ti para retomar la conversación de la mañana, pero una luz estaba detrás de ti y tu cara se ensombrecía. Me era imposible leer tus expresiones. Lánzate, me dije. Comencé a hablar… y a hablar… y a hablar, sin considerar el cansancio que traías por haber despertado de madrugada. No me callé, inconsciente de que cabeceabas de sueño y yo suponiendo que asentías a mi apasionado monólogo. Me sentía todo un tigre cautivador, hasta que recargaste tu cabeza en el respaldo completamente dormida. Te pregunté si me habías escuchado y respondiste con un ronquido.

Nooooo… ¡¡¡*Porca miseria*!!!

Qué bruto, todo por haberme empecinado y no buscar alternativas para la noche. Abrí mi teléfono e insulté a Francisco por mi frustración. Unos tipos se empezaron a pelear y un borracho te tiró algo de su vodka con hielos encima. Al menos la despertaron, pensé. Pero el traca traca iba en serio y salimos del lugar de inmediato. Ibas semidespierta y apestando a cóctel ruso; yo con ganas de hablar en el coche. Pero en cuanto arranqué, hiciste el respaldo del asiento hacia atrás y te dormiste. Me cayó en el hígado. En el camino te hice preguntas mensas para ver si despertabas, pero murmurabas respuestas ininteligibles entre sueños. Cuando llegamos a casa pregunté de mal humor: "¿Capital de Burkina Faso?", y respondiste dormida: "Wagadugu". Me dio un ataque de risa que te despertó, para luego irte como zombi directo a tu habitación.

Al día siguiente había quedado de verme en Xochimilco con varios de mis amigos y sus novias, porque es más divertido ir con mucha gente. Te fascinaron las chinampas y los canales. No consideré que se pondrían pedos y contratarían mariachis hasta aturdirnos, pero no compraron nada de comida. En la noche, te encontré en la sala revisando tu teléfono, me senté junto a ti y dije:

Yo: Mañana te quiero llevar a…

No me dejaste terminar la frase.

Tú: Gracias, pero preferiría visitar algunos sitios sola.

Casi me da un aneurisma cerebral. Reproduzco mi proceso de pensamiento:

¡¿Qué diablos, Hannah?! ⇒ ¡¿No te la estás pasando bien?! ⇒ ¡¿No se supone que viniste a visitarme?! ⇒ ¡Hasta me corté el cabello! ⇒ ¡¿Estás jugando conmigo?! ⇒ ¡Eso no se hace! ⇒ ¡¿Qué vamos a hacer las siguientes cuatro semanas?! ¡A ver dime!

Indignación, transición inmediata a la sorpresa, luego a la injuria, al reclamo, a la furia. Te odié por un instante.

Afortunadamente no dije nada, solo me levanté del sillón. Subí a mi cuarto, cerré la puerta, pateé la cama y me lastimé un dedo. Desbloqué mi teléfono mientras me sobaba y le puse *play*. Empezaba una canción de los Strokes:

> *Now we're out of time*
> *I said it was my fault*
> *It's my fault*
> *Can't make good decisions*
> *It won't stop*
> *I can't stop*

¡Deja de presionarme! ¡Fue mi culpa y estoy tomando malas decisiones! Le grité al menso de Julian Casablancas y cambié de canción. Entonces llegó la duda…

¿Está enojada conmigo? ⇒ ¿Qué hice mal?

Al rato tocaste a mi puerta, abrí sintiéndome mal por mi berrinche. Entraste sin saber bien qué hacer y te pusiste a observar mi cuarto. Te acercaste a escanear mis libros, los legos y encontraste el imán de Klagenfurt en el librero. Lo rozaste con el dedo índice, sonreíste y te sentaste en la cama. Tomé de mi buró el libro que estaba leyendo para enseñarte el recorte del cuadro de *El beso* de Klimt en forma de separador entre las páginas. Lo tomaste.

Tú: Parece nuevo.

Yo: Venía dentro del regalo de tus papás. Tú lo compraste, ¿verdad?

Tú: Sí.

Yo: ¿También el cuaderno?

Asentiste y volteaste a verme:

Tú: No te enojes, Enrjike.

Yo: Cómo no me voy a enojar. Venías a visitarme.

Tú: Quiero pasar tiempo contigo. Pero…

Volteé a verte, no consideraba que hubiera un "pero".

Yo: Pero… ¿qué, Hannah?

Tú: *Ich bin kein Welpe.* (Obvio no eres un perrito, pensé molesto). Quiero que decidamos juntos, no quiero que decidas por mí. Quiero que visitemos lugares juntos, no necesito que ME LLEVES.

Yo: Es que no conoces México.

Tú: *Ich kenne Mexiko nicht, aber ich kenne Google.*

Auch. "No conozco México, pero conozco Google…". Esa frase me dolió. Mis mejillas ardieron. Como en las caricaturas, comencé a sentir que me hacía diminuto, un adolescente preparatoriano frente a una adulta de universidad. ¿Cómo no lo vi antes? No hubieras cruzado un océano entero si no hubieras investigado sobre México.

Y no hubieras venido a México si no hubieras querido pasar tiempo conmigo.

Yo: ¿Por qué dijiste que tenía que ser más modesto o humilde o algo así?

Tú: ¿Cuándo?

Yo: Ayer, en el coche.

Tú: ¿Yo dije eso?

Yo: Sí, dijiste *bescheiden*.

Tú (frunciendo el ceño): ¿*Bescheiden*…?

Yo: *Denn das muss jemand anders bescheiden.*

Tú (abriendo los ojos): ¡*Nein*! ¡No!

Te tapaste la cara con las manos.

Yo: ¿No dijiste eso?

Tú: Dije *ent-scheiden*. ¿Era eso lo que te molestaba?

Me agarraste desprevenido, quise poner cara de "no, para nada", pero mi humor acababa de girar 180 grados pensando en la primera opción: "Alguien más tiene que decidir eso". Aunque lo negué, era obvio que mentía.

Tú: Tu alemán es un desastre, *Neuling*. (Me miraste y yo a ti, ninguno desvió los ojos). Debemos corregir eso.

Nuestros hombros rozando, las rodillas también. Me diste un codazo cariñoso en las costillas. Sonreí algo apenado y bajé la mirada a tu boca.

Yo: Entonces, ¿quién debe calificar si he mejorado?

Tú (mirando el techo): Déjame pensar… (Te mordiste el labio, lo soltaste). *Jemand, der dich schon einmal bewertet hat*… ¿Entendiste o te lo traduzco?

Te levantaste de la cama algo sonrojada, caminaste a la puerta y me guiñaste el ojo antes de salir del cuarto. No pudiste haber sido más directa: me estabas diciendo que eras tú quien debía evaluarme. Tú, y nadie más que tú.

Esa noche repetí la frase que habías dicho en alemán una y otra vez en mi cabeza. No podía creerlo, por mucho tiempo te sentí a años luz de distancia y ahora estabas aquí, diciéndome que querías besarme de nuevo. Dormí poco, pero desperté temprano para irnos a Coyoacán aprovechando el *jet lag* que te hacía madrugar y te provocaba resaca por las tardes. Estacioné el coche en Abasolo y al llegar a la Casa Azul estaba cerrada. La seguridad de la noche anterior desapareció al instante. Como si los puntos ganados de mi videojuego mental los hubiera perdido, XP = 0. Me sentí estupidísimo por no haberme acordado de que era lunes. Sentí que no daba una. Reíste como cuando sucede algo inesperado y gracioso.

Tú: No pasa nada, *Neuling*.

Ese *Neuling* me hizo pensar en lo novato que me estaba viendo. Me recargué en la pared con los brazos cruzados. Quise culpar a la falta de sueño por mi frustración y súbito mal humor. Notaste el cambio en mi estado de ánimo.

Tú: *Es ist nicht wichtig, Enrjike…*

Yo: ¡Claro que es importante! (Levanté los brazos en expresión de fustración. Mi tono de voz fue más alto de lo que calculé). Es que… En Viena… Tú organizaste los mejores planes, Hannah. Y yo… aquí… solo meto la pata: el antro, Xochimilco, y ahora esto.

Me sentí un perdedor. Creía que merecía un zape, con tantos errores nunca te iba a besar.

Tú: ¿Eso te pareció?

Lo dijiste con voz dulce. Volteé a verte… Tu mirada era de sorpresa. Asentí con la cabeza.

Yo: ¿Por qué lo dudas?

Subiste los hombros y miraste hacia la banqueta con ojos raros.

Yo: ¿En serio no lo sabes? Si el verano que pasamos juntos fue… no sé cómo describirlo. ¿Cuál sería la palabra…? Fue *unglaublich*, fenomenal, *perfekt*… Quería que este fuera mejor, pero…

Suspiré. Te recargaste en el muro, a un lado de mí, y parpadeaste varias veces.

Tú: *Aber… Dieser Sommer ist shon lange vorbei, Enrjike.*

Nos volteamos a ver, tus ojos azules hacían juego con la pared de la casa de Frida y el viento hizo que el mechón violeta despejara tu frente. Miré tus labios, pude evocar su sabor, tú volteaste hacia la calle. Tenías razón: ese verano había terminado hace mucho… Ese verano quedaba en el pasado.

Tú: No me habías dicho que la Ciudad de *Méjico* tenía playa.

Seguí tu mirada. Un chico empujaba un carrito de cocos, se veían fuera de lugar a más de dos mil metros sobre el nivel del mar. Sonreí, pero tú no. Cerraste los ojos por unos segundos, luego los abriste, parpadeaste como si te hubiera entrado algo al ojo y miraste el cielo como decidiendo qué hacer con un suspiro. Sentí que te estabas arrepintiendo de haber decidido pasar ese día conmigo. Nonononono. ¡No! Se hizo un nudo en el estómago, no podía volver a regarla. Tenía que dejar de preocuparme si el verano era perfecto, si íbamos a los lugares de mi lista, si entendía tu alemán, si era yo quien esperabas… o no. Qué más daba si el primer fin de semana no había sido como hubiera querido, lo ÚNICO relevante era que estábamos tú y yo, en México, juntos. Qué importaba lo que habíamos vivido hacía cuatro años, AHORA estabas aquí. Este viaje apenas comenzaba y el resto era totalmente absolutamente grandiosamente insignificante.

Yo: Hannah, ¿quieres caminar juntos por Coyoacán?

Me miraste de reojo, subiste los hombros y te mordiste el labio.

Tú (en alemán): ¿Aunque no estaba dentro de tu plan, Enrjike?

Yo: El mejor plan es no tener plan.

Sonreíste, esa sonrisa que ilumina tu cara y arruga la comisura de tus ojos. "*Warum nicht*?", te escuché decir mientras caminabas. Te miré tratando de descifrar si habías elegido ese "¿Por qué no?" a propósito o sin querer. Observe tu perfil enseñando el diente, tus pestañas largas, el lunar en la barbilla… El mejor tiempo es el presente.

Tenía que darle un giro al día.

Tenía que reivindicarme.

Tenía que acercarme a ti.

Tenía que besarte antes de que anocheciera o iba a explotar en mil pedazos.

Caminamos hacia Xicotencatl con el ánimo distinto. Tú, atraída por el bullicio del mercado; yo, siguiéndote como una abeja detrás del polen de una flor. Leíste el nombre de la calle, pero no lo pudiste pronunciar bien y fue fenomenal al verte practicar varias veces el tl colocando la lengua en el paladar. Entramos al mercado. Te detuviste a admirar desde las jícamas hasta las catrinas de cerámica. Ubicaste una blusa negra de bordado verde con una agudeza visual digna de un halcón peregrino. "¿Se ve bien?", preguntaste al probártela y mirándote al espejo. Honestamente, ¿qué podía decir? Pudo haber sido una bolsa de basura y me hubieras parecido guapísima.

¿Cuántas veces he entrado a ese mercado? Y junto a ti, Hannah, los puestos y los pasillos me daban una nueva impresión. Tu exaltación le inyectó mayor musicalidad al señor tocando un son, más sabor a los puestos de mariscos, olor a la tienda de especias, color al puesto de piñatas. Nunca me habían interesado los nombres de las frutas y las verduras. Jamás me habían parecido interesantes las cubetas de aluminio y las escobas de jardín.

Irradiabas encanto y tu ánimo era tan contagioso que te dieron a probar queso Oaxaca y una tostada con crema, te ofrecieron una probada de mango y una tortilla con sal. Querías pagar, pero no te dejaban. "Qué amables son todos en Méjico", repetías.

Continuamos hacia la plaza y la iglesia, hasta la fuente de los coyotes, donde nos sentamos en la única banca vacía.

Tú: ¿Sabes qué instrumento tocaba el señor del mercado? Tenía cinco cuerdas…

Yo: Una jarana.

Tú: Suena muy bonito.

Yo: Se parece a tu nombre… Hannah-Jarana.

Sonreíste. Te pregunté del proceso que seguiste para aplicar a las universidades y por qué habías decidido entrar a la de Edimburgo. Me contaste del programa de joyería y que con Brexit ibas a necesitar visa de estudiante. Tendrías que decidir si te convenía quedarte ahí o irte a otra universidad dentro de la Unión Europea. No querías cambiar porque te gustaba mucho. Me enseñaste fotos del taller y de la pieza que hiciste para un concurso. Un vendedor se detuvo a ofrecernos un rehilete, le dijimos que no y se fue a venderle uno a la señora con carriola.

Tú: En un mes entras a la universidad…

Yo: Sí.

Tú: ¿Qué vas a estudiar?

Yo: Ingeniería robótica.

Tú: Ah, cierto, los robots… ¿Te costó trabajo decidir qué querías estudiar?

Yo: La realidad, no.

Tú: Lo había olvidado, siempre has sabido lo que quieres, Enrjike.

Yo: Tienes razón. Siempre he sabido que me gustas…

No estaba para andarme con miramientos, debía aprovechar tu frase de la noche anterior. Sonreíste una sonrisa distinta, apretando los labios para no enseñar los dientes. Esa que haces cuando digo algo inesperado y no quieres reírte. Ignoraste el comentario y te levantaste para seguir paseando. No dije nada más.

Entramos a la Parroquia de San Juan, caminamos a la Plaza de la Conchita y al Parque Frida Kahlo. Si no habíamos podido entrar a la Casa Azul por ser lunes, al menos podíamos tomar una foto de su escultura. Te propuse hacer un picnic en los Viveros, qué mejor lugar para estar solos, y te encantó la idea. Regresamos por la calle de Higuera, cruzamos frente a la fuente de los coyotes y caminamos por Francisco Sosa jugando a no tocar las líneas que forman los adoquines, como lo hago con mi primo. Saltamos de un cuadrado al otro, cuando menos lo esperabas te empujé para que perdieras. Tu ataque de risa me hizo reír a mí también. Compramos algo de comer en la tiendita clandestina antes de entrar al parque y sobre el camino de arcilla apenas prestaba atención a lo que decías pensando en cómo sacar el tema de el beso y mi calificación. Me contabas de cómo estaban tus papás y tu hermana cuando nos sentamos en la sombra. Hiciste una pausa, era mi oportunidad.

Yo: Entonces, ¿cuándo me vas a evaluar?

Reíste haciendo la cabeza hacia atrás, miré tu cuello perfecto y los ángulos que forman tus clavículas.

Tú: Dejaste de ser tímido, Enrjike.

Yo: Lo propusiste tú, no yo …

Ahí no sabía que te habías arrepentido de haber dicho eso tan pronto. No era yo el único en deliberar sobre nosotros. Te preocupaba complicar nuestra amistad, en especial porque estabas casi recién llegada. Pero no podíamos esperarnos hasta el final, hubiera sido una pérdida total de tiempo, ¿no crees?

Tú: Déjame pensar… No lo sé. Quizá no sea yo la adecuada para calificarte.

Yo: ¡Claro que sí! No imagino alguien mejor. Eres una excelente maestra.

Tú: *Ich bin sehr wählerisch.* Soy muy exigente.

Yo: Y yo muy buen estudiante. *Ich bin ein sehr guter Schüler.* Es más, si quieres empezamos ahora mismo.

Carcajada.

Tú: Lo más importante es la paciencia… *die Geduld.*

Yo: Ok, Hannah, ¿cuál es mi calificación hasta ahora?

Tú: Cuatro.

Yo: ¡¿Cuatro?! ¡¿De diez?!

Tú: No. De cinco.

Yo: Ah, bueno… Eso es un ocho.

Tú: No. En Austria uno es la mejor calificación.

Te miré indignado, con la boca abierta y con la mano en el pecho como si me hubieras roto el corazón.

Yo: ¡Entonces sí es un cuatro de diez!

Te atacaste de risa.

Tú: Todavía me duele el labio, *Neuling*.

Esa frase me hizo reír. No pensé que te acordaras de ese fallido intento. No me molestó la broma porque me sentía bien, en mi elemento, estaba en la zona. La conversación fluía y no podía creer que estuviéramos hablando con tanta naturalidad de eso.

De pronto, como si hubieran deslizado un dedo sobre el clima para ponerle un filtro gris, el sol se cubrió de nubes y empezaron a caer las primeras gotas de lluvia, de esas gigantes que no dan espacio para esperar. Tuvimos que salir del parque corriendo y dar la vuelta por la calle de Berlín pisando las líneas, los charcos y lo que se nos atravesó. Era inútil recuperar la plática, el momento se había ido y estábamos empapados. En el coche prendimos el aire caliente para desempañar el parabrisas. Cuando arrancamos se prendió el radio, estaba *Uptown Funk*. Me contaste de una amiga tuya que hizo un tiktok bailando esa canción y la imitaste exagerando los movimientos, lo que buscaba verse sexy se veía tan gracioso que me hiciste llorar de la risa. En algún momento pensé en apagar la música y tratar de volver a la conversación, pero iba aprendiendo que *die Geduld* = la paciencia, es una gran virtud y no hay que forzar las cosas, porque al final, la improvisación vale mucho más que cualquier plan meticulosamente esbozado.

Sugerí volver a casa después de Coyoacán, calculando que mis padres regresarían hasta la noche. Según yo, fue evidente mi frustración al ver que mi papá había salido temprano de la oficina. Tus dudas disfrazadas de paciencia cortaban mi constante búsqueda de estar a solas contigo. Sentí que hiciste todo para evitarme: descansar en tu cuarto, alargar las conversaciones con mis padres en la cena.

A la mañana siguiente resultó que mi mamá tenía una junta en Polanco. Me dijo que no podíamos quedarnos con el coche, pero se ofreció a llevarnos. Llegamos al bosque de Chapultepec mucho antes de su cita y, cuando lo comentó, tú sugeriste que se quedara ese rato con nosotros. Dijo que estábamos muy cerca del Cárcamo de Dolores, no supe si hablaba de una tortura medieval o un viejito adolorido y no pregunté porque no me daba la gana, estaba molesto de que siguiera con nosotros. Tú, en cambio, sí preguntaste y ella explicó que era una obra hidráulica para almacenar agua del río Lerma.

Tú: ¿Vamos?

¿Sin ella?, pensé. Pero estaba forzado por la situación, no podía negarme. Resignado, dije:

Yo: Está bien. *Gemma*! Vamos.

Me miraste gratamente sorprendida.

Tú: ¡No has perdido tu austriaco, *Neuling*!

Me empujaste el hombro con cariño. Sonreí, hasta que mi mamá habló y me acordé de que ahí seguía.

Ma: ¿Qué quiere decir *noilen*?

Yo: *Neuling*… (Corregí de mala gana).

Entonces le contaste de tu calle, de mi apodo y otras cosas de Viena. Totalmente resignado, caminé escuchándolas hablar mientras mi madre se regocijaba con tus historias. Subíamos lentamente por el camino que parecía llevarnos a un precipicio: Cuando lleguemos me aviento, pensé. Era más de lo que podía y quería aguantar. Pero conforme avanzamos, el domo se reveló, luego el edificio con columnas, al final la fuente con la enorme figura de mosaicos. Los tres nos detuvimos al pie de la escalera para ver a Tláloc recostado sobre un charco de agua y a Quetzalcóatl rodeándolo desde el fondo. Te miré mirarlo, tus ojos con ese brillo especial que aparece cuando algo te asombra. Noté tus cejas arqueadas y una minúscula apertura en tu boca. Suspiraste antes de decir:

Tú: *Es ist wunderbar…*

No podía dejar de verte, hice un esfuerzo por voltear a ver hacia delante.

Yo: Sí, es maravilloso.

Me miraste y yo a ti, nos quedamos en silencio. ¿Recordaste las muchas veces que repetimos esa frase frente a Klimt? Yo sí. Miré tus labios, eran dos imanes perfectamente delineados, los míos sus polos opuestos.

Ma: Chicos, deberíamos entrar.

Volteamos hacia ella. ¿Deberíamos?, pensé, ¡Si tú ya te ibas! Asentiste y no me quedó de otra más que descender por las escaleras admirando al dios de la lluvia. Me conformé con verte pronunciar los nombres de los dioses aztecas que hacían tu lengua chasquear, el pretexto perfecto para seguir viendo tus labios. Sin que nadie se lo pidiera, mi mamá tomó el papel de guía, comentó la estructura de la fuente, el decorado de piedra y mosaico, señaló la altísima flor del maguey floreando. No sabía que también conocía de botánica, pensé, mientras tú le preguntabas sobre ese y otro cactus. ¿No se le hacía tarde para su junta?, parecía que no porque nos invitó al museo.

Al entrar comprobé que el cárcamo era cualquier cosa menos un pozo pedorro como imaginaba. Cuando la señora-guía se acercó a ofrecernos una visita guiada, negué con la cabeza y tú dijiste que sí. Ahora me sentía custodiado no por una, sino por dos mujeres de mediana edad. Entonces escuchamos cómo era una obra de Diego Rivera, quien había copiado los seres acuáticos de un libro de morfología de los organismos. Señalaste los trilobites y comentaste sobre la vez que fuimos al Museo de Historia Natural. Mi mamá escuchó entretenida cómo te había dejado con el ojo cuadrado con mis conocimientos sobre dinosaurios y seres prehistóricos. Con eso olvidé mi mal humor y me hiciste sentir como un campeón.

La guía continuó explicando sobre el agua como origen de la vida, el funcionamiento de las compuertas, los tanques de almacenamiento y yo me preguntaba qué otras cosas no habías olvidado de Viena. Mi mamá (por fin) se despidió y decidimos ir a ver el edificio en donde está la maquinaria hidráulica. A mí me daba lo mismo hacia dónde nos dirigíamos, lo único en mi cabeza era retomar el tema de la calificación, pero tú pensabas en otra cosa. Caminábamos junto a la barda con decoración de serpiente emplumada cuando dijiste:

Tú: ¿Enrjike…? Quisiera saber algo.

Yo: ¿Sí?

Pregunté distraído porque pensé que preguntarías algo relacionado con la distribución de agua.

Tú: Nunca entendí por qué desapareciste. Por qué dejaste de escribirme después de tu visita.

Me agarraste en curva, tan cerrada como la 11 de la pista de F1 de Bahrein. Mi mente se puso en blanco. ¿Qué pretexto podía inventar? En el fondo, no tan profundo, moría de ganas de decirte la verdad. Entonces, vomité. No de forma literal, claro, sino metafórica. Saqué de mi sistema muchas más cosas de las que me creí capaz. Si lo hubiera planeado, no lo hubiera hecho. No me hubiera atrevido. Pero al estar ahí, caminando por entre una barda de cactus, cruzando el bosque, al borde del lago con la garza reflejándose en el agua, te dije lo increíble y especial que habían sido esas siete semanas contigo, lo difícil que había sido regresar a México y cómo por varias semanas no quería estar aquí. No hablé de ti con nadie y me negué a continuar estudiando alemán porque cada oración me recordaba el viaje. Había tratado de responderte, pero cuando me sentaba frente a la computadora me sentía absurdo y borraba lo que acababa de escribir. Con el tiempo te supuse enojada y cuando me di cuenta había pasado casi un año. ¿Cómo podía reconectar? ¿Cómo retomaba lo perdido? Dos años después llega el trágico 19 de septiembre y tu mensaje preguntando cómo estaba movió mi mundo. Volver a comunicarme contigo había sido lo mejor de esos días tan duros.

Me escuchaste frente a la feria y junto al Papalote, al bajar hacia el Periférico y cruzando por el puente peatonal. Cuando atravesamos, empezaste a hablar tú, largo y tendido, volteándome a ver de cuándo en cuándo.

En el tren de vuelta a Viena caíste en la cuenta de que ya no estaría en tu casa. Me extrañaste al llegar y durante los siguientes meses cada que entrabas al cuarto de tu hermana, donde me alojé. Pensabas en mí en cada sitio al que habíamos ido juntos, al ver pinturas de Klimt, al leer de Emilie. Cuando dejé de responder no te enojaste de inmediato, pero te dolió mucho (enfatizaste la última palabra y yo me sentí como un imbécil). Te fuiste a la universidad y, una tarde, al regresar a tu departamento leíste la noticia del terremoto en México. Viste foto tras foto del desastre y te dieron ganas de llorar. Te sentiste culpable por no haberme buscado o insistido en seguir en contacto. Me sentí aún peor, porque el único que tuvo la culpa fui yo.

Tú: ¿Crees que para ti fue difícil, Enrjike? Gustav Klimt está en toda Viena, tu apodo es el nombre de mi calle. ¿Cómo crees que fue para mí? ¡No podía mudarme de casa!

Te detuviste a recoger una flor intacta del piso y luego volteaste hacia arriba, a ver el árbol del que había caído. Te miré, me dieron ganas abrazarte, rodearte entera, estrujarte apretadísimo con mi rostro en tu hombro. Solo dije:

Yo: Lo siento, Hannah.

Guardaste la flor en uno de tus bolsillos. Me miraste.

Tú: Lo sé. Te perdoné hace mucho.

Yo: ¿En serio?

Tú: Te reivindicaste con las postales.

Sonreíste. Tu diente hermoso. Sonreí contigo.

Yo: Seguir los pasos del maestro Gustav Klimt no podía fallar.

Tú: Supe que no me habías olvidado.

Me desconcerté. ¿Cómo podías dudar de lo que sentí (y volvía a sentir) por ti? Mi estrategia tenía que cambiar, que tuvieras la mínima duda de lo que ese verano había sido, significaba que el peor error de todos mis errores (que no habían sido pocos) era no hacerte sentir lo especial que eras.

Dijiste que tenías hambre y sugerí pasar con el Güero. Hablamos de los distintos tipos de tacos y de la vez que comimos unos frente al canal del Danubio. Cuando pagábamos te pedí que me acompañaras al departamento de mi tío a darle de comer a Nemito. Mentí a medias, Hannah, porque dije que mi tío Hugo estaba de viaje (cierto), que tenía un pez payaso (también cierto) y necesitaba que le diera de comer (falso), pero quería que estuviéramos un momento a solas y sobrealimentar a ese pececito enclenque no le iba a hacer daño a nadie. Porque después de nuestras confesiones corría un aire distinto entre nosotros. Como si una compuerta se hubiera levantado y el agua corriera sin obstáculos. Sentía que era mi oportunidad, tenía que jugármela.

En el camino te pedí chicles, pero se te habían terminado. Nos paramos en el 7eleven y me eché dos Trident de menta con microcápsulas de más sabor y duración, infalibles para el aliento. Al llegar al departamento fui inmediatamente al baño a enjuagarme la boca con medio litro de Listerine para asegurarme de no saber a cebolla o pastor. Revisé mis dientes, estaban libres de cilantro. Salí muy *cool* a la sala, pero sentía que tenía un hámster en la panza. Abrimos la puerta del balcón y nos tiramos en el sillón para descansar del calor. Prendiste la súper bocina de mi tío. Cuando escuché la voz de Alex Turner cerré los ojos y me tapé la cara:

Yo: ¡No! ¿Otra vez los Arctic Monkeys?

Tú: ¿No te gustan?

Yo: ¡No! ¿Cómo crees? El cantante es insoportable.

Tú: ¿Qué? ¡Claro que no!

Yo: Lo dices porque te gusta.

Tú: Lo digo porque es muy talentoso.

Yo: ¿Desde cuándo ser guapo es un talento?

Tú: ¿Alguna vez has leído sus canciones?

Tomaste el teléfono y pusiste *Star Treatment*.

Yo: ¡Acaba de decir que quiere ser uno de los Strokes! ¿Qué clase de perdedor dice que quiere estar en otra banda?

Te reíste. Me encanta que no te enojas cuando te bromeo. Buscaste otra canción.

Tú: Esta te va a gustar, Enrjike.

Le pusiste *play* a *Certain Romance*. Al inicio me gustó la batería, luego la guitarrita, hasta que empezó a cantar el Alejandro con su acento de borracho. Solo podía entender frases aisladas y en eso pusiste un dedo en tu oído para que escuchara: *And it don't take no Sherlock Holmes*.

Tú: ¿Escuchaste? Menciona a Sherlock Holmes.

Yo: Pero no a Watson.

Risa.

Tú: Eres imposible, *Neuling*. Cuando me vaya de aquí voy a hablar como mexicana, pero tú vas a ser fan de Alex Turner.

Yo: Sí, cómo no.

Tú: Vamos a bailar.

Y me jalaste del brazo. Me paré del sillón recordando aquel día en tu cuarto, cuando puse a los Tacubos y a Natalia Lafourcade. Me pregunté si te acordabas de *Hasta la raíz*, pero antes de decir algo mi teléfono sonó. Me lleva, pensé, ¿por qué ahora? Era mi tío, corrí a la habitación de junto para que no se escuchara la música. Cuando le dije que estaba en su departamento me pidió que subiera un paquete que tenía el guardia, me hizo varias preguntas y quiso contarme no sé qué cosa, no paraba de hablar. Cuando colgué la canción había terminado. Me lleva. Yo quería verte cantar y bailar, así fuera música de los Monos Árticos.

Yo: Ok. Convénceme del talento de la banda. Pon tu canción favorita.

Tú: ¿De cuál álbum?

Wow. Me sorprendió que tuvieras una de cada disco. Dije lo primero que me vino a la cabeza, ni siquiera sabía cuántos discos tenían:

Yo: Del… ¿quinto?

Buscaste en el teléfono. Apretaste *play*. Juega.

Cuando empezaron los primeros acordes desapareciste en la cocina, volviste con un cucharón como micrófono y caminando al ritmo de la canción. Empezaste a cantar en inglés semi bailando y semi actuando. Mi mente hizo un excelente trabajo de traducción simultánea:

No lo puedo explicar, pero quiero intentar…

Hay una imagen de ti y de mi… (Tu dedo señalándome, luego a tu pecho).

Y me da vueltas en la mañana y en la noche… (Tu mano alrededor de tu cabeza).

¿Era solo yo o la letra era demasiado acertada para el momento?

Todos esos secretos que no puedo contener…

La canción se convirtió en un *soundrack* donde un lente imaginario magnificaba los movimientos de tu boca.

Dejaste la cuchara en el sillón, tus brazos, tus piernas, tu cadera siguiendo el ritmo de la música. Mi cámara mental hizo un *close-up* a los párpados cerrados, las pequeñas arrugas entre las cejas, cada una de tus pecas, tu costado asomándose por debajo de la blusa.

No sé si debería...

Me acerqué lentamente hacia ti.

And your fuse is fireside...

Eras tan atrayente como una chimenea en la noche más helada.

Me detuve a quince centímetros de ti. Mirándote absorto y sin atreverme a sacarte de ese trance en el que bailabas y cantabas. Abriste los ojos y subiste la mirada hacia mí. "Te debo un baile", dije en voz baja. Asentiste con un parpadeo y media sonrisa. Tomé tu mano y rodeé tu cintura, tus dedos en mi hombro, tu aliento en mi cuello. Dejaste de cantar, pero seguí escuchando la letra de la canción.

Todos esos sitios a los que fuimos...

Mi cuerpo al ritmo del tuyo, el tuyo al ritmo de los acordes.

Y yo pensé que era tuyo para siempre.

Me separé un poco. Nos miramos. Tus pupilas llenando las mías.

O quizás estaba equivocado.

Deslicé mi mano por tu cuello para esconderla en tu cabello. Rodeaste mi cara con tus manos, cerraste los ojos...

El estómago en la garganta como en caída libre en el juego de Kilahuea de Six Flags.

Las piernas cosquilleando como si hubiera estado tres horas hincado.

Los dedos, los labios, la lengua, como si estuvieran pegados a una caja de toques.

Fue el momento más entera-completa-totalmente per-fec-to.

Ahora entiendo por qué en las películas suelen filmar a las parejas besándose con una cámara dándoles vueltas a su alrededor. El mundo entero giraba, cada vez con mayor velocidad. La súper bocina, con su impecable nitidez y gran potencia sonora, hizo que la voz del Alejandro Tornel nos envolviera como la manta más suave del mundo. Por primera vez una de sus canciones me gustó.

Nos besamos despacio, Hannah, sin los nervios de un tren a punto de partir. Sin el sol en mi cara y un bote de basura cerca. Sin mi inexperiencia o mi prisa. El sabor de tu boca en la mía. El pulgar acariciando tus aretes. Tus pestañas cosquilleando mi mejilla. Un mechón color jacaranda recargado en mi nariz. ¿Cómo escribo una descripción original? ¿Qué puedo decir que no suene trillado o lugar común? Nada, porque en ese momento de ensayo y error, buscando cadencias y recovecos, hasta la tarjeta más cursi de Sanborns hubiera creído que me hablaba a mí.

No es fácil escribir esto ahora que ya no estás, duele evocarlo. Ese primer beso es el que puedo recodar con mayor nitidez, si cierro los ojos y lo imagino, casi puedo sentirte. ¿En qué momento sabes que estás perdido por alguien? ¿Puedes sentir el preciso instante en que te enamoras? ¿Hay una línea que cruzas o es gradual y de pronto te das cuenta? He estado escuchando *Fire And The Thud* y le doy vueltas a una estrofa: *El día después de que me robaste el corazón, todo lo que tocaba me decía que era mucho mejor compartirlo contigo.* Como no estás, me consuelo encontrándote escondida en mis sueños, en mi escritorio, en mi cereal.

Esa noche, en mi habitación, me puse los audífonos y volví a escuchar la canción antes de dormir hasta aprendérmela de memoria. Era un detonador para revivir lo ocurrido (lo sigue siendo) y sentía que había sido escrita para nosotros. Había deseado tanto volver a besarte que cuando sucedió parte de mí no lo podía creer. Cuando volví de Viena me deshacía pensando en cómo hubiera sido volver a besarte de haberme quedado una semana más y antes de tu llegada a México esbozaba planes perfectos para darnos ese segundo beso tantos años pospuesto. Al final nada de lo que había imaginado sucedió, quizá solo fui creando una realidad alterna como en la película de *Reservoir Dogs*. ¿Recuerdas cuando el Sr. Naranja se inventa una anécdota para caerle bien a los malosos que están organizando el robo? Concibe una historia que practica muchísimas veces hasta volverla real en su mente y hacerla verdadera para los interlocutores. Hizo de su fantasía, una realidad. ¿Hice lo mismo con el beso que me diste en la estación antes de despedirme de ti? Qué tal si en realidad fue putrefacto y yo lo recuerdo como increíble. ¿Estaré haciendo lo mismo con tu visita? Quizá mi mente me engaña, quizá por eso vale la pena escribir, para verlo con algo de distancia y ser más objetivo.

Cuando salimos de casa de tío Hugo comenzaba a llover, pedimos un taxi, era imposible caminar a ningún sitio sin empaparse. Luego llegó el granizo, las esferas blancas se azotaban en el pavimento con furia. Yo me encontraba en un estado de éxtasis, de elevación, una sonrisa boba en mis labios inflamados. El ruido del hielo azotándose en el parabrisas era ensordecedor y servía como aislante del conductor. Me acerqué a ti:

Yo: ¿Hannah? (Me miraste). Tengo que decirte algo… (Abriste expectante los ojos). ¿Te acuerdas de mi diario?

Tú: *Klar*. Claro.

Yo: Pues… Lo perdí en el aeropuerto.

Semáforo en rojo. Sonido de gotas en el techo de aluminio.

Tú (ceño fruncido): ¿Cuándo te diste cuenta?

Yo: Al subirme al avión.

Tú: ¡¿Por qué no me dijiste?! Pude haber ido a la *Fundbüro* a preguntar por él.

Miré hacia adelante. La oficina de objetos perdidos… Diablos… Nunca se me ocurrió. Silencio. Ojos de idiota. ¡Qué menso!, pensé.

Yo: Hannah… Adentro del cuaderno tenía tu regalo de cumpleaños.

No quería mirarte, quería desaparecer… Creí que explotarías.

Tú: Entonces, ¿no lo viste…?

Yo: Ehhh… Bueno… No pude esperar al día de mi cumpleaños, lo abrí antes de subirme al avión.

Suspiraste aliviada.

Tú: ¡Qué bueno! *Gut gemacht, Enrjike.*

Yo: ¿No te molesta?

Tú: ¡No! Hubiera sido triste que no lo hubieras visto.

Yo: Pero… ¡lo perdí, Hannah!

No parecías ver el drama en el asunto. Subiste los hombros.

Tú: Quizás es mejor así.

Me desconcertó tu respuesta tan tranquila.

Yo: ¿Por qué dices eso? Después de todo lo que escribí dur…

Tú: ¡No importa!

Subiste el tono de voz y miraste hacia la ventana. No estaba entendiendo. Empezaste a enredar un mechón de cabello en tu dedo índice. Estabas nerviosa.

Tú: Enrjike… *Ich muss dir etwas erzählen…* Yo también tengo algo que decirte…

Tienes novio, pensé. Te tapaste la cara con las manos. Seguro tienes novio. Decías que no con la cabeza y el rostro cubierto. Me vas a mandar a volar. Necesitaba aire. Estaba a punto de tener un infarto. No hablabas. ¡¡¡Dímelo ya, Hannah, que voy a azotar la cabeza en lo que tenga a la mano!!!

Tú: Leí tu diario…

Parálisis. ¡¿Qué?! ¡¿Cómo?! ¡¿Cuándo?!

Yo: ¡¿Lo leíste…?!

Silencio. Los jugos gástricos regando mi estómago. No sé qué cara puse.

Tú (en alemán): Es qué... Una vez... entré al cuarto de mi hermana... buscaba un libro... y tu... tu... ¡tu cuaderno estaba abierto! *¡Es tut mir leid!* ¡Lo siento mucho!

Tú rostro, un jitomate; mi mirada, de incomprensión. Estaba sin habla. No sabía cómo tomar esa nueva información. Al menos no tenías novio, pensé. Respiré y miré hacia la calle, los carros nos rebasaban.

Tú: Leí solo unas cosas. Muy poco en realidad. Aunque me costó trabajo no continuar. Escribes muy bien.

Tus palabras eran atropelladas. No te hubiera creído capaz.

Yo: No trates de hacerme la barba.

Tú: *Was*?! No tienes barba.

Yo: Adularme.

Tú: Adu... ¿qué es eso?

Yo (y el diccionario): *Mir zu schmeicheln.*

Tú: ¡No, no! De verdad, Enrjike.

De cualquier modo, lo perdí, pensé. Me preocupaba menos que lo hubieras leído tú a cualquier otra persona. Qué tal que lo encontró alguien que hablaba español y se rio de mí al leerlo. Peor aún, qué tal que lo compartió con más gente y existe un grupo de lectores del diario perdido de Enrique Rivera. Qué oso.

Si lo veía desde otra perspectiva, lo que habías leído era el último vínculo que me quedaba con ese cuaderno y lo que más me dolía era haber perdido tu regalo.

Yo: ¿Te acuerdas de lo que leíste? (Ibas a hablar, pero no dijiste nada. Parpadeaste muy rápido mirando hacia otro lado). No estoy enojado. Tienes razón, Hannah, ese verano pasó hace mucho tiempo. Dime... por favor.

Me describiste la vez que fui al MQ con mis amigos y mi capacidad de recordar las capitales de los países (talento que no he perdido, por cierto). Cuando escuchamos la novena sinfonía en la Secesión y le decía "el edificio de la alcachofa". Solo me acordaba de lo segundo. Guardaste silencio, no me mirabas a los ojos, dudé de ti. ¿Habría sido lo único que leíste? Pero habían pasado cuatro años y estaba de más enojarme, me daba curiosidad de qué te habrías enterado. También, por alguna extraña razón, esa confesión me pareció algo atractiva. Pensarás que era por la tarde tan fenomenal que habíamos pasado, pero creo que era el saberte capaz de romper reglas, de hacer trampas, de mostrar debilidades.

Yo: Entonces… si leíste de cuando vimos el mural de la oda a la felicidad… sabías que me gustabas.

Te descubrí una sonrisa distinta, de travesura.

Tú: No necesitaba leerlo, Enrjike. Era un poco, ¿cómo se dice…? *Offensichtlich.*

Yo: Obvio…

No tuve que buscar la palabra en el diccionario, la frase se completaba sola. Con tus ojos llenos de ternura pusiste tu mano en mi brazo, luego la quitaste. Quería que la regresaras, quería tomarte de la mano, pero aún no sabía los límites y grados de cursilería permitidos después de ese beso. No quería echar nada a perder.

Tú: Por eso sabía que te gustaban las gomitas Haribo y los Ricola de limón.

Me empecé a reír, ¡por eso me habías traído dulces de regalo!

De repente me sentí de muy buen humor. Pensar que los dos nos sentíamos culpables por el famoso diario (tú de leerlo, yo de haberlo extraviado junto con tu regalo) me provocó más risa. Me veías con expresión de desconcierto, lo que habías dicho no había sido tan chistoso, pero no lograba controlarme. Cuando pude hablar, dije:

Yo: Qué bueno que lo leíste, Hannah, así me cae menos mal haberlo perdido.

Cuando entré a la privada y vi las luces prendidas, me acordé de mis padres. Deseé que se hubieran ido a Remotalandia, quería volver a estar a solas contigo. Esa noche, empecé a desempolvar y ajustar el telescopio, para subir a la azotea a ver las constelaciones. Una de las ventajas de no tener una casa ultramoderna y silenciosa es que la vieja escalera de metal nos alertaría cada que alguien quisiera subir. Si Francisco consideraba que ir a un antro con la música a todo volumen era el mejor plan para hablarte al oído, es un amateur. No tiene ni idea lo que es mirar la luna con tu rostro tan cerca que podía ver al satélite reflejado en tu iris. Aunque esa noche la lluvia nos forzó a quedarnos dentro de casa, habría otras oportunidades.

Preparando la cena mis papás nos preguntaron qué habíamos hecho y les contamos de nuestra caminata por Chapultepec y los tacos al pastor, sin mencionar nada de la tarde. Los distrajimos preguntándoles sobre su día de trabajo y los distintos tipos de comida en México. Ellos respondieron entusiasmados, sin sospechar de dónde se originaba nuestro inusitado y desmesurado buen humor.

Martes 13 de agosto de 2019

Acabo de releer y corregir mi último carrete y pensé en algo: Si esa mañana caminando por Chapultepec hubiera conocido la discografía completa de tu grupo favorito, te hubiera dicho que escucháramos *Despair In The Departure Lounge* para describir lo que sentí aquel fatídico 22 de agosto de 2015 en el Aeropuerto Internacional de Viena. Quería morir en la sala de espera. Estaba tristísimo y no me animaba la idea de ver a mis papás, de regresar a México, o ver a mis amigos. Y en vez de tener un celular sin señal y baja batería, mi pobre pluma Bic dejó de servir. En el avión me tocó junto a una señora que no se callaba e insistía que era un chico muy guapo pero muy callado. Quería aventarme por la ventana, a ella primero. Fue horrible. Para que me dejara en paz puse la película de *Home* pensando que era animada e inofensiva. Mala elección. Berreé como niñito abandonado con las canciones de Rihanna y Jennifer López. Ridiculazo. Pensar que no te iba a volver a ver me provocaba dolor de estómago, de garganta, de cabeza, de pecho.

Ahora que escucho la canción de los Arctic Monkeys, explícame, Hannah, ¿cómo puede Alex Turner, un inglesito de Sheffield, describir exactamente la experiencia que yo, un mexicanito del DF, estaba sufriendo al cruzar el Atlántico alejándome de ti?

Hannah: ¿Te llamó la atención Diego Rivera por la postal que te envié o te hubiera atraído tanto de cualquier modo? Es la pregunta de los mil dólares. También me he preguntado si me gustaron tanto los cuadros de Gustav Klimt porque tú me los mostraste. Miento. La respuesta a la segunda pregunta la tengo clara, no hubiera entrado a ninguno de los museos a los que fuimos si no hubiera sido por ti.

Para el día siguiente propusiste ir a ver el Museo Mural de la Alameda, dije que sí. Estaba felizmente intoxicado de endorfinas y en ese estado idiotizante hubiera aceptado saltar al cráter activo del Popocatépetl esa misma noche si me lo hubieras pedido. Cuando me metí a la cama no podía dormir, ¿cómo después de esa tarde? Una hora después me harté de estar calentando la almohada y entonces caí en la cuenta de que era el mural de la primera postal que te envié a Edimburgo. Decidí aprovechar el insomnio haciendo algo productivo.

Tirado en la cama con la computadora en las piernas empecé la búsqueda. Al inicio encontré información general, pero no era suficiente. Mi ambición era encontrar algo novedoso, como tú lo hiciste con los cuadros de nuestro querido pintor austriaco. Con las palabras correctas, no me tardé mucho en toparme con el verdadero manantial del conocimiento, como el del arte de la Secesión, aunque este era más como Río Mixcoac antes de ser entubado.

El Mural de la Alameda fue pintado en 1947 en la pared del lobby del Hotel del Prado "el mayor, más moderno y mejor hotel de América Latina", el cual se tardaron catorce años en construir y estaba localizado frente al parque de la Alameda Central.

Vi la hora, seguramente mis abuelos seguían despiertos, quizá ellos habían entrado al hotel o ido al cine que estaba junto. Como intercambiar whatsapps con cualquier persona de más de 60 años es aventurarse a un proceso interminable de espera y frustración hasta entrar en un verdadero laberinto de la soledad, les marqué. Mala idea. Mi abuela me hizo una lista de los cines a los que iban cuando eran novios y mi abuelo deliberó en voz alta si ese era el hotel que salía en la película *Roma* de Cuarón. Entonces se enfrascaron en una verborrea de remembranzas de su juventud, en discutir los nominados a los Óscares, en desaprobar los nefastos comentarios críticos del talento de Yalizia, en preguntarme si había visto una buena película recientemente. Conclusión: no aportaron nada de interés para mi búsqueda. Les di las gracias y dije que ya era tarde.

El arquitecto del hotel es quien sugiere que el tema principal del mural sea la Alameda Central, ese parque de trescientos años de antigüedad. Diego Rivera decide pintar sus propios sueños y recuerdos, junto con la memoria histórica colectiva de los mexicanos, para que los huéspedes, al verlo, hicieran un paseo visual en orden cronológico desde la conquista, hasta la revolución. El título original de la obra era: *Sueño de un domingo en la Alameda*. Más tarde lo alarga y queda: *Sueño de una tarde dominical en la Alameda Central*.

Es un mural que había visitado varias veces con mi abuela cuando era niño, pero a esa edad no conocía a la mayoría de los personajes de la historia de México y tampoco ponía mucha atención. Miré detenidamente las fotos de la pintura en la pantalla y localicé a Maximiliano de Habsburgo, un detalle que te interesaría. Seguí revisando y marcando personajes que conocía. Rivera se autorretrata en la parte central del cuadro, como un niño de nueve años con una rana en un bolsillo y una serpiente en la otra. Los animales en el saco lo hacían ver aventurero, pero su vestimenta de pantalón corto, calcetas a rayas y sombrerito, lo hacían ver bastante ñoño. Claro, no sé cuál era la moda de los niños en su época, pero mi primo Mariano se muere si lo intentan vestir así hoy.

Entonces encontré lo que, sin saber, estaba buscando: "El Hotel del Prado se dañó en el terremoto de 1985 y el mural se trasladó a la ubicación actual en el Museo Mural Diego Rivera". Ah, caray, pensé, de esto no me acordaba. Esa información le daba un toque de jugosidad. Me eché un clavado a la red, donde leí artículos, vi un documental, encontré el resumen de un libro titulado *Historia folletinesca del Hotel del Prado* (no me lo estoy inventando) y, al terminar mis notas, levanté los puños al aire cual personaje de anime japonés y grité: ¡*Yosh*! Te iba a dejar boquiabierta.

Lo malo es que me dormí tardísimo y no escuché la alarma a la mañana siguiente. Cuando salí corriendo del baño, con el cabello casi escurriendo, mi playera favorita puesta y las anotaciones en el bolsillo, me sentía el hombre más seguro del mundo. Bajé los escalones de dos en dos a la cocina y al entrar te encontré metiendo dos panes Bimbo al tostador. Estabas de espalda, estirándote de puntitas para tomar un plato del estante más alto, tu cintura se asomó bajo la blusa. Traías el cabello húmedo y al acercarme el olor al champú diabólico me golpeó la nariz. Miré tu cuello perfecto y esa oreja con tres aretes cuando tomabas la cafetera y me preguntabas si quería. Alcé el brazo para bajar una taza, aunque hacían falta dos, una para la baba que estaba escurriendo de mi boca al verte, la otra para el café con leche. Te miré servir con dos corazones en vez de mis ojos.

Yo: Gracias.

Volteaste, me sonreíste, y sentí que me faltaba el aire:

Tú: Qué bien te ves, Enrique. Me gusta tu playera.

Me convertí en un queso ranchero desmoronado. Sentí la cara caliente. Miré hacia abajo, todo nervioso, como si no supiera qué traía puesto.

Yo: Es del mundial de Robótica.

Seguramente traía cara de idiota. En vez de apurarme me quedé viéndote cómo le embarrabas mantequilla a dos panes. ¿Qué te puedo decir? Traías una camiseta de cuello tan holgado que se deslizaba descubriendo uno de tus hombros, el lunar a un lado de tu clavícula se hizo visible y me sentí mareado. No sabía si tenía hambre o no. Continuaste desayunando completamente ajena al impetuoso remolino emocional en mi estómago.

Tú: Ah, sí. Recuerdo que por tus robots casi no vas a Viena.

Levantaste las cejas, divertida, y yo sentí un cosquilleo en el pecho, en el abdomen, en el cuerpo entero. Me acerqué a ti, al tostador, a tu lunar, cuando mi papá entró a la cocina posponiendo mis planes. Nos dijo que salíamos en quince minutos, iba tarde. (Aclaración: mi papá va 95% de las veces tarde pero siempre llega temprano; el 5% restante va a tiempo. Conclusión: nunca va tarde).

Te pusiste nerviosa, te comiste los panes a velocidad del rayo, te lavaste los dientes y apareciste a los trece minutos con veinte segundos frente a la puerta.

Otro hábito de mi santo padre es contar las mismas historias una y otra vez, mi mamá y yo a veces lo dejamos de escuchar, otras le hacemos bromas. Ese día en el coche te tomó de rehén para contártelas, pero hay que darle crédito, sabe mucho sobre la ciudad y te mantuvo muy interesada. Como íbamos tarde (sic), nos aventó frente al Four Seasons en Reforma en vez de llevarnos al centro. Aunque en el momento me cayó mal, al final estuvo mejor, porque tomamos el Metrobús rememorando nuestros recorridos en el camión A4 y pude empezar a impresionarte con mis aptitudes de guía turístico. No te voy a mentir, mucho de lo que te conté es gracias a mi papá, pero también le metí de mi cosecha. Comparé la construcción de la Avenida Reforma con el Ring de Viena. Allá lo hicieron para conmemorar a Franz Joseph, aquí a la Independencia de México y de pasada, el cumpleaños del presidente con ínfulas de emperador: Porfirio Díaz.

Nos bajamos en el Caballito para caminar un tramo de Juárez. Cuando viste la escultura dijiste:

Tú: *Das ist ein sehr groß*es *und sehr gelbes Pferd!*

Yo: Ya sé, es un caballo muy grande y muy amarillo.

Tú: ¿Le dicen "Caballito" de broma, Enrjike?

Yo: Antes estaba una escultura de Carlos IV de tamaño natural, pero la movieron porque necesitaban hacer un respiradero del drenaje profundo. Entonces pusieron este caballote, pero el nombre se mantuvo igual. Supongo que el color amarillo es para intentar distraernos del olor a caca que emana de su boca.

Frente al Hotel Sheraton antes de cruzar a la Plaza de la Solidaridad, la clase comenzó. Te conté que originalmente ahí estaba el Hotel del Prado, un proyecto que se concibe en los treinta para crear un hotel de lujo para turistas y extranjeros. Por una disputa entre arquitectos se tardan muchos años en construirlo. Se lo habían encargado a uno que se apellidaba Santacilia y que resultó ser bisnieto de Benito Juárez, pero como hace lo que se le da la gana el dueño del hotel se enoja, le quita la batuta y se la da a su sobrino Pani (nepotismo puro). Esta decisión causó toda una debacle que fue posponiendo o alentando la construcción del hotel. A Diego Rivera lo contrata el primer arquitecto y tiene que empezar a pintar entre polvo, ruido y costales de cemento, quien para ese entonces ya es famoso por su trabajo artístico, pero también por su participación en las manifestaciones de los obreros exigiendo derechos laborales.

Tú: ¡*Neuling*, te has convertido en Sherlock!

¿Sabías que sueles decirme *Neuling* cuando algo te gusta de mí?

Yo: Diego es mi tocayo y estás en mis terruños, Hannah.

Búsqueda en el diccionario: tocayo = *Namensvetter*; terruños = *Heimaterde*.

Tú: Me gusta aprender vocabulario nuevo.

Yo: Voy a ponerme creativo al hablar.

Tú: No exageres demasiado, Enrjike. (Miraste hacia el edificio). ¿Remodelaron el hotel?

Yo: No. El edificio original se dañó en el terremoto.

Tú: ¿Hace dos años?

Yo: No, en el de 1985.

Tú: ¿Y el mural…?

Ahí quería llegar. Entonces te conté que el hotel había quedado demasiado afectado después del temblor, no iban a poder salvarlo. El mural debía ser trasladado a otro sitio. Lo primero para protegerlo fue cubrirlo con un papel japonés especial, luego se desmontó para poder deslizarlo, levantarlo y moverlo. Fue toda una proeza sacar aquella obra de 35 toneladas que, para colmo, no estaba en la planta baja del hotel, sino en el primer piso. Se trajeron grúas, se construyeron andamios y una plataforma con 96 ruedas para trasladarlo. El camión que lo jalaba debía ser sumamente cuidadoso, porque cualquier vibración podía dañar la capa pictórica. La máxima velocidad a la que iba era de dos kilómetros por hora. Los ingenieros caminaban junto a ella revisando si debían ajustar las ruedas para evitar los desniveles. Se tardaron como dos horas en avanzar los doscientos metros y como todavía no estaba construido el museo, lo dejaron bajo una cubierta de láminas durante un año. Cuando leí eso pensé: ¡Tanto trabajo para que se moje con la lluvia! Pero no, lo cubrieron para que nada lo dañara.

Lo más increíble es que parecería que Diego previó el futuro. Aunque el mural era de una gran dimensión se empeñó en hacerlo sobre un bastidor en vez de sobre la pared. La preparación para poder pintar al fresco en un bastidor de 15 metros de largo por 4.8 de alto, que no se cuarteara y el color permaneciera con el tiempo, tenía que ser impecable. Lo hizo un químico muy pila, Andrés Sánchez Flores, revistiéndolo con el material necesario para recibir el aplanado para el fresco. Rina Lazo era estudiante de pintura en esa época y ayudante de Rivera, comenta en el documental que "el maestro" (así lo llamaba) era un *workaholic* de la pintura, trabajaba desde que salía el sol hasta pasada la medianoche. Tenía una enorme capacidad para el trazo sin proyecto, como los muralistas del Renacimiento, era tan bueno que casi parecía estar calcando las figuras. Diego decía que, para llamarse muralista, hay que llegar a crear al muro, si uno hace un esquema muy acabado antes, la emoción estética se queda en él. No estoy seguro de eso, porque nosotros vimos los bocetos de Klimt para sus murales y el trabajo terminado no me pareció aburrido. En eso escuché:

Tú: ¡Enrjike! ¡¿Cómo sabes tanto?! Y tus frases... ¿Capa pictórica? ¿Emoción estética?

Estaba orgullosísimo de haber hecho la investigación la noche anterior. Se siente bien cuando te sorprendo (positivamente, claro) o cuando hago algo inesperado que te gusta, pero logré mantenerme *cool*.

Yo: Me faltó decirte que trasladaron el mural un día domingo, cerraron esta avenida y varios mariachis tocaron mientras hacían los trabajos.

Te encantó ese detalle y deliberamos si cantarían ópera o música de cámara si tuvieran que mover un mural de Klimt en Viena. Mientras esperábamos a que abrieran el museo, nos asomamos a las mesas de ajedrez frente a la puerta. Nos tocó ver cómo un estudiante pensó que seguro su mente joven le iba a ganar a la de su contrincante, un señor de como setenta años. No sé mucho de ajedrez, pero sí lo suficiente para darme cuenta de que le dieron una clase. Al final su rey corría de un lado al otro como gallina descabezada, mientras era acorralado con cada movimiento del señor. Al verse atrapado, dijo que se rendía. Cuando se paró de la silla, un hombre que traía un sombrero ranchero tomó su lugar.

Revisamos el reloj, pasaban de las once, volteamos y vimos el museo recién abierto. Afortunadamente era gratis por ser estudiantes, pero nos cobraron cinco pesos para sacar fotos sin flash. Una ganga, en especial porque solo pagamos para que las sacaras tú y luego me las mandabas. Un guardia nos pidió que cargáramos las mochilas en un hombro o al frente y nos dio el paso con un ademán como si fuéramos realeza. Sonreímos, dimos algunos pasos, giramos hacia la derecha y…

Tú: Wooow.

Te miré, Hannah, tenías la boca entreabierta, los ojos como platos y suspiraste. Era muy parecido al gesto que te había visto en Viena. Nos quedamos callados, tu hombro al lado del mío, mi mano al lado de la tuya. Nuestros dedos se rozaron, hubo un intercambio de cargas electromagnéticas y sentí que se me erizaban los vellitos de la espalda. Deslizaste tu anular para enroscarlo en mi índice.

Tú: Es maravilloso, Enrjike.

Yo: *Wirklich wunderschön.*

Respondí en alemán y pensé: Lo realmente maravilloso es estar aquí contigo. Nos miramos, tus pupilas azules eran dos ventanas panorámicas asomándose hacia tu alma. El mural no era *El beso* de Klimt, pero el momento era la repetición de algo ya vivido, de un anhelo incumplido. Éramos los únicos en la sala, no había japoneses, ni chinos, ni locales, ni nadie que gritara que no se permitía tomar fotos. Estábamos solo tú y yo. No me importó estar en un lugar público. No me importó que hubiera un guardia detrás de nosotros. No me importó nada, absolutamente nada, más que tus maravillosos labios. El beso fue breve, contundente y lento, una obra de arte.

Tú (sonriendo): Estás mejorando muy rápido, *Neuling*.

Apreté tiernamente tu costado, bajo las costillas, respondiendo a tu broma. Y entonces, descubrí una vulnerabilidad secreta que te hizo saltar dos metros lejos de mí. ¿Por qué apenas me enteraba que eras tan cosquilluda?

Empezamos mirando el mural de un extremo al otro. Señalé a Hernán Cortés y la Santa Inquisición (que por favor alguien me explique qué diablos tiene de "santa" una persecución. Ejemplo perfecto de un oxímoron. Lo debí haber utilizado en algún examen de español). Seguí con Sor Juana Inés de la Cruz, la conozco muy bien porque mi maestra de Literatura era fan. Localicé a Agustín de Iturbide, representado con ojos saltones, y a Benito Juárez, por encima de los demás personajes. Te dije que Juárez es tan importante en nuestra historia que si un mexicano no lo reconoce le quitan el pasaporte, la credencial de elector y todos sus billetes de 20 pesos.

No te conté un secreto, no se lo puedes decir a nadie porque pueden acusarme de antipatriota: cuando estaba en la primaria juraba que su nombre era Beno y de cariño lo llamaban Benito, hasta que mi mamá me escuchó llamarle así y me explicó. Estoy seguro de que también se rio de mí a escondidas.

Debajo de Juárez señalé a Ignacio Ramírez, "una de las mentes más brillantes de su época". Te conté que escribía muy bien y su seudónimo era El Nigromante.

Tú: ¿Qué quiere decir?

Yo: No lo sé. Quizá le gustaba mucho el color negro.

Abriste el diccionario y me asomé al teléfono contigo.

Tú: *Nekromant… Nekromantie = Weissagung durch die Beschwörung von Geistern.*

Yo: ¿Y eso qué quiere decir?

Te pasaste al diccionario de español.

Tú: Conjunto de ritos y conjuros con los que se pretende desvelar el futuro invocando a los muertos.

Silencio. Nos miramos.

Yo: Pues muy brillante, pero también algo pirado.

Volteamos al mural sin darle mucha importancia y señalé el dibujo de la Constitución de 1857 y las Leyes de Reforma.

Yo: Inicialmente decía "Dios no existe", pero hubo tantas protestas y vandalismo a esa parte del mural que Diego lo modifica para dejar solo el nombre de la conferencia en donde se promulgó esa frase. (Indiqué con el dedo más abajo). Mira, la del moño es Carlota y el pelirrojo...

Tú: ...*Kaiser Maximilian von Mexiko.*

Yo: Dijiste, ¿Kaiser Maximiliano "de México"?

Tú: Sí, de México.

Salté del piso con cara de: WHAT?! WAS?! ¡¿QUE, QUÉ?!

Yo: ¡Nonononono! Es Maximiliano de Austria. ¡VON ÖSTERREICH!

Tú: Pero si fue emperador de México.

Yo: ¡Y por eso lo fusiló Herr Benito Juárez! (Me miraste un poco sorprendida por mi vehemencia, pero sin entenderla). Además, ¡está enterrado en tu país!

Tú: Pero vino a Mé...

Yo: Shhh. No lo digas en voz alta porque te pueden sacar a patadas del museo.

Te reíste divertida y no dijiste más.

Tú: ¿Quiénes son esos dos señores saludándose con el sombrero?

Como no tenía ni la más pálida idea, caminamos a la vitrina con la descripción de cada uno de los personajes del mural. Descubrimos que uno era Manuel Gutiérrez Nájera y el otro José Martí, ambos poetas modernistas. Te comenté que la calavera en el centro era una referencia a uno de los grabados de José Guadalupe Posadas, un litógrafo al que admiraba Rivera. Caminaste y te detuviste justo en frente de Frida Kahlo.

Yo: Ella no posó para este retrato. Diego utilizó una fotografía.

Tú: ¿Por?

Yo: No lo sé. Pero el yin yang de la mano se lo agregó.

Te quedaste mirándola en silencio y por alguna incomprensible razón me puse a hablar de *Kung Fu Panda* y de películas de artes marciales hasta que me escuché preguntándote si conocías *Hunter x Hunter* o habías visto *Demon Slayer*. Por suerte me ignoraste y después me rescataste de mis propias divagaciones de *otaku* cuando señalaste a Francisco I. Madero. Dije que, para efectos prácticos, fue el primer presidente democrático después de los treinta años de dictadura de Porfirio Díaz. A partir de ahí hablé de la Revolución señalando a Zapata, Pancho Villa y a los demás personajes que reconocí.

Al final del mural, del lado derecho, localicé a Lupe Marín, la segunda esposa de Diego y a sus hijas. También vimos un segundo autorretrato de Diego niño comiéndose una torta.

Yo: Si a Klimt no le gustaba salir en sus propios cuadros, parece que a Rivera sí.

Observamos detalladamente el cuadro de izquierda a derecha y de derecha a izquierda, luego nos sentamos en una banca, frente al mural. Recordé la vez que fuimos a ver el boceto del Palais Stoclet, donde hicimos lo mismo.

Tú: ¿Te imaginas entrar al lobby del hotel y ver esto?

Yo: ¿Habrán diseñado también los muebles para hacer una obra de arte total? ¿Cómo se decía? Gesam…

Tú: *Gesamtkunstwerk.*

Te volviste hacia mí y te quedaste mirándome un momento, pensativa. Me pusieron nervioso tus ojos sobre los míos sin parpadear. Saliste de ese estado, te levantaste y caminaste hacia las fotografías colgadas en las paredes de alrededor. Aparecía la Avenida Juárez a través del tiempo, antes de ser pavimentada y más adelante con unos coches de principios del siglo veinte. Vimos el elegante interior del Hotel del Prado y comentaste que parecía estilo Art Deco. Había otra fotografía con el mural dibujado con carbón sobre un fondo blanco y una más con Diego mirando hacia la cámara.

Salimos del museo uno junto al otro. Era extraño y fantástico a la vez caminar así contigo, aquí, en México, en el pleno centro de la ciudad. No sé cómo explicarlo… Sentía que le habías dado un nuevo brillo a las calles, a los edificios, a los árboles. Como si los colores que acabábamos de ver traspasaban los muros del museo y llenaban la Alameda entera.

Compramos unas jícamas con piquín y nos sentamos en la única banca que encontramos vacía. Fue entonces que me preguntaste sobre el día del temblor, el de 2017. Te dije que había sido el mismo día que el de 1985, cuando se dañó el Hotel del Prado. ¿Cuál era la probabilidad de algo así?, preguntaste. Tenía la respuesta porque lo investigué, en esos días postsismo que tenía muchas horas

104

libres y un sinfín de preguntas. Al principio pensé que me enfrentaba a la paradoja del cumpleaños, pero luego leí el análisis de una islandesa experta en geofísica que explicaba que, para la gran cantidad de temblores que hay en México, la probabilidad de que dos terremotos cayeran el mismo día con 32 años de diferencia era de 5%. Me pareció un resultado alto, hubiera pensado que sería un número decimal, pero no voy a argumentar con una profesora emérita de apellido intimidante y lleno de consonantes.

Te conté que en la escuela habíamos hecho el simulacro poco antes, como todos en esta ciudad. Bajamos echando relajo, agradecidos de saltarnos una clase en la que el profe era buena onda, pero soporífero. En cuanto llegamos a la planta baja, los alumnos asumimos que la clase se cancelaba. Como después tenía dos horas libres, terminé un trabajo de equipo, comí algo y cuando iba a clase me encontré a Érika sentada en una mesa del jardín, tenía los ojos rojos. Había llorado por algo que le había dicho su mamá. Solo por eso me detuve y me senté con ella, en vez de decir "hola, nos vemos al rato" y pasar de largo. Solo por eso no subí al edificio.

El "solo por eso" cobra peso, Hannah, porque pude haber entrado a clase de 1:00 pm en el tercer piso, tenía ganas de ir al baño y pude haber cruzado el puente que une los dos edificios justo a las 13:14 de la tarde… El puente se cayó.

A eso le di vueltas una y otra vez hasta el cansancio. ¿Por qué las circunstancias se acomodaron de esa manera para mí y no para otros? Encontré la película alemana: *Lola Rennt*, donde sale la misma actriz de Bourne Identity. En español le pusieron "Corre, Lola, corre", porque vaya que corre y corre la chava, seguramente después de la filmación podría haber entrado a un equipo de atletismo. La vi varias veces, obsesionado por los distintos futuros que podríamos tener dependiendo de las decisiones y coincidencias con las que nos enfrentamos. No me quiero poner filosófico, es solo que me hizo reflexionar en lo que pudo haber pasado, pero no pasó.

Estaba en medio de ese viaje psicológico cuando llegó tu correo… Y fue como si volviera a temblar. Cuando leí tu nombre en la pantalla sentí un vacío en el estómago. No lo podía creer. Y luego aparecieron las fotos de Viena arrumbadas en un cajón. Uf. No sabes lo que fue. Hay una foto que te saqué sentada en el *Rathaus*. Estás de lado, distraída, con un *smoothie* frente a ti. Ríes. La habré visto cientos de veces. Fue el día que entramos al teatro.

Te conté esto y muchas cosas más. Hablé y hablé y hablé. No dejé de hablar cuando pasaron unos cuates con el cilindro y les dimos dinero; cuando nos ofrecieron globos y flores que no compramos; cuando cortaste lavanda que me diste a oler; cuando un señor que parecía vagabundo borracho fue un poco insistente en bolearnos los zapatos aunque traíamos tenis. Me desahogué diciéndote tantas cosas que a nadie le había dicho y no sabía que me hacían falta decir.

Caminamos al restaurante del Sheraton para ver la versión de la pintura de Rivera "modificada" con algunos de los personajes frente a mesas de comida. Nos pareció simpático y mientras fuiste al baño le eché un ojo a los precios. Como estaba un poco elevado para nuestro presupuesto, te propuse ver el Museo de Arte Popular y caminar al mercado de San Juan donde nos comimos un ceviche glorioso.

Hubiera querido irme al departamento de mi tío a pasar la tarde solos, pero propusiste caminar a la Ciudadela, aunque hice bromas sobre Nemito y la posibilidad de que muriera de hambre. Reíste creyendo que era una broma. Terminamos en el Museo del Chocolate, no pudimos recorrerlo porque casi daban las cinco de la tarde, pero compramos un chocolate amargo antes de que cerraran la tienda. A las seis, mientras esperábamos a mi papá con los pies adoloridos, sentados en una banca frente a la copia del David en el Parque Río de Janeiro, te inclinaste a darme un beso en la mejilla.

Tú: Gracias por el Riveratour, Enrjike. Ha sido un día increíble. *Ein unglaublicher Tag...*

Volteé y me sorprendiste con un segundo beso, ahora en los labios. Sabías a cacao, dulce y amargo. Pasé mi brazo sobre tus hombros, inclinándome para darte un tercer beso. Al cerrar los ojos tuve la certeza de que caminaría cinco veces lo de aquel día o cambiaría cualquier tarde en el sillón del departamento de mi tío para verte así de contenta.

Un huracán golpeó la costa del Pacífico y en la capital llovió durante la noche entera. Amanecimos en una ciudad oscura, con un chispeo que arreciaba de cuando en cuando, como si abrieran y cerraran la llave del agua. Mis padres habían salido muy temprano, no los escuchamos irse. El día apagado te ayudó a superar el *jet lag*, despertaste a las diez de la mañana y bajaste por algo de comer antes que yo. Te encontré en la sala mirando por la ventana con una taza en la mano. Al escucharme volteaste, en tu expresión había una pregunta: ¿A dónde se fue el verano? Dijiste *"Guten Morgen"*, un buenos días en medio de un bostezo y continuaste bebiendo café sin decir nada más. Mientras tostaba un par de panes te hablé de nimiedades jocosas, pero no logré provocarte ni una sonrisa. Fuiste al baño y al salir te recargaste en el vano de la puerta con los brazos cruzados.

Tú: Enrjike, ¿te puedo pedir un favor?

Tu voz era algo seria. Te miré asustado. ¿Hice algo mal? ¿No bajé el asiento del escusado? Estaba deliberando en mi cabeza qué pudo haberte molestado, cuando dijiste:

Tú: ¿Tienes algo para el dolor?

Yo: ¿Dolor? ¿Te pegaste?

Tú: *Ich fühle nicht gut.*

Yo: ¿No te sientes bien? ¿Por?

Tú: ¿Necesito un iPad?

Yo: ¿Un iPad? ¿Para?

Mi mente a mil revoluciones intentaba resolver el misterio de sentirte mal y necesitar una tableta cuando volviste a hablar, pero esta vez lo enunciaste en inglés para evitar cualquier duda. Cuando entendí me quedé paralizado. Mi cara de absoluto desconcierto e ignorancia lo dijo todo.

Tú: Tu mamá debe tener.

Yo: ¿Mi mamá? Claro que no…

Tú: ¡Claro que sí!

Te miré: estabas a una pregunta de perder la paciencia. Salí corriendo como si me hubieran dicho que había una bomba en la casa y tenía cuarenta segundos para desactivarla, la cuenta regresiva empezaba ¡ya! Revolví los cajones del buró de mi madre, debajo del baño, en el gabinete… Nada. Corrí al clóset, me asomé debajo de la cama, quizás en la cocina. Lo reconozco, era una estupidez buscar en estos tres últimos lugares, pero me pusiste tan nervioso que no podía pensar claramente. No encontré nada, más que paracetamol. Te tomaste la cápsula sin agua, como una verdadera salvaje.

Tú: Llámale y pregúntale.

Antes muerto, pensé. Agarré un paraguas, mi cartera, las llaves de casa.

Yo: Hay una farmacia aquí cerca. ¿Vamos?

Me fulminaste con la mirada, tu respuesta era contundente. Yo con cara de: ¡¿Tengo que ir yo solo?! ¡¿Quién va a comprarlos?! Te diste la vuelta y te tiraste en el sillón abrazándote la panza con los brazos. No estabas dispuesta a negociar, tampoco a recibir un NO como respuesta.

Salí de casa desconcertado y algo enojado. En el camino, me preguntaba: Neta, ¿por qué no cargó con un arsenal de productos femeninos en la maleta? Llegué a la farmacia justo cuando la lluvia estaba arreciando, a un mostrador desolado, con unos transeúntes resguardándose del agua en uno de los extremos del local. Una chica joven levantó la cabeza cuando me acerqué. Dudé. Titubeé. No sabía qué decir, bueno sí sabía, pero no quería. Levantó las cejas, esperando con mirada impaciente.

Yo (a un volumen casi inaudible): Necesito… (y dije lo que necesitabas).

Logró escucharme.

Ella: ¿Para qué tipo de flujo?

¡¿Qué?! ¡¡Hay flujos distintos?! Quería taparme los oídos, era más información de la que podía soportar. ¡¿Dónde está la hermana que nunca tuve cuando más la necesito?! Al menos mi formación de borrego cimarrón del Tec cumplió con la misión de crear egresados con capacidades máximas de resolución de problemas, porque me dotó del ingenio necesario para salir de tan complicada situación. Compré, pagué y corrí de vuelta a casa.

Entré jadeando y completamente empapado. Me acerqué al sillón, te incorporaste para verme vaciar las siete cajas de colores, gustos, flujos, aplicaciones, formas, alas y grosores distintos en la mesa de la sala como si hubieran estado dentro de una piñata que se acababa de romper.

Yo: No supe cuál necesitabas.

Parecía perro mojado, pero me miraste como si fuera un superhéroe. Me rodeaste con los brazos para darme un beso en la mejilla, no te importó que escurría agua.

Tú: Muchas gracias, *Neuling*.

Suspiré aliviado.

Entraste al baño y al salir me pediste una sudadera, tenías frío y no habías traído nada para el clima de un día así.

Tú (en alemán): Nunca imaginé que en México hiciera frío. (Te pusiste la sudadera y te volviste a tirar en el sillón). Hoy no tengo ganas de salir, ¿y tú?

Yo: Tampoco.

Tú: *Willst du einen Film sehen?*

Hannah, Hannita, ¿cómo no iba a querer ver una película abrazándonos en esa mañana que parecía nórdica? Me preguntaste si quería ver *Submarine*, no la conocía y dije que sí, aunque luego me arrepentí. Mientras la buscabas en mi computadora me dijiste que la música era de tu cantante favorito y sentías que el protagonista se parecía a mí, aunque menos alto. No me gustó nada escuchar eso. ¿Y si resultaba ser feísimo el actor? ¿O si el personaje era insoportable? No podía echarme para atrás. Me recosté en el sillón convencido de que la odiaría.

Me pareció que Oliver Tate era bastante listo aunque inadaptado. Me cayó bien. ¿Sabías que en mi diario le escribía a mi yo del futuro igual que él? ¿Habré descrito de forma parecida lo que sentía por ti a lo que él sentía por Jordana? ¿Te recordaba al actor o al personaje? ¿Qué más habías leído de mi diario que no me estabas diciendo?

Tú: Tú no eres tan raro.

Yo: Ni tan blanco. Parece que en Gales no conocen el sol.

Tú: El actor también se parece mucho a Alex Turner.

Yo: ¿Estás diciendo que me parezco a tu cantante favorito?

Soltaste una carcajada y antes de que pudieras responder sonó el timbre a un volumen absurdo, como de casa de terror, casi morimos del susto. Era la tintorería, me la entregaron, pagué y corrí a aventarla a la cama de mis papás. Cuando volví al sillón estabas recostada, con los ojos cerrados, no sabía si te habías dormido. Miré tu perfil, la nariz recta con una levísima protuberancia en el tabique. Las pestañas largas, dos aves que aleteaban en cada parpadeo. Tus pecas casi imperceptibles, como lunas vistas durante el día. Tropecé con la mesita de la sala, abriste los ojos y te sentaste para hacerme espacio.

Tú: ¿Te conté de las exposiciones de 2018?

Lo dijiste súbitamente, como si acabaras de acordarte.

Yo: No.

Tú: Me hubiera encantado ir juntos.

Entonces me hablaste de lo que cada museo organizó para celebrar el aniversario de la muerte de Gustav Klimt. Describiste las tarimas colocadas en el Museo de Historia del Arte para poder ver los murales de cerca, como hubiéramos querido que hubiera aquella vez que fuimos juntos. Mientras hablabas reconocí esa luminiscencia que había visto en Viena cuando descubrías algo nuevo y era la misma que había visto frente a las obras de Diego Rivera. Sacaste tu teléfono y me enseñaste fotos de lo que cada museo hizo. Me contaste del retrato mortuorio que Egon Schiele hizo de Klimt en la cama del hospital, de las fotografías en el Leopold que solo habías visto en libros. Volviste al Attersee para encontrarte con una exhibición sobre los veranos de Gustav y Emilie en el lago. Detallaste tu viaje y al escucharte casi pude sentir el agua del lago.

Yo: *Nach dort…*

Giraste la cabeza sorprendida. ¿Por qué dudabas que lo recordara?

Tú: *Genau…* Correcto.

La historia que desciframos cuatro años antes estaba organizada en vitrinas y con explicaciones impresas en el Gustav Klimt Center. Te observé mientras hablabas para intentar plasmarte en alguno de los carretes de mi cámara cerebral, pero no me parecía suficiente. Quería materializarte de algún modo para la posteridad. Detener ese momento y meterlo en una caja para revivir tu voz, los destellos de tus ojos, tu olor cada que la abriera. Nadie que conozco se apasiona por un tema como tú y no conozco a ninguna persona que describa las cosas como lo haces.

Al terminar de contarme de las exposiciones me miraste y sonreíste.

Tú: Te hubiera gustado, Enrjike.

Sentí un golpe en el pecho, otro en el estómago, un tercero en la mandíbula. Entendí que el verdadero castigo por alejarme esos años de ti era el haberme perdido que compartieras esas experiencias conmigo. Me invadió una angustia, o quizá tristeza, al pensar que en unas semanas nos separaríamos de nuevo. Comencé a sentir vértigo, como si estuviera al borde de un precipicio a punto de aventarme, pero sin saber si estaba atado a un resorte o a una red de seguridad. Se me formó un nudo en la garganta y me costó tragar saliva.

Tú: *Bist du hungrig?*

Preguntaste levantándote del sillón. Asentí con la cabeza y te seguí a la cocina, porque sentía un vacío en el estómago, aunque no estaba seguro si era de hambre. Preparé unos huevos revueltos con aspiraciones a omelet, mientras me veías hacer un batidillo al intentar voltearlo como chef de restaurante de hotel de cinco estrellas. Estabas sentada en el mostrador de la cocina, la capucha de la sudadera sobre tu cabeza, el logo de las olimpiadas del 68 en tu pecho. Mientras me contabas algo, puse la mesa y serví los platos.

Tú: Este chef se merece un beso. Ven aquí.

Lo dijiste estirando los brazos hacia mí. Me acerqué, pero antes de llegar me rodeaste con las piernas y me jalaste con fuerza. Como no lo esperaba, embestí contra tu labio. Subiste la mano a tu boca, una gota de sangre en tu dedo.

Yo: ¡Lo siento! Es que…

No me dejaste continuar. Tu lengua tenía un sabor metálico. El omelet se enfrió.

Tú: ¿Dónde aprendiste tan buena técnica, Enrjike?

Yo: ¿Qué calificación tengo hasta ahora?

Tú: Creo que ya pasaste el *befriedigeng*. Te estás acercando al *sehr gut* más rápido de lo que esperaba…

Yo: ¿*Befriedigend* es satisfactorio?

Asentiste saltando del mostrador al piso.

Tú: ¿Tuviste muchas maestras en estos años?

Subí los hombros, sin responder, porque con ninguna se sintió así, Hannah, como si los besos abrieran surcos en los caminos, como una llave de lucha libre. Para mí ninguna ha sido tan única como tú, una nochebuena floreando en pleno verano.

Decidimos que al día siguiente recorreríamos el sur de la ciudad en busca de la obra de Diego Rivera. Empezaríamos con el Teatro de los Insurgentes, después el Estadio de los Pumas, terminaríamos visitando el Museo Anahuacalli y el Dolores Olmedo.

Yo: Hannah, ¿has hecho esto con alguien más?

Tú: ¿Qué? ¿Besar a otro chico, Enrjike? Por supuesto.

Yo: No. Ponerte a buscar obras de arte por toda una ciudad.

Tú: ¡No! *Natürlich nicht.* Pensarían que estoy loca. Solo tú sabes mi secreto.

Es una ridiculez, ya lo sé, pero confirmarlo me hizo sentir bien, muy bien.

Tú: ¿Y tú, *Neuling*? ¿Me has sido infiel estudiando a otro pintor con otra chica?

Yo: ¿Acaso Watson trabajó con otro detective privado? Para mí solo existe una Sherlock.

Sonreíste y me preguntaste si conocía la serie de la BBC. Los dos la habíamos visto completa y a partir de ahí no paramos de hablar de Moriarti, de Irene Adler, de lo mala que estaba la última temporada, y descubrimos que los dos habíamos leído los libros de Arthur Conan Doyle. Estábamos viendo entrevistas con los actores de la serie en YouTube cuando escuchamos el cerrojo de la puerta. Me paré corriendo a recoger lo que aventé en la mesa de la sala después de ir a la farmacia y subí corriendo a dejártelo en la cama.

Mi mamá entró a casa de buen humor. Había pasado a comprar chispas de chocolate para prepararnos sus famosas galletas de avena. La ayudamos a batir la mantequilla con azúcar y cernir la harina mientras le contabas nuestro plan del día siguiente, también de las veces que fuimos a nadar en Viena, de tus padres, tus estudios y los de tu hermana. Se veía feliz de escucharte y a veces me miraba con algo de curiosidad, como si estuviera conociéndome o quizá solo reconociéndome.

"¿Quién es Cantinflas?", preguntaste de camino al Teatro de los Insurgentes, pero un limpia parabrisas nos distrajo y la conversación se fue hacia temas de desigualdad social.

Había negociado con mi mamá que me dejara el coche si la llevábamos y la recogíamos de su oficina. Salimos de casa temprano, a una ciudad nublada y de calles encharcadas por la constante lluvia de la noche anterior. A las nueve nos estacionamos en Hermes. Te bajaste del coche con tu minifalda de mezclilla, una playera negra y el saco de tela diseñada como piel de chita. Te miré y pensé: (1) el comentario que mis amigas hicieron de tus piernas cuando vieron una foto tuya, tienen razón, son espectaculares. (2) Si me hubieran enseñado esa chamarra de guepardo colgada en un gancho, hubiera dicho que era horrorosa, pero por algún arte esotérico lograbas verte guapísima con ella. *That's magic in a cheetah print coat...*

Yo: Es ese.

Dije señalando a Mario Moreno desde la acera de enfrente del teatro.

Tú: ¿Quién?

Yo: Cantinflas. Era un actor mexicano muy famoso.

Tú: ¿Conoces sus películas?

Yo: Todos las conocen.

Tú: ¿Cómo eran?

Yo: Chistosas. Casi siempre sale vestido así, como lo retrató Diego.

Cruzaste la calle temeraria y te detuviste en el camellón de Insurgentes. Aplastaste algunas de las plantas mientras el Metrobús nos pasaba a treinta centímetros de distancia. Querías tomar fotografías donde no estorbaran los árboles. Por fin cruzamos a la entrada del teatro, pero bajo la marquesina y el techo no se veía el mural. Volteaste para un lado, para el otro, hasta ubicar una jardinera en uno de los extremos, te trepaste y desde ahí apreciamos los mosaicos de cerca. Se me había olvidado: una vez que te interesa algo, nada te detiene.

Tú: Wow, Enrjike. Sería increíble tener un mural de Klimt en la calle. Qué suerte tienes, puedes ver un Rivera cada que pasas por aquí.

Asentí en silencio, porque no iba a admitir que, hasta esa mañana, para mí el teatro era un edificio más de la ciudad, ni siquiera me acordaba de la última vez que había pasado por enfrente. Lo peor es que no soy el único mexicano que lo ignora, los transeúntes que nos topamos solo se fijaban en él cuando nos veían fotografiarlo. Pero desde tu visita ha dejado de ser invisible. Es enorme, del doble de tamaño del mural de la Alameda. Recordé lo que leímos antes de verlo, sobre cómo Rivera decidió ser muralista porque creía en la capacidad del arte de educar y despertar la conciencia de los mexicanos. En ellos quiso documentar la historia del país para todos aquellos que no podían leerla en los libros, porque el porcentaje de analfabetismo era altísimo. Lo más interesante es su decisión de tomar los personajes históricos principales y convertirlos en actores de la obra biográfica de México, así aparecen Hidalgo, Morelos, Juárez y Zapata como protagonistas, al lado de actores del teatro prehispánico y el novohispano. La parte central es la que realmente sobresale en las fotos que tomaste desde el camellón: la mujer enmascarada representando la dualidad del teatro con el drama y la comedia. Muy apropiado, porque la historia política de México es una verdadera tragicomedia.

Ese día empezamos a ver la similitud evidente entre Rivera y Klimt: ambos escandalizaron a la sociedad de la época. Cuando trabajaba en el mural del teatro, Diego causó revuelo por su crítica, al retratar a los ricos parados sobre lingotes de oro. Debajo del oro está escrito: 1,000,000 x 9,000 = la disparidad en la cantidad de gente humilde contra millonarios. (Proporción que no ha mejorado mucho en cien años, por cierto). Lo más impresionante, es que eso no ofendió a la gente de alcurnia, como si tal desigualdad fuera lógica. A la iglesia no le gustó verse retratada del lado de los pudientes y que Cantinflas fuera quien repartiera el dinero de los ricos a los pobres mientras colgaba de su pecho una medalla de la Virgen de Guadalupe. Diego lo retrató así porque el actor en la vida real sí ayudaba a la gente pobre y siempre usaba una medalla de la Virgen, pero el arzobispo lo tomó como un insulto. Al final, para evitar un boicot a la obra de teatro que inauguraría el lugar, le quitó la joya y le puso el típico paliacate que usaba Cantinflas en sus películas, pero dejó a la iglesia parada sobre los lingotes de oro.

Estuvimos mirando la obra hasta que nos dolió el cuello, señalando las figuras famosas y haciendo comentarios de los vestuarios y la iconografía de la palabra en lengua indígena. Nos gustó el zarape que hoy parece del LGBTQ y el jaguar que nos recordó a Mistique de los X-Men. Antes de irnos a comprar un jugo, volviste a subirte a la jardinera para fotografiar de cerca los pedazos de mosaicos pegados uno junto al otro, cuadras desorganizadas de una ciudad italiana vista desde el cielo. Mientras nos bebíamos en el coche el "zumo" de naranja (como tú le dijiste), busqué videos de Cantinflas. Me empecé a reír y me miraste extrañada sin entender lo que decía. Traté de explicarte, pero ahí está el detalle, Hannah, es un arte hablar sin decir absolutamente nada y ni siquiera todos los mexicanos lo dominamos, aunque lo intentamos todos los días.

Al llegar al estadio de Ciudad Universitaria, no previmos que el estacionamiento solo lo abren cuando hay partido. Miramos el mural desde afuera, a la lejanía, subidos en una barda para tener el panorama completo de aquella referencia donde "arte y arquitectura logran armonía ininterrumpida", según la página de internet. Actualmente, el estadio de CU se ve pequeño comparado con el Azteca, pero en su momento era "la instalación deportiva más grande jamás construida" (no desciframos si de México o del mundo). Fuimos señalando la obra, describiendo a los dos campeones, hombre y mujer, prendiendo la llama olímpica para llegar a la meta, donde se encuentra el águila-cóndor, símbolo de la universidad. Debajo de sus alas, otro hombre y otra mujer levantan a un nuevo México, representado por un niño con el signo de paz en su pecho. Son sus padres, ella con rasgos indígenas, él, ibéricos, glorificando el mestizaje y lo que significa ser mexicano. Para este mural, de nuevo Diego Rivera pensó en el futuro. Tomando en cuenta el daño que la intemperie podría provocar en su obra, utilizó piedras de colores naturales en vez de pigmentarlas. Por eso, después de tantos años bajo el sol mexica, no han perdido su color.

Nos trepamos al coche deslumbrados por la luz del día, las nubes se habían ido, empezaba a hacer calor. Recorrí la universidad para ver desde el coche los murales de Juan O'Gorman en la Biblioteca Central y los de Rectoría de David Alfaro Siqueiros. De camino al Museo Anahuacalli hablamos de varias cosas, pero recuerdo que mencionaste el club de montañismo de la universidad.

Yo: ¿Y qué haces?

Tú: Me uní porque quería aprender a escalar.

Yo: ¿El Everest?

Tú: No, solo rocas.

Yo: ¿Las subes y después rapeleas para abajo?

Tú: No, solo las escalo.

Yo: ¿Y te quedas en la cima para siempre?

Tú: ¡No! Me refiero a que no bajas con cuerda. En la manera que yo escalo subo muy poco, uno o dos metros. A veces menos.

Yo: Pues, ¿qué escalas? ¿una mesa?

Tú: ¿Has escuchado del *bouldering*?

Entonces me contaste de los tipos de escalada y me explicaste qué eran los bolts, las cuerdas, los zapatos especiales y para qué usabas las bolsitas de magnesio. En un alto me enseñaste una foto de un gimnasio para escalar que está dentro de una iglesia, te gusta ir ahí porque el edificio es muy bonito y porque está frente al puerto. En otra foto estás comiendo en el mercado de pescado con amigos después de escalar. En la última estás en el bosque, en una piedra sostenida como mujer araña. Te veías SÚPER PRO con la ropa deportiva y la colchoneta debajo por si te caías.

Quería que me siguieras contando de tu vida universitaria y me dieron ganas de visitar Edimburgo para conocer el puerto en vivo, los mercados navideños, el jardín botánico y cada sitio que describías. Por andar pensando en eso me distraje y en vez de dar vuelta a la derecha en la calle de Museo, la di a la izquierda. Tuve que tomar División del Norte para regresarme. Giré a la derecha y tomé una callecita, leíste el nombre en voz alta escrito en una placa oxidada: Ocelotl.

Yo: Mira, es lo que cazaron para hacer tu chamarra.

Tú (riendo): Es de chita y es sintética, Enrjike.

Yo: A ver, pronuncia Ocelo-TL.

Tú: ¿Por ahí vas a pasar?

La calle era de por sí estrecha, pero con una camioneta de mudanzas estacionada en uno de los lados apenas quedaba espacio, pero no iba a verme como una gallina cacareadora a la hora de manejar contigo a mi lado.

Yo: Claro que paso. No por nada me llaman Enrique Hamilton.

Tú: ¿Por qué no Pérez?

Yo: Porque yo sí llego en primero.

Tú (en plena carcajada): ¡Qué malo!

Yo: Si supieras que en una entrevista Pérez dijo que las mujeres deberían de quedarse en la cocina, no lo defenderías.

Abriste la boca sorprendida e indignada, pero te distrajiste cuando empecé a avanzar hacia el miniespacio disponible. Las manos me sudaban, me aguanté el aire y pasé apenitas. Continuamos hasta llegar a otra calle, aún más angosta, la vuelta a la derecha la tuve que dar en dos movimientos.

Tú: No creo que sea por aquí. Quizá el mapa está mal.

Yo: Si no es por aquí, a ver a dónde llegamos.

Era imposible dar la vuelta en U en menos de cien movimientos y echarme en reversa iba a estar bastante complicado. En ese momento me empezó a preocupar rayar el coche, porque mi papá no es capaz de encontrar la pimienta en la alacena, pero tiene un ojo de Cyborg para revisar la pintura y hojalatería de nuestros vehículos. Diablos, me decía, para qué me metí por aquí. Tú mirabas de un lado al otro, asombrada y fascinada por el camino.

Tú: ¿Cómo le hacen quienes viven aquí? ¿Cómo estacionan sus coches? ¡Mira ese garaje!

Yo: El espacio está sobrevalorado, Hannah. Metro y medio para un automóvil es más que suficiente.

Respiré cuando volvimos a salir a la calle de Museo con el carro intacto y encontramos el estacionamiento del Anahucalli. Después de llegar sin contratiempos, por querer acomodarme en reversa casi me estampo contra el tronco de un sauce llorón. Lo hubiera hecho berrear y él a mí. No te diste cuenta porque estaba a la mitad *Crying Lightning* y tú cantabas y bailabas feliz: *And your pastimes, consisted of the strange, and twisted and deranged, and I hate that little game…* Iba a apagar el coche cuando…

Tú: ¡No! (Me asustaste). ¡Espera a que termine!

But not half as impossible as everyone assumes you are, crying lighting… Hiciste como si tocaras la guitarra durante el solo, luego un poco de baile, e imitación de Alex Turner hasta la parte de la batería en la que comenzaste a sacudir la cabeza como poseída. Y mientras tanto, yo pensaba: ¿Cómo le hice para que me hicieras caso? Te miré admiré mover las manos, la boca, los hombros. ¿Eras tú o la música lo que hacían de ti un ser tan absolutamente sexy? Llegó el último acorde en el que saliste del trance despeinada y acalorada.

Yo: ¿Ya puedo apagar el coche?

Tú: Ya. Pero rápido, antes de la siguiente canción.

Te quitaste el saco de ocelote, lo aventaste a los asientos de atrás y tomaste agua. Eres muy peculiar, Hannah, porque no te sabes los asuetos de tu país, pero sí los cumpleaños de cantantes de grupos de rock; no te gusta usar reloj, pero mides los minutos por el número de canciones, las horas en cantidad de álbumes escuchados.

Del Museo Anahuacalli habíamos leído que contenía las piezas prehispánicas coleccionadas por Diego Rivera a lo largo de su vida. Estaban organizadas por su estética y no cronológicamente. Leímos que el nombre significa casa junto al agua (*anahuac* = cerca del agua, *calli* = casa), pero seguí diciéndole "el huacal de Ana" hasta que se volvió viejo el chiste y te dejaste de reír. El diseño del edificio tiene inspiración prehispánica, porque querían que pareciera un templo o casa de Dios o teocalli (*teotl* = creador, *calli*=casa) y cada uno de los cuatro elementos están representados en una esquina.

Yo: A los artistas plásticos, para no ser religiosos, les gustan muchos los templos, ¿no crees?

Tú: ¿A qué te refieres?

Yo: El edificio de la Secesión es el templo del arte vienés y este es el templo del arte prehispánico.

Tú: Tienes muy buena memoria, *Neuling*. Podrías estudiar historia del arte además de robótica.

Yo: Solo si tú eres mi maestra. Es la única manera de que estudie y ponga atención. Aunque si te vistes así también serías una gran distracción.

Hiciste un maravilloso despliegue de tu hermosa dentadura.

El terreno lo compraron Diego y Frida con la idea de hacer una granja en la que vivirían produciendo lo que consumirían: miel, leche, verduras… según sus propias palabras. Eran una pareja orgánica-sustentable; si supieran que ese es el sueño de cualquier amigo hípster de mi tío (si alguien más trabaja la tierra y ellos pagan, claro). No sabía si Diego sería de los que salen al sol a arar, pero admiré la valentía de querer sembrar algo más que tunas y pitayas en un suelo de lava seca, el volcán Xitle había hecho erupción a la vuelta de la esquina más de dos mil años antes. Lo increíble es que quiso que la construcción se integrara con el paisaje, por lo que fue construida con piedra volcánica de la zona y arcos maya para puertas y ventanas. "Las piedras", solía llamarlo Diego.

Desde afuera, el edificio tiene aire de templo o pirámide; por adentro, es una mezcla de iglesia, tumba y el inframundo. ¿Te acuerdas de la música que tenían puesta a todo volumen en la planta baja? No sabíamos de dónde venía esa mezcla afroantillana-darki-funk. "¿Harán fiestas aquí también como en el Museo Leopold?", te dije mientras caminábamos en ese ambiente esotérico. Estaba tan vacío y sombrío el primer piso, que dudé si nos irían a tomar como víctimas para ofrecernos en sacrificio.

Al fin llegamos al pozo de Tláloc, donde descubrimos una bocina conectada a un teléfono anónimo de donde salía la música enigmática. Ni lo más profundo del Teocalli Riveresco se salvaba de la tecnología.

Miramos los varios pisos y los cuartos laberínticos llenos de figuras y piezas de barro cocido, preguntándonos en dónde guardaba semejante colección antes de construir el museo. Según Frida Kahlo, su tercera esposa, al pintor le encantaban sus "ídolos", los tomaba con cuidado como si fueran niños pequeños. Y en palabras de Lupe Marín, su segunda esposa, su casa estaba llena de ellos, cada que iban a Teotihuacán donde él los buscaba en el piso, los recogía y los atesoraba, pero ella los llamaba "esos tepalcates" porque le estorbaban. Muchas otras piezas las adquirió utilizando lo que ganaba pintando.

Los techos nos encantaron, pero por razones distintas… A ti, porque son de mosaico, retratan la concepción prehispánica del mundo, representan el paso de la oscuridad a la luz, la dualidad. A mí, en cambio, porque al apreciarlos dejabas tu fabuloso cuello al descubierto. ¿Te dije que tienes el esternocleidomastoideo más atractivo que haya visto en mi vida? Cuando giras la cabeza, sobresale desde tu mandíbula e instantáneamente me dan ganas de convertirme en vampiro y alimentarme de ti. ¿Cómo se llamará el cuenco que se forma entre tus clavículas? Es digno de un poema.

En el segundo piso, se encuentra el mundo terrenal y se parece al primero. Es el tercero, el de los dioses, donde la luz de los ventanales le da un toque celestial al espacio. El salón principal nos pareció espectacular, con bocetos enormes de distintos murales de Diego. En alguna cédula leímos que el Museo Anahuacalli lo habían construido más o menos al mismo tiempo que pintó el Cárcamo de Dolores, entonces cruzaste los brazos, me miraste y dijiste:

Tú: Estamos muy desorganizados, Enrjike. Estamos viendo sus últimas obras.

Yo: ¿De qué hablas?

Tú: Debemos ir en orden. Leemos de una segunda esposa, luego de Frida, más adelante de un mural y de otro, pero ¿cuándo los pintó? ¿Quién se los encargó? ¿Cuántas esposas tuvo? ¿Cuál fue la primera que no mencionan?

Yo: A quién le importa, el chiste es pasear juntos, ¿no? Seguro Frida fue la más importante, si no ¿por qué destinó un espacio para que pusieran las cenizas de los dos?

Tú: No es suficiente. Si vamos a ver la obra de Diego Rivera tenemos que entender su historia. Igual que lo hicimos con Gustav Klimt.

Yo: Con Klimt la descifraste tú, yo solamente te seguí.

Tú: Entonces ahora te toca a ti ser Sherlock y yo seré Watson. Dijiste que Diego se apellida como tú y estamos en tus "terjuños". *Sicher*?

Me reí, ¿cómo me podía negar con ese argumento y ese cuello?

Terminamos de ver el museo y subimos a la terraza del último piso, donde nos entretuvimos tomándonos ráfagas de *selfies* reflejados en unos espejos-ventanas. Salieron pésimas porque queríamos que saliera el paisaje, pero no el celular. Nos quedamos un buen rato recargados en el borde y te miré apreciar la vista de la ciudad desde esa altura. Me dijiste que te estaba gustando mucho la Ciudad de México, hasta las azoteas rojas con sus tinacos Rotoplas de volúmenes distintos. Pensé si eso era lo único. Si además de enamorarte de la ciudad, lo harías de mí. Si ese sentimiento fluía en ambos sentidos o solo era de mí hacia ti. ¿La canción que chiflaste al despedirnos en Viena aún te hacía pensar en mí? ¿O la habías olvidado?

No pregunté nada. No me atrevía o quizá no quería saber la respuesta. Mejor nos refrescamos con la brisa, señalando edificios en la lejanía, comentando las figuras que acabábamos de ver de danzantes, mujeres embarazadas, malformaciones humanas, y esos perros que te parecieron extraños y de un nombre que no lograbas pronunciar: xoloitzcuincle, hasta que sentimos hambre.

Me gustaría ser millonario, Hannah, aunque mis papás siempre me repiten que las cosas se aprecian más cuando se ganan trabajando. A veces me canso de tener que tomar decisiones considerando mis finanzas, porque las aspiraciones tienden a ser mucho más altas que mi techo presupuestal. Entre entradas a museos, comidas, cafés, papas, chocolates y chicles, el dinero se iba más rápido de lo esperado y ese desastroso primer fin de semana gasté bastante invitándote a lugares que ni te gustaron. Entonces me dijiste que no tenía que pagar por ti, tú no me habías invitado lo que comíamos en Viena. Era mejor que ambos pagáramos nuestra parte y los dos decidiéramos a dónde queríamos ir. Antes de bajar, pregunté:

Yo: ¿Qué quieres comer?

Tú: Algo que no haya probado.

Yo: Mhh… ¿Cómo verías una torta de milanesa?

Tú: ¿Qué es milanesa?

Yo: *Schnitzel.*

Tú: ¿*Schnitzeltorte*? ¿Un pastel de carne empanizada?

Yo: ¡No! Aquí torta es un sándwich, como el que se come Diego-niño en el Mural de la Alameda. La telera es como el *Semmel* austriaco, pero más grande, y en vez de *Leberkäse*, le ponen carne empanizada adentro. ¿Qué tal?

Tú: *Klingt lecker, Neuling.* Suena delicioso.

No te dije que además le embarraban frijolitos refritos, le ponían aguacate y rebanadas de jitomate. Te encantaron y fue un gran espectáculo vértela comer como una verdadera campeona. Cuando terminaste, te chupaste los dedos. Te miré con cara de ¡wow!, y me hubiera quitado el sombrero si hubiera tenido uno puesto.

Se te antojó un café con leche y te propuse ir al Jarocho donde casi nos calcinamos la lengua. El líquido estaba más caliente que la lava de un volcán. Quizá ese fue el estímulo necesario para que se me prendiera el foco y al subirnos al coche, en vez de manejar al Dolores Olmedo, me enfilé a la biblioteca de la UNAM. Reconociste los murales de inmediato:

Tú: Pero… Aquí ya vinimos…

Me volví hacia ti y puse mi mano en tu respaldo.

Yo: Ok, Sherlock, si vamos a investigar, lo tenemos que hacer juntos. Somos un equipo.

Sonreíste y ladeaste la cabeza: esos ojos, esa clavícula, ese esternocleidomastoideo…

Tú: El equipo Enrique y Hannah.

Yo: Hannah y Enrique.

Me incliné hacia ti para sellar el pacto y traduje en mi mente cuatro versos de *Arabella* con su saco de chita:

Tus labios son como el borde de la galaxia
tus besos una constelación acomodándose en su lugar
me dan ganas de tomar sorbos de tu alma
y
mis días son SIEMPRE *mejores cuando el sol cae detrás*
de ti sentada a mi lado.

Hannah: Acabamos de pasar media hora escribiéndonos tonteras y enviándonos fotos mensas, hasta que era demasiado tarde allá y tuviste que irte. Me gustaría tener tu mismo huso horario, el que las cuatro de la tarde de aquí sean las doce de la noche de allá me hace sentir desfasado. Este cuaderno no ayuda, hablo contigo en el presente, pero las imágenes de mis carretes se forman en tiempo pretérito.

Es difícil no pensar en ti cuando todo en mi casa me recuerda tu visita, y no hablemos de la música. De hecho, decidí poner en práctica el método paliativo de repetición exasperante en la que elijo una de las muchas canciones que me hacen pensar en ti y la pongo una y otra vez hasta hastiarme. El objetivo es tener la misma reacción que Alex de *La naranja mecánica* tenía al escuchar Beethoven. Quizá no tan extrema, tampoco quiero gritar como esquizofrénico si ponen una canción de los Arctic Monkeys en un lugar público. Aunque debo confesar que, hasta ahora, este método curativo-holístico del manual de medicina rock-musical me ha servido de *überhaupt nichts*, nada de nada. Lo único que logra es que te imagine bailando electro-pop vestida con tu diabólica falda roja y mi condición empeora.

Mis progenitores lo notan y me exasperan. Ayer mi mamá entró a mi habitación, al abrir la puerta se escuchó un ruido tremendo por la presión del aire, casi salto hasta el techo del susto como gato de caricatura. "Enrique, tres cosas: ¿ya cenaste?, ¿no piensas bañarte?, ¿vas a abrir en algún momento las ventanas?". Hoy fue mi papá, aunque más directo: "Enrique, aquí huele a PaSuCo: patas, sudor y cola. Abre las ventanas y métete a bañar". En ambos casos me aguanté las ganas de decir: "Tres palabras: Largo De Aquí".

Yo, que me tiraba al piso cuando regresé a México después de ese primer verano, era un amateur, no sabía lo que era extrañarte. Argumenté que era peor irse, chillé por no poder quedarme. Pero tienes razón (como sueles tener), es mucho (mucho) peor quedarse porque todo (absolutamente todo) me recuerda a tu visita. Hoy salí y vi a una chica de espaldas, se parecía a ti. La seguí como un loquito hasta la caja, la parte racional de mi mente decía que no podías ser tú, pero el corazón me latía a mil y sentía la necesidad de cerciorarme. Me apresuré a pagar, la alcancé y volteé a verla, probablemente era europea. Como es obvio, no eras tú.

De camino a casa escuché *Cornerstone*, imaginando lo que sentiría si me encuentro a tu hermana caminando por aquí y la confundo contigo. Me hago en los pantalones. La canté varias veces repitiendo que había creído haberte visto pero solo había sido una ilusión. En un semáforo me incliné a buscar tu aroma en el cinturón de seguridad, no lo encontré, pero sí como diez papelitos de Trident hechos taquito en la puerta del copiloto. Los guardé, sin atreverme a tirarlos a la basura. ¿Te das cuenta en qué me he convertido? En un romántico sin sentido que no echa a lavar esta sudadera ni abre las ventanas de su cuarto para que no escape el vago perfume que queda escondido de ti entre los libros, los muebles y mis sábanas.

"Enrjike, debemos ir en orden", y con esas palabras iniciamos la cronología ilustrada de Diego, siguiendo la discográfica de tu grupo favorito. Por alguna extraña razón también conjuraste la desorganización de mis recuerdos. Han pasado unas semanas desde que tomaste el avión y solo el calendario y las fotografías ordenan correctamente tu visita. Las deslizo con el dedo índice y a veces dejo de ver la imagen para revivir las sensaciones que no aparecen en la pantalla: el olor a cloro y bronceador de coco en tu piel, la suavidad de entretejer mis dedos en tu cabello, la efervescencia de tu risa. Es extraño el funcionamiento del hipocampo, ¿sabías que recordamos con mayor detalle las situaciones en las que hemos segregado adrenalina o las que nos han generado alguna emoción? Tu visita hizo que mi sistema límbico trabajara como un maniático. Si confiara solo en mi memoria, este recuento no sería apto para diabéticos, tendría exceso de azúcares, empalagaría hasta a un limón. Por suerte, descansan en mi escritorio los libros, las fotocopias y el block, los pilares para no perder nada de esta segunda búsqueda de pistas que solo a ti y a mi nos importan. Los sentimientos y emociones quedaron tatuados en algún sitio de mi cerebro con tinta imposible de remover.

Esa tarde, en la biblioteca de la UNAM conseguimos lo necesario sobre nuestro muralista. Si encontrar entrevistas con Gustav Klimt era difícil, la información en primera persona sobre Diego Rivera abundaba. Porque si el austriaco no decía nada, el mexicano lo decía todo, tres biografías (dos dictadas por él mismo) lo confirman (una de ellas de dos volúmenes). La escrita por la autora cubana dice: "era un personaje novelesco, fantástico, tanto, que él mismo desconocía dónde terminaban sus verdades y empezaban sus mentiras". Y sin embargo, ¿qué realidad vista con un solo par de ojos es cien por ciento cierta? Y al decir esto, me pregunto: ¿Cuánto de lo que escribo es subjetivo y cuánto es preciso? ¿Qué tanto es mito o qué porcentaje es realidad? ¿Quién puede contar objetivamente su vida o un trozo de ésta? ¿Estaré inventando o exagerando mucho de lo que hay en este cuaderno? ¿Cuánto de lo contado es como lo recuerdas tú?

Nos atuvimos a los hechos: Diego Rivera nació el 8 de diciembre de 1886, veinticuatro años después de Klimt, ocho después de Emilie y veintiuno antes que Frida.

Tú: Era Sagitario.

Yo: ¿Y Gustav?

Tú: Cáncer.

Yo: ¿Y tu cantante favorito?

Tú: Capricornio.

Yo: De Emilie ni pregunto…

Tú: Nació el 30 de agosto de 1874, Virgo.

Yo: ¿Y yo?

Tú: Mhh… ni idea.

Yo: ¡¿Qué?!

Tú (sonriendo maliciosamente): Virgo, también.

Cada que me engañabas, lograbas ganar más corazoncitos en mi videojuego mental de cuánto me gustas.

Yo: Qué chistosita. ¿Leíste el nombre completo de Rivera?

Tú: No…

Yo: Diego María de la Concepción Nepomuceno Estanislao de la Rivera y Barrientos Acosta y Rodríguez.

Tú: *Wirklich?* ¿Te lo aprendiste o te lo inventaste?

Yo: No, es en serio.

Me miraste incrédula, con tanta broma me pasó como a Pedro y el lobo. Te enseñé las fotocopias, estaba subrayado.

Yo: Le debí haber puesto Nepomuceno al pez de mi tío en vez de Nemito. Es mucho más original.

Tú: Me gustaría llamarme Hannah María de la Concepción de la Schmidt Rivera y Barrientos y ¿qué más?

Yo: ¿Estás diciendo que quieres casarte conmigo?

Tus mejillas cambiaron de color piel al rojo más intenso del catálogo Comex. Te agarré desprevenida y me encantó. Me encantaste.

Estábamos en Cuernavaca, al llegar de la biblioteca mis papás nos sugirieron ir a visitar a mis abuelos el fin de semana. Habíamos llegado ese sábado muy temprano y estábamos leyendo frente a la alberca. Juntamos los camastros y aunque tenerte a mi lado en bikini era una gran distracción, logré concentrarme en la lectura y utilizar mi ingenio para sonrojarte. Tus pupilas se veían más claras, más resplandecientes junto al agua y bajo ese sol.

Contraatacaste:

Tú: No me pondría tu apellido, *Enrjikito*.

Yo: ¿Pero entonces reconoces que te gustaría casarte conmigo?

Hiciste los ojos para arriba y emitiste un "Pffff" como diciendo "¡De qué hablas!".

Yo: Acéptalo Hannah, soy irresistible.

Me puse los lentes obscuros. Levanté el cuerpo y adquirí la postura que toma Oliver Tate en la cama, con una rodilla doblada como galán de película. Te dio un ataque de risa. Te levantaste y te aventaste a la alberca sin siquiera tocar cómo estaba el agua.

Nadamos, nos asoleamos, comimos tacos de carne asada, guacamole, chicharrón, nopales, salsa verde. Descansamos. Volvimos a nadar. En la noche estaba tan moreno que tenía que sonreír para verme en la oscuridad.

Tú: Tu piel es como las que pinta Diego.

Yo: ¿Oscura?

Tú: *Wiener Melange.*

Yo: ¿Qué es eso?

Tú: Café con leche.

Yo: Entonces la tuya es agua de horchata.

Tú: ¿Tan blanca?

Yo: Con un toque de canela.

Tú: Sigue estando pálida.

Yo: Mi agua favorita.

Te acomodamos en lo que era mi cuarto y yo dormí en el sillón de la sala. No quise tomar el sofá en la habitación de mis papás, porque roncan como leones con sinusitis. Pero estratégicamente desempaqué mis cosas en el closet de mi cuarto, para entrar cada que necesitaba una playera, o las chanclas, o los goggles, o las raquetas, o cualquier tontería y besarte a escondidas.

El domingo te veías especialmente bien con los shorts negros y la blusa bordada de Coyoacán. Tu piel había adquirido el color de la arena mojada después del día anterior. Me acordé de que había un mural de Diego Rivera en el centro y te propuse ir, aunque lo que más quería era estar contigo a solas. Por suerte nadie se ofreció a acompañarnos. Habíamos tenido demasiada convivencia familiar entre el desayuno, la comida en el asador, los juegos de cartas y la cena. Hay una clara diferencia entre las familias austriacas y las mexicanas. La vez que fuimos a nadar a un lago con tus papás parecía que estábamos solos, ellos se dedicaron a leer y asolearse en el muelle sin hacernos mucho caso. En cambio, en este país tenemos complejo de tribu y nos gusta hacer todo juntos. Estando en casa de mis abuelos no dejamos de escuchar: ¡Vénganse a desayunar! ¡Vénganse a comer! ¿Quieren ver una peli? ¡Corran a ver el golazo! ¡Vengan a sacarse el moco...! No critico, para nada, porque mis abuelos se lucieron contigo y a ti te encantó esa convivencia familiar extrema, pero yo ya estaba un poco hasta el cepillo de no tener ningún espacio contigo.

Me llamó la atención que en tu visita la familia entera desplegó una gama culinaria que ni a mí me había tocado en los meses que estuve viviendo con mis abuelos, y eso que soy su nieto favorito (porque soy el único). A mi abuela le caíste bien cuando fuiste a la cocina a preguntarle sobre lo que íbamos a comer. A mi abuelo, no te voy a mentir, desde que vio lo guapa que eres. Tienes que entenderlos, Hannah, son de otra época. Pero realmente los conquistaste a los dos, cuando te vieron comer. Probaste de todo: flor de calabaza, huitlacoche, chapulines, huauzontles, salsa verde, salsa roja, salsa macha, huevos con frijoles, nopales, chorizo, cecina, tlacoyos, sopes... Afortunadamente fue corta la visita porque pensé que explotaríamos, como la rana de la fábula, pero de gula. En alguna de esas largas sobremesas mi abuelo dijo:

A: Deberían ir a Guanajuato. Vale la pena visitar la casa donde nació Diego Rivera.

Para ese entonces todos (creo que hasta mi tío Hugo que todavía no volvía a México) estaban enterados del verano en Viena, la historia de Klimt y Emilie, de cuánto alemán había aprendido (para luego olvidarlo) y de la falacia de que no había aprendido nada. A mi abuela le pareció muy chistoso el asunto, mi mamá le dijo: "No se lo festejes". Si hubiera visto cuánto me consentía en los meses posterremoto que estuve con ellos, se muere. Mi abuelo, en cambio, me dijo que era un tontín por no perfeccionar ese tercer idioma al regresar a México, había sido una oportunidad desaprovechada.

Escuchamos sobre el museo de Diego Rivera, los callejones y la escultura del Pípila. Entonces exclamaste con emoción:

Tú: ¡¿Vamos?!

Sonreí, pero el hámster en mi cabeza estaba corriendo a mil tratando de cuadrar cómo conseguir un coche, dinero, permiso… Tú anotaste las recomendaciones de mis abuelos y ellos continuaban hablándonos como si fuéramos una pareja de casados que pudiera viajar un fin de semana a donde quisieran.

Tú: ¿Cuántas horas son para llegar?

A: Como cuatro y media o cinco.

Tú: ¿En tren?

A: No, aquí los trenes son de la época de la Revolución. Es mejor irse en coche o en camión…

Mi abuelo empezó a deliberar desde cuál estación saldrían los camiones hacia allá porque cuando buscaste en Google Maps solo te apareció la ruta en auto, moto, caminando, bicicleta o avión. Suspiraste, pensando que para rentar un coche o irnos en avión era demasiado caro, y a pie… sería absurdo. Mi abuelo notó tu mirada de desilusión. Me volteó a ver y dijo:

A: Podrían irse en mi coche, Enrique.

Le estaba dando un trago a la cerveza y casi me atraganto. No lo podía creer, mi abuelo, quien cuida su coche como si fuera de museo y no deja que nadie lo maneje, ¿me lo estaba ofreciendo? Cuando lo miré me guiñó el ojo y no supe si era broma o en serio. Algo muy extraño estaba provocando tu visita, pensé.

La realidad no era exclusivamente en ellos, al contrario. Para mí, tenerte aquí estaba creando un verdadero desorden hormonal. Desde antes de que llegaras, hasta ese domingo caminando por el centro de Cuernavaca no podía sacarme de la cabeza el "taller de descubrimiento" que nos tuvimos que chutar desde sexto de primaria y los tres años de secundaria (lo llamaban así para esconder la palabra *sexualidad* en el título). La primera vez, por el nombre, pensábamos que haríamos experimentos en el laboratorio o nos hablarían de Newton, Curie y Einstein. Pero cuando llegamos nos recibieron con explicaciones de los cambios en el cuerpo, el sistema reproductor, las relaciones sexuales, el embarazo, las enfermedades de transmisión sexual y los métodos anticonceptivos. Sin preguntarnos nos aventaron una serie de información que, a esa edad, nos provocó alguna que otra pesadilla. Además, la psicobióloga nos intimidó un poco porque insistió (quizá con demasiado énfasis) en que diéramos rienda suelta a nuestro "autodescubrimiento". Ok, señora, tranquila, no se empeñe tanto en animarnos. Obviamente poco a poco fuimos perdiendo el miedo, junto con la vergüenza y el amor propio. Cada año nos pedía escribir preguntas anónimas que iba contestando una por una. El primero casi nadie escribió nada, pero para tercero de secundaria se organizó la competencia implícita de ver quien ponía la cerdada más monumental entre signos de interrogación. Lo que me dejó impresionado fue el estoicismo de la profesora de pararse frente al grupo, leer una duda que involucraba seres invertebrados y extraterrestres, y responderla con la mayor seriedad posible. Era un arma de dos filos, porque si la pregunta era repulsiva, la respuesta solía ser peor. Ahí aprendí que hay información de la que puedes prescindir antes de morir. Eran pocas las compañeras que emitían un guácala o qué asco, pero la mayoría del salón no podíamos de la risa.

En el taller nos explicaron las feromonas y nos dieron a leer un artículo sobre cómo las descubrieron. ¿Sabías que fue gracias a los gusanos de seda de la mariposa que las segregan? También leímos sobre un experimento que demostraba su importancia en las relaciones entre humanos y comprobaba que existe una química de atracción a través del tálamo. En una galería pusieron varias cajas con camisetas usadas por distintas personas, dejaban entrar a un grupo de individuos que abrían las cajas, olían las prendas y si les atraía el olor de alguna concertaban una cita con quien la había portado. Fue un éxito, cuando las parejas se conocían, en una apabullante mayoría existía atracción.

Ese domingo en la mañana que salimos a pasear, no usaste perfume o bronceador de coco, nada se interpuso entre mi nariz y tu piel… Y… ¿Cómo lo digo de una manera poética? Las maravillosas partículas aromáticas de tu cuerpo entraron como una imperceptible corriente atacando directamente mi cerebro y encendiendo interruptores de mi imaginación que hubieran sonrojado a Afrodita, Rati y Teicu.

Intentaba dominar las fantasías con el lado derecho de mi cerebro, con el izquierdo analizaba el posible plan de trasladarme contigo a otra ciudad y las implicaciones de hacer un viaje juntos. ¿Cuál era el protocolo a la hora de reservar cuarto de hotel? ¿Compartiríamos uno o pediríamos dos? Era apenas el esbozo de un proyecto, no había nada concreto, pero entre el estímulo de tu piel y la idea de Guanajuato, apenas podía concentrarme cuando me estacioné frente al Cine Morelos. Y, de nuevo, casi choco al echarme en reversa, esta vez con un tabachín.

A ver dime, Hannah… ¿Cómo querías que pusiera atención en el Palacio de Cortés? Después de esa caminata juntos, del sol tatemándonos, el sudor en la piel, los cristales para proteger los murales, el calor. Nada motivaba a concentrarme en apreciar la historia plasmada de un Estado de la República con nombre de héroe, de la ciudad de Cuernavaca, de las ruinas debajo de esa edificación. Puedo escribir que Diego eligió la parte trasera del edificio porque es un muro continuo que no recibe luz directa del sol o las lluvias torrenciales de la región. El mural es el primero en el que aborda un tema histórico, relatando el drama de la conquista de izquierda a derecha y de arriba abajo. Es una representación híbrida de lo indígena y lo español para dar paso a lo mestizo. Es la cúspide de su primera etapa muralista y tanto el retrato de Emiliano Zapata, como el de José María Morelos fueron alabados por los críticos. Pero apenas me acuerdo de lo que me explicaste y tuve que leer tus anotaciones.

Cuando salimos de ahí me sentía mareado, estaba hirviendo, estoy seguro de que si me hubieran metido a un congelador hubiera derretido el hielo. Se lo atribuí a la deshidratación y no a ti, por eso me bebí el termo entero de un trago mientras tú veías las pulseras y anillos de plata en el mercadito. Quince minutos después necesitaba un baño. Señalaste el anuncio de un museo en una de las casas de enfrente.

Tú: Benito Juárez está en todas partes.

Dijiste al cruzar y señalando un anuncio con el nombre de la calle.

Yo: Primero que nada, esto no es una calle, sino un boulevard.

Miraste de un lado al otro, tratando de descifrar si estaba bromeando.

Tú: ¿Un boulevard?

Pronunciaste la palabra con acento francés.

Yo: No me veas a mí, dile a la ciudad de Cuernavaca que tiene aires de grandeza para sus avenidas. Tienes razón, Don Beno está hasta en la sopa. Tienes que entender que la separación de la iglesia y el estado no es cualquier cosa. Es un gran héroe nacional.

Tú: ¿No hay clase de religión en las escuelas?

Yo: No. A menos que sea una escuela privada. ¿En Austria?

Tú: Sí.

Yo: ¿En las escuelas públicas?

Tú: Sí. La familia elige la religión, puede ser católica, protestante, ortodoxa o islámica.

Yo: ¿Y qué pasa si le rezas a la cienciología?

Tú: ¡Enrjike! ¿Tienes un chiste para todo?

Yo: Aparentemente… Pero te lo preguntaba en serio. ¿Qué pasa si no quieres ninguna de esas opciones? ¿Qué haces si la familia no es religiosa?

Tú: Cuando eres pequeño los padres deciden si tomas la clase o no. Más grande, como a los 14 años, lo decides tú.

Yo: ¿Y qué haces si no la tomas?

Tú: Te vas a la biblioteca.

Yo: El 97% de mi salón se pronunciaría ateo en cuanto cumplieran esa edad. ¿Tú la tomaste?

Tú: Hasta los 14 años.

Soltamos la carcajada al mismo tiempo. Estábamos frente a la puerta de una casa pintada de azul, a un lado decía Museo Cassa Gaia.

Yo: ¿Así se escribe casa en italiano?

Tú: No…

Yo: ¿Será en otro idioma?

Subiste los hombros. No resolvimos el misterio porque un señor alto de bigote se asomó al vernos: "Pásenle".

Yo: ¿No es este un restaurante?

"No. Ya no. Cambió de dueño. Pero pásenle, es gratis", respondió haciéndose a un lado. Entre que no cobraban y a mí me urgía ir al baño, entramos. El hombre estaba tan entusiasmado de tener a dos visitantes que nos sentó en la fuente de la entrada y puso un video narrado por un niño con voz aguda y fastidiosa sobre cómo la casa originalmente había sido de Cantinflas. La compró como lugar de descanso y al enterarse de que su amigo Diego Rivera estaba trabajando en el Palacio de Cortés, le pidió que hiciera un diseño para su alberca.

Nos volteamos a ver al mismo tiempo, no lo podíamos creer, nuestro muralista mexicano nos aparecía hasta cuando no lo buscábamos. Escuchamos cómo había plasmado en mosaico veneciano a la diosa de la fecundidad, Gaia, basándose en una pintura italiana. Aunque después leímos que en realidad era una danzante de Tlatilco. Cuando terminó el video corrimos, tú, a ver el mural; yo, al baño. Entre los 750 ml del termo y la fuente haciendo ruido de agua, casi me traicionan mis esfínteres. Salí descansado y sin dolor de vejiga, caminé al patio, encontrándote en cuclillas al borde de la alberca mirando a través del agua con cloro.

Tú: Esta figura tiene mucho movimiento, ¿no crees?

Observé a la diosa bailando o quizá nadando en medio del rectángulo, sus brazos fluían como serpientes. Espirales azules y blancas la hacían parte de la corriente.

Yo: ¿Por qué habrá puesto el árbol arriba de ella?

Tú: Porque Gaia también es la diosa de la tierra.

Yo: Fecundidad... fertilidad.

Tú: Los pedazos de mosaico son más pequeños y alargados que en el mural del teatro. ¿Lo ves? Y la diosa es morena.

Yo: *Wiener melange.* Café con leche, por favor.

Sonreíste con los ojos y sacaste tu teléfono para tomarle fotos. Dentro de la casa nos encontramos con el retrato de un señor con lentes también pintado por Diego, cuadros de O'Gorman y otros artistas que no conocíamos. Antes de irnos fue tu turno de usar el baño y mientras te esperaba le hice un par de preguntas al señor de bigote sobre el restaurante que antes había.

Al salir del museo quisiste saber de Cuernavaca y te conté de los tres meses posterremoto que llevé vida de retirado. Jamás había comido tan bien, ni había nadado tanto, ni me había mantenido tan bronceado. Tomamos la callecita que desemboca a la plazuela del Zacate, pero tuvimos que callarnos porque era imposible hablar por el escándalo saliendo de los restaurantes que parecían bares. Era una abierta competencia para ver cuál antro ponía la música a mayor volumen. Te conté del shock que sufrió mi tía por lo que pasó en la escuela que trabajaba durante el temblor. Mi primo Mariano se fue a vivir con su papá por unos meses y mi papá se ocupó de ella. Mi mamá acababa de volver a casa y quedarse ellos dos solos les ayudó a restablecer lo que sea que se había desajustado un año antes. Algunos fines de semana iba a la ciudad. Otras, ellos me visitaban a casa de mis abuelos.

En la entrada de la catedral te detuviste a ver lo que ofrecían unas mujeres sobre una manta en el piso, compraste unos aretes azules para ti y una pulsera anaranjada para tu hermana. Miramos los murales dentro de la iglesia principal que relatan la vida del santo que se fue a evangelizar a Japón, pero murió en el intento. Ese tema nos llevó a hablar del cine japonés al anime, del anime a Tarantino, de Tarantino a no sé qué más hasta que nos encontramos en el Jardín Borda, siguiendo los pasos que alguna vez caminaron Maximiliano y Carlota. Nos sentamos en las gradas que dan al estanque y pensé lo sencillo que era pasarla bien contigo.

Comimos cualquier cosa en un cafecito medio cutre y lleno de calcomanías en las paredes, no me acuerdo de qué ordenamos, pero no estuvo mal. De vuelta al estacionamiento vimos el anuncio del museo de artesanía contemporánea y nos metimos. Al ver una pieza, nos enteramos de que los aretes y pulsera que acababas de comprar eran estilo wixárika o huichol. Vimos otras piezas, muy impresionantes, la verdad, y sacaste fotos tras foto para inspirarte cuando volvieras al taller.

En el camino rumbo a casa de mis abuelos, la calle de Palmira iba a vuelta de rueda porque un coche se descompuso. Pusiste el primer disco de los Monos Árticos y me contaste que al grupo no le gustaba la canción de *I bet you look good on the dancefloor* aunque era de las más famosas. Cuando empezó a sonar bailaste sentada mientras cantaste: *Eres una explosión, eres dinamita.* Y pensé que sí, lo eras, y seguro que te verías muy bien en la pista de baile.

Llegamos a casa, mis papás y mis abuelos seguían en la sobremesa. Comimos los restos del ate con queso y nos servimos café. Mi abuelo estaba contando de su partido de tenis de la semana y de algún modo llegaron a la pregunta de si hacías deporte. Les explicaste un poco de la escalada, pero no entendían bien, te bombardeaban de preguntas y tú no encontrabas las palabras en español. Terminaste haciéndonos una demostración en la pared de piedra al fondo del jardín, dejando a los cinco impresionados con la facilidad con la que te subiste aun en sitios donde no parecía haber de dónde agarrarse.

Recogimos todo de la terraza cuando empezó a llover. Mi abuela sacó el dominó cubano y fuiste un encanto al jugar, riéndote de las bromas y al ganar. Me costaba trabajo disimular cómo empezaba a sentirme por ti. A veces me imagino que el amor es como la luz, entre más corta es la longitud de onda se intensifica. Si la primera semana había sido de una tonalidad pálida, después de ese fin de semana el tono iba en aumento. A pesar de todo parecía que ni mis padres, ni mis abuelos sospechaban algo. Era obvio que no tardarían mucho en descubrirlo.

Regresamos de Cuernavaca al ex Distrito Federal el domingo en la noche, muy tarde, cuando había dejado de llover y no había tráfico en la carretera, solo quedaba el asfalto húmedo y brillante, y uno que otro conductor desvelado. Estabas cansada, todavía no llegábamos a la Pera cuando te quedaste dormida. En otra curva antes de Tres Marías caíste como costal, de lado, tu cabeza rozando mis piernas. Moví mis rodillas y te acomodaste en mis muslos, me quité la sudadera para hacerte una almohada. Te limpié el cabello de la cara, con cuidado para no despertarte, murmuraste algo dormida, sonreí, y cuando subí los ojos mi mamá me estaba viendo, las luces de los autos en sentido contrario marcando líneas en el techo a un ritmo asincrónico. Nos quedamos así, ella ensombrecida, yo alumbrado con cara de perrito en medio del camino. No podía ver su expresión, pero sé que en ese preciso momento supo lo que necesitaba saber. O lo que no necesitaba saber, depende de la perspectiva. Se volteó hacia el frente, nerviosa de haberme visto y de que la hubiera visto verme, no volvió a mirar hacia atrás durante el camino. Suspiré resignado, recargué la cabeza en el respaldo y cerré los ojos. No me pude dormir.

Las relaciones familiares son complicadas, tú misma me contaste del problema con tu hermana y las discusiones con tu papá. Mis padres tienen la apariencia de ser simpáticos y relajados, pero así como a los tuyos no les gusta el novio de tu hermana, los míos tienen sus propias preocupaciones. El problema es que, algunas veces, las siento como un costal de reglas que no quiero seguir cargando porque ya no tengo doce años. Quizá por eso nunca les había presentado a alguien con quien había salido. Quizá por eso no quería que supieran lo que sentía por ti.

Oliver Tate tenía un muy buen punto en la película de *Submarine*: los hijos únicos tenemos más tiempo para analizar y observar a nuestros padres. Nada nos distrae. Después de años de examinarlos sé que ambos tienen ideas certeras de lo que quieren para mí y no tengo un hermano o hermana con quien repartirlas. Lo que más me llama la atención, es que hay actitudes que han repetido de sus propios padres, aunque cuando se las impusieron a ellos no estuvieron de acuerdo. ¿Por qué ahora les parecen adecuadas para mí? ¿Se les olvidó que estaban en contra de ellas? Me parece una gran contradicción.

En fin, el caso es que después de Cuernavaca, ambos decidieron que era su responsabilidad mantener nuestra castidad, pero, seamos honestos, ese era un reto imposible de lograr.

MIÉRCOLES 21 DE AGOSTO DE 2019

Fui a pagar un recibo vencido del agua y de regreso me detuve en el Jarocho. Me quedé a revisar las anotaciones de los murales de Rivera. ¿Recuerdas cuando estuvimos en este mismo café, mientras una pareja de la tercera edad nos miraba desde la banca de enfrente? Hoy, en vez de viejitos, me tocó una señora hablando por teléfono a todo volumen. Su voz no es fea, pero habla tan fuerte que ya me cansó. Acaba de colgar... ¡Gracias!

Es incómodo escribir aquí porque no hay mesas, pero no quiero regresar a casa porque a mis papás les ha dado por querer ocuparme con cualquier cosa como si eso fuera a animarme. No saben que tus notas de voz y tus fotos son lo único que me hace sentir mejor. La última fue toda en alemán y entendí casi todo. No escribo nuestras conversaciones en los dos idiomas porque no quiero cometer errores. Recordé muchas palabras en alemán durante tu visita y te hablaba en ese idioma cuando no quería que mis papás nos entendieran. Te daba algo de vergüenza excluirlos, a mí no.

Ayer invitamos a mi tía y a Mariano a comer. Mientras prendían el asador, mi primo quiso ver *Naruto*, va en la quinta temporada y está fascinado, igual que yo lo estuve cuando tenía su edad. Le digo Mariano-kun y bromeo con que él me tiene que decir Enrique-sensei. Me gusta hacerle imitaciones de las peleas y del ojo *sharingan* de Kakashi, le da mucha risa porque de tanto verlo me sé algunas frases en japonés y también le enseño cómo van los movimientos de los jutsus.

Me llaman para recoger mi café con leche, esta vez lo voy a dejar enfriar, he aprendido.

Comíamos churros con chocolate caliente comentando la información de los libros cuando nos encontramos a Fabián. No me quise acercar a saludarlo porque una vez que empieza no se calla e iba a querer practicar su alemán contigo. No me daba la gana hablar con él.

Cuando dijiste que venías le pedí un profesor de alemán del programa multicultural del Tec que me dejara entrar a sus clases. Le expliqué que estudié un verano en Viena y quería recuperar lo olvidado, para convencerlo le inventé que tú no hablabas nada de español. Me hizo un examen oral rápido, como vio que tenía buena pronunciación y aunque me trababa podía entablar una conversación, me metió de oyente con los de cuarto semestre. Fabián estaba en esa clase y es de esos compañeros que quieres amarrarle la mano a la banca para que deje de participar. El grupo entero lo miraba con ojos de: "Sí, ya entendimos que sabes todas las respuestas. Por favor, detente". Por eso, cuando me saludó de lejos, le respondí con un parco movimiento de cabeza.

Tú: ¿No te cae bien?

Yo: Me desespera.

Tú: No deja de mirar hacia acá. Salúdalo, Enrjike.

Yo: No. Me niego.

Tú: No pasa nada si le decimos "Hola".

Yo: No sabes lo que dices, Hannah. No voltees a verlo, por favor. Si se acerca, no se va a ir y no se va a callar.

Tú (riéndote): *Er kommt…* Ahí viene…

Yo (aguantándome la risa): Te dije que no voltearas. Cuidado con lo que dices porque habla alemán.

Tal como lo supuse, saludó y luego no se calló. Por suerte lo llamaron cuando estuvieron listas sus bebidas y aunque le hubiera encantado platicar más con nosotros, lo estaban esperando en el coche. Qué lástima, pensé.

Tú: Pero es simpático.

Yo: ¡Es un ridículo! Le ha tirado la onda a todas. Se siente artista y declama poemas en público. Obvio lo cortan por intenso, anda una semana con el corazón roto y diez días después se enamora de alguien más. No entiendo cómo le siguen haciendo caso. Una vez interrumpió la clase para darle flores a su novia del momento. Otra vez llegó con un trío a darle serenata a una chava que se negó a salir con él. Para una más hizo un *lip sync* de la canción de *Locos*.

Tú: ¿Cuál es esa canción?

Yo: Es de un grupo mexicano.

La busqué en el teléfono mientras sacabas los audífonos. Nos acercamos para compartirlos y le puse *play*. La batería, los acordes de guitarra, la voz de León Larregui:

Estoy contento de tenerte cerca, muy cerca de mí…

Uy, muy adecuada, pensé.

Que me digas loco, que me des de besos y que te rías de mí…

Uf. Tragué saliva. ¿Por qué todas las canciones siento que se refieren a nosotros?

Sabes qué quiero decir, ya no me mires así…

Te miré de reojo, no me atreví a voltear.

Que simplemente puedo decir yo, que eres lo más bonito que he visto en toda mi vida…

Hannah: ¿Cómo le haces para que la música, las calles, el universo entero cobren un nuevo sentido para mí?

Y sé que nunca te lo he dicho y me da miedo confesar, pero antes, quiero besarte…

Sentado en esta banca incómoda, escuché cómo la letra de la canción enunciaba con una precisión alucinante cómo me sentía.

Que llevo un rato tratando de decirte, que ya no puedo
vivir sin ti...

No sé qué fue, si el estar unidos por el cable de los audífonos, rozándonos desde la rodilla hasta el hombro, tener las cabezas pegadas una a la otra mirando sin poner mucha atención al video absurdo con el DJ motociclista-austronauta y la chica que fingía pésimamente tocar guitarra, pero la letra parecía hablarle a mi consciencia.

Te miré y... tú a mí.

Sabes que quiero decir, ya no me mires así...

Me incliné. Tú también.

Las bocas levemente abiertas, las narices aspirando el olor a cafetal, nuestra piel un electroimán. Nos besamos sin ninguna vergüenza y con todo el atrevimiento. No me importó tener a los viejitos chismosos mirándonos o convertirnos en una de esas parejas que luego te encuentras en público y te desagradan. A ti tampoco.

La canción terminó, pero nosotros apenas comenzábamos. Salimos corriendo de ahí.

En el camino iba muy, muy nervioso. Por mala suerte había muchísimo tráfico y por el ansia de avanzar no paré de hablar. Te conté del maestro que gritaba como si estuviéramos sordos y escribía todo en mayúsculas, vociferaba hasta con las letras. De la maestra francesa en el campus de Cuernavaca que siempre usaba huaraches y tenía un hongo infecto en las uñas del pie. Del profesor rehilete que escupía y nunca nadie se sentaba en la primera fila. Estaba inspirado, porque te reíste a carcajadas de mis descripciones o estabas nerviosa también. Llegamos a Churubusco y estaba a vuelta de rueda. Desesperación. Había un choque en el túnel, al fin Mixcoac y Patriotismo avanzaron de maravilla. Me estaba conteniendo de apagar el coche y abalanzarme hacia ti. Buscando no quedarnos callados, preguntaste por mis amigos de Viena. Te conté que a Masen, mi amigo sirio, le dieron pasaporte austriaco, un año después logró llevar a su mamá y a su hermanito a Austria. Zijat se mudó a vivir a Canadá con su esposa y tuvo una hija, volvió a Europa, se divorció. Nos hicimos mensos hablando de Siria, de Brexit, y de Trump, pero el ambiente entero estaba cargado de hormonas y tuve que abrir la ventana porque no paraba de sudar. Por fin llegamos a la San Miguel Chapultepec, se me hizo eterno el camino.

Encontré estacionamiento frente al edificio. El guardia me saludó y nos dejó entrar como de costumbre. En cuanto se cerró la puerta del elevador nos abalanzamos uno al otro. Metí la llave en la cerradura de la puerta a medio beso. Nos reímos cuando empujé la puerta y casi nos caemos. Antes de cerrarla, escuché: "¿Enrique?". Era la voz de mi tío. Como si me hubieran cachado robando, alcé los brazos y me separé de ti. Te pasó lo mismo porque saltaste a esconderte detrás de la puerta. Volvió a decir mi nombre, la voz venía de la cocina. Paralizados, nos miramos. Mierda, pensé, cómo se me olvidó que hoy volvía.

Yo: ¡Ah, claro, hoy regresabas! (Grité). ¡Venía a darle de comer a tu pez!

Se asomó. Estaba en pants, recién bañado. Su maleta abierta a medio camino.

Tío: Gracias, pero acuérdate que le da de comer Doña Silvana. ¿Viniste solo? ¿Cómo te ha ido con Hannah? ¿En algún momento me la vas a pre…?

Entonces te asomaste… Mi tío te miró, luego a mí, de nuevo a ti y desplegó una gran sonrisa:

Tío: La famosísima Hannah, ¡qué gusto conocerte!

Fue, como diría mi abuela, absolutamente encantador contigo. Te preparó un café especial en su cafetera carísima, abrió unas galletas suecas y el chocolate suizo con avellanas. Cuando supo que te gustaba el Brit Pop sacó sus cd de la universidad y te regaló el poster de Pulp que venía en la caja. Hablaron de música, de Stephan Zweig, Oppenheimer, de ópera. Se estaba luciendo. Yo ya lo había cachado que casi nunca terminaba los libros, sabía la mitad de lo que decía saber y conocía tres óperas, pero es un especialista en impresionar y cambiar de tema cuando se le acababa la información. Tirado en el sillón miré cómo lo tenías conquistado, se desbordaba por ti.

Pareció haberlo notado porque giró hacia mí y preguntó qué lugares habíamos visitado. Le contamos de Diego Rivera y mencionaste la palabra mestizaje. Como no se puede quedar sin aportar algo, aunque no sepa del tema, abrió otro cajón y aparecieron un bonche de cd de grupos en español. El primero que salió fue el del Tri grabado en la cárcel de no sé dónde. Lo puso y empezaste a mover la cabeza a ritmo de la canción del ADO.

Tú: ¿Quién canta?

Tío: Alex Lora.

Tú: ¿Quién?

Yo: Un tesoro nacional. El más chido de la raza más chida.

Mi tío se rio, tú me miraste algo confundida. Por eso me guardé el comentario de que su discografía debería ser nombrada patrimonio cultural de la humanidad.

Le dijiste que te había recomendado a Julieta Venegas, Café Tacuba y Natalia Lafourcade... pero puso Maldita Vecindad, Caifanes, Molotov. Luego hablo y hablo de la recuperación de nuestras raíces en la música y el mestizaje en el rock. ¿De dónde sacó eso?, pensaba, mientras tú lo escuchabas interesadísima, veías los libros y las letras.

Quería correrlo, cosa complicada porque estábamos en su casa. Me embargó un sentimiento poco recurrente en la vida cotidiana de los hijos únicos. El estómago me empezó a arder como si hubiera comido un bote de salsa La Perrona a cucharadas. Lo odié a él y me caíste menos bien tú. Sí, sí, lo reconozco, me cagó que nos matara la inspiración y estaba celoso porque te hacía conversación con una extraordinaria facilidad y le hacías caso.

Fuiste al baño.

Yo: ¿Le estás coqueteando?

Tío: No inventes, Enrique. ¿Qué te pasa?

Yo: Sí sabes que no tienes que gustarle a todas las chavas que conoces, ¿verdad?

Tío: Eres un imbécil. Pensé que eras más seguro de ti mismo.

Siempre hace eso, volteármela. Pero esa tarde no estaba para lecciones. Regresaste.

Yo: ¿Ya nos vamos?

Tú: Espera, quiero ver estos otros discos.

Yo: Pero va a llover...

Estaba tan enojado que ni pude pensar en una buena razón para irnos.

Tío: ¿Ya anduvieron por Chapultepec en bicicleta?

Me miraste con cara de: ¡Eso suena muy bien! Me cayó aún más mal mi tío porque sí se me había ocurrido, pero quería hacerlo un domingo cuando Reforma se convierte en ciclovía.

Yo: Pero va a llover...

Continuaba repitiendo como robot.

Tú: Dice el móvil que hay un 30% de probabilidad de lluvia hasta las 6 de la tarde. Vamos, Enrjike.

Tío: ¿No han ido?

Yo: Caminamos por el Cárcamo y estuvimos el fin de semana en Cuernavaca...

¡Me odié! ¡¿Por qué tenía que justificarme?!

Tío: Les recomiendo pasar por...

Aunque siempre le escribo para preguntarle a dónde ir cuando ando con mis amigos por la zona, en ese momento no quería escuchar sus miles de recomendaciones. Se suponía que el guía turístico debía ser yo.

Yo: Por cierto, ahora que me acuerdo, es lunes. Va a estar cerrado.

Tío: Te dejan cruzar si vas en bici, se pueden llevar las mías.

Yo: Ok.

Lo dije entre dientes y con cara de pocos amigos.

Tío: Pueden venir al depa las veces que quieran. Están en su casa.

Para que sigas luciéndote con Hannah, pensé.

Yo: No, no queremos molest...

Tío: Enrique, acuérdate que el viernes me voy a Valle saliendo de la oficina. ¿Podrías venir a alimentar al Nemo? Doña Silvana no va a venir.

Lo dijo así, como si nada, pero en realidad me estaba alertando que el departamento estaría vacío durante el fin de semana. Me avergoncé de mí mismo, de pensar mal de mi tío si siempre era bien buena onda. ¿Qué me estaba pasando? ¿En quién me convertía de repente? Era obvio que se estaba portando tan bien contigo, porque sabía lo importante que era para mí tu visita.

Al ir descolgando las bicis en el garaje, dijiste:

Tú: Se ve que te quiere mucho.

No supe qué responder, me sentía mal por mi ataque de celos. Ajustamos los asientos, revisamos el aire de las llantas y salimos a la calle. Andar en bicicleta siempre me pone de buen humor y contigo a mi lado el sentimiento se magnificaba cada cien metros. Cuando entramos al parque había vuelto mi ánimo, lo comparé al Prater porque era tan antiguo como las civilizaciones prehispánicas y tenía una sección de juegos mecánicos, como en Viena. Pasamos de largo por Los Pinos y los baños de Moctezuma. Subimos por el monumento de los Niños Héroes, desde donde señalé el Castillo de Chapultepec.

Yo: Ahí vivió Maximiliano.

Tú: ¿Se puede visitar?

Yo: Sí. Pero no hemos terminado de estudiar y debemos ir en orden, Sherlock.

Tú: Te estás volviendo demasiado exigente, *Neuling*.

Yo: Tú lo propusiste, no yo.

Fuimos por Reforma hasta el Monumento a la Revolución. Queríamos subirnos en el elevador, pero vimos el precio. Aún con la tarifa de estudiantes costaba $100 pesos. Nos dolió el codo y mejor te conté la historia del fracasado Palacio Legislativo que terminó en cúpula solitaria. Decidimos tomarle fotos desde abajo y salieron muy bien.

Yo: Cuando Diego llega a la Ciudad de México vive por aquí cerca.

Tú: ¿En dónde?

Yo: No apunté la dirección, pero describe cómo esto era una explanada donde venía a jugar, correr y pelearse con los otros niños.

Tú: En el libro que estoy leyendo no dan direcciones…

Yo: Fue buena idea repartírnoslos.

Al regresar dejamos las bicis y agarramos el coche para volver a casa. No quise subir a despedirme de mi tío, quizá estaría en una llamada. Llegando le mandé un mensaje: "Gracias. Fui un imbécil". Respuesta: "Mientras le ocultes esa imbecilidad a Hannah…". Reí. No estaba enojado.

Esa noche finalmente las nubes se hicieron a un lado. Con el cielo despejado y el telescopio subimos a la azotea. Gané como mil puntos cuando viste los cráteres de la luna, otros mil cuando logré localizar a Saturno. Bajo las estrellas apagadas por la luz de la ciudad nos besamos una y otra vez, hasta que escuchamos el crujir de las escaleras. Hubiera querido volver a compartir los audífonos y escuchar la canción de León Larregui por segunda vez, pero dos frustraciones en un mismo día no son buenas para la salud.

Esa noche soñé contigo…

No te quiero contar.

"¿Diego Rivera mintió sobre su nombre?", pregunté. Me encantaba ponernos a leer en el sillón de la sala mientras comparábamos, releíamos, comentábamos la información encontrada en la biblioteca de la UNAM. Había tantos murales que queríamos visitar y tanta información sobre ellos que decidimos dividirnos las biografías y las fotocopias. Ya sabía que te ibas a clavar en la investigación, así que armé unas muy buenas notas de lo que me correspondía. No iba a permitir que tú fueras la guía turística en mi propia ciudad.

Después de que mi santa madre me vio mirarte con ojos de amor mientras dormías en la autopista México-Cuernavaca, ella y mi papá hacían todo para que no estuviéramos solos en la casa. No entendía, ¿qué había cambiado desde tu llegada? Nada, solo el hecho de que ellos tenían un poco más de información que al inicio. ¿Para qué me mandan a una escuela progre y laica donde me tuve que chutar el súper taller de "descubrimiento" si luego no van a confiar en mi sentido común? De cualquier modo, en unos días íbamos a tener el departamento de mi tío a nuestra disposición. ¿Por qué debíamos contener lo que sentíamos? Más sabiendo que el verano tenía fecha límite.

Tú: En este libro dice que en su acta de nacimiento aparece como Diego María y Barrientos. Lo demás se lo inventó.

Yo: Y también afirmaba tener ascendencia española, danesa, portuguesa, italiana, rusa y judía, pero revisaron el árbol genealógico y no era cierto.

Tú: ¿Por qué lo hacía?

Yo: Mitómano…

Tú: Quizá lo hacía por diversión. Parece que era un hombre muy simpático. Aquí lo describen como: "Un ser que resplandecía, imposible no notarlo". Acá: "animoso, extremista, combatiente". Esta es la mejor: "Un Palacio de Bellas Artes ambulante".

Yo: Y feo…

Tú: El físico no es lo más importante…

Yo: Si tu Alex Turner fuera un esperpento no te parecería tan talentoso.

Sonreíste subiendo los ojos con cara de: "Ya vas a empezar".

Tú: Piensa en Ronaldo y Messi, uno es más guapo que el otro, pero los dos tienen millones de admiradoras y admiradores.

Te miré con cara de incredulidad.

Hablamos de cómo Diego estudia en la Academia de San Carlos y se va por primera vez a Europa el año en que Gustav pinta El Beso y a Adele Bloch Bauer. Uno apenas empezaba, mientras el otro estaba en la cima de su carrera.

Yo: ¡Qué mala suerte que no llegó a Viena! ¿Te imaginas si se hubieran conocido Rivera y Klimt? ¿Cómo crees que hubiera sido una conversación entre ellos?

Tú: Desastrosa e inútil, porque uno no hablaba español y el otro no hablaba alemán.

Yo: ¿Y si hubieran tenido una máquina de traducción automática? A Klimt seguro le hubiera encantado echarse un tequilita con Diego.

Tú: Y a Diego un *Schnaps* con Klimt.

Yo: Lo hubiera llamado Don Gustavo.

Tú: *Herr Rjiverja.*

Yo: ¿Qué piensas si se hubieran conocido Emilie y Frida?

Tú: Emilie se hubiera maravillado con la vestimenta de Frida.

Yo: Y Frida con las túnicas de Emilie.

Tú: Es muy divertido hacer esto contigo, *Neuling.*

Yo: Es muy divertido hacer cualquier cosa contigo, Sherlock. Diego incluye un dibujo de Hokusai de fondo en una de sus pinturas y Klimt era fan del arte japonés, ¿no?

Seguimos hablando de los puntos en común de los dos pintores mientras recogíamos todo de la mesa de la sala. En la cena les contamos a mis papás lo que encontramos en la biblioteca y del librote que tristemente dejamos porque solo era de consulta.

Pa: ¿Ya le echaste un ojo al que tiene tu mamá?

Yo: ¿Cuál?

Ma: Está en la parte de abajo del librero.

Me paré a buscarlo y sí, ahí estaba, entre uno de Remedios Varo y otro de Cezanne. Lo tomé, estaba pesado, cuando regresé a la mesa y te enseñé la portada que decía *Los murales completos*, tu cara entera sonrió. Era justamente el que no habíamos podido sacar.

Yo: ¿Desde cuándo lo tenemos?

Ma: Me lo regalaron cuando me fui de la galería, poco antes de que nacieras.

Se paró, tomó su bolsa y de la cartera sacó un billete de 500 pesos. Al entregártelo emitiste un "¡Wow!, ¡qué *cool*!" que la hizo sonreír. Mi papá nos informó que en unos años iba a salir de circulación, habían dejado de imprimirlo, el nuevo tendría la cara de Benito Juárez.

Yo: Pero si ya está en el de 20 pesos.

Pa: Ese se descontinuará.

Tú escuchabas, mirando el autorretrato de Diego en el billete arrugado con tintes morados, la pintura de la mujer desnuda con el ramo de alcatraces a un lado. Al reverso apareció Frida, autorretratada también, en la pintura de *El abrazo de amor del universo, la tierra, yo, Diego y el señor Xólotl*.

Ma: El otro día escuché en el radio que la modelo de ese cuadro de Rivera sigue viva. Tiene casi cien años y se llama… Nube… no… Nieves… el apellido era como el otro muralista mexicano… ¡Orozco! Nieves Orozco. Ese desnudo fue un escándalo en su momento.

Yo: Pero si no se le ve nada. Está de espaldas.

Ma: Pero en aquella época no eran comunes, menos de mujeres indígenas. Cuando Marilyn Monroe visitó México, Nieves la recibió en su casa y la actriz estadounidense se quedó impactada por la belleza de la modelo mexicana.

La googleaste y vimos sus fotografías. Era muy guapa.

Más tarde, antes de irnos a dormir, me dieron ganas de ir al baño. Al abrir la puerta te encontré lavándote la cara. Me asusté, pensé que ya estabas en tu cuarto. Iba a cerrar la puerta, pero me hiciste una seña de que entrara. Traías una bandana en la cabeza, la cara blanca por la espuma.

Tú: ¿Por qué está Frida en el billete?

Subí los hombros.

Yo: Pues, porque es famosa.

Tú: Sí, pero ¿por qué están juntos? ¿Por qué no hay un billete de Diego y otro de Frida?

Yo: Porque… ¿era su esposa?

Tú: Sí, pero Diego estuvo con muchas mujeres.

Yo: Quizás es a la que más quiso…

Tú: Quizás…

Yo: Frida debió haber sido la "Emilie" de Diego.

Me miraste a través del espejo, la espuma cubriendo tu piel, tus ojos dos lapislázuli entre nubes.

Tú: ¿Cuál habrá sido su historia? Estoy segura de que está escondida en sus cuadros.

Te enjuagaste la cara. Luego te cepillaste los dientes, en silencio. Conocía esa mirada. Habrían pasado cuatro años, pero no la había olvidado; sentado en el borde de la tina la volvía a reconocer. Si creía que estábamos a medio camino de la investigación, me equivocaba. La búsqueda apenas comenzaba y no ibas a irte de México sin averiguarla.

"¿Por qué no te quedas con el coche?", preguntó mi mamá cuando le dije que nos iríamos en metro al Zócalo. Le expliqué que no entendías por qué manejábamos a todos lados y gastábamos en estacionamientos.

Ma: Por favor, dile que lleve pantalón.

Pa: Y su mochila al frente.

Yo: ¡No exageren! No es para tanto.

Ma: A ver, Enrique, escúchame bien, somos responsables de que Hannah se mantenga sana y salva en México. Si no nos haces caso los trepo al coche, los llevo a donde tengan que ir y luego los recojo como si tuvieran 10 años.

Yo: No nos puedes forzar.

Ma: Rétame.

Me miró con ojos de pistola, no, con ojos de francotiradores apuntando entre mis cejas. No es cierto, estoy exagerando. En realidad, se le veían claras ganas de darme un zape. Mejor optó por voltearse a meter unos papeles a su bolsa para controlar su enojo. Era el turno de mi papá:

Pa: Supongo que ya consideraste que no se pueden ir en el mismo vagón.

Por alguna extraña razón, cada que pensaba en ir contigo en el metro recordaba nuestros trayectos en el U-Bahn de Viena. Los vagones casi nunca estaban llenos y hombres y mujeres no se separan. Mi papá notó mi cara de desconcierto.

Pa: Bueno, lo lógico es que ella se vaya contigo, en el "vagón de hombres", perdón, "el mixto" para irse juntos.

Sentí como si me diera un derechazo en la nariz, no

me tiró, pero me desbalanceó. Mi mente a mil: ¿Qué? Pero ese día en el Metrobús… ¿qué pasó…? Cuando voy hablando contigo disminuye mi capacidad de concentración, seguramente nos subimos con los hombres porque iba semivacío.

Mi mente en modo resolución de problemas: Respira. No entres en pánico, Enrique, no caigas en su trampa. A ver, a ver, analiza las opciones:

1) Si salimos a las 8:30 de la mañana, nos dejan en Taxqueña y… ahhhhh, va a estar hasta el gorro. Si nos subimos los dos al vagón mixto… (Apreté la mandíbula) Una güera natural de 1.62, ojos azules y saco de ocelote entre un tumulto de hombres… Si cuando caminábamos por la calle un buen de hombres se te quedaban mirando, ¿cómo sería ir apretados como sardinas? ¡No, no, nooooooooo!

2) Ella se puede ir en el vagón de mujeres y… ¿estar separados 40 minutos que dura el trayecto? No. ¡No me gusta nada!

3) Retractarme y pedir prestado el coche. Pero… ¿y los estacionamientos?

Mi papá me leyó la mente y salió al rescate antes de que empezara a hiperventilar con una bolsita de papel en la boca: "Te disparo la gasolina y la estacionada", me dijo con una media sonrisa en la boca. Acepté. Mi mamá sonrió burlonamente y miró a mi papá, sus ojos eran dos manitas aplaudiendo. Subí a decirte que nos prestaban el coche y nos darían el dinero para estacionarlo.

Tú: ¡Qué amables son! ¿Estás seguro? Los estamos molestando mucho.

Yo: No, no, para nada, Hannah. Lo que pasa es que tienen que ir a no-sé-dónde en la mañana y recoger no-sé-qué en la tarde. Además, les gusta irse juntos. Ellos lo sugirieron.

Me dio vergüenza contarte lo de los vagones separados. Era como decir que en México se asume que los hombres no tenemos autocontrol. Ahora me viene a la mente el maestro Jiraiya de la caricatura que veo con mi primo, le dicen el Sabio Pervertido porque persigue a las mujeres y ellas lo golpean cuando las quiere tocar. Nadie le dice nada, excepto Naruto. Se supone que es para reírse porque es un poderoso *shinobi*, pero a Mariano y a mí nos parece asqueroso. ¿Cuántos Jiraiyas se esconden en el subsuelo?

La situación terminó conviniéndome, porque manejar contigo a mi lado es una actividad suprema. Si por mí fuera tomaría la panamericana de Alaska a Chile si vas hablándome y poniendo música, lástima que el Tapón de Darién nos impediría cruzarla completa. Los trayectos juntos son infinitamente más agradables, así haga calor, haya tráfico, huela a caño o tenga que dar dinero a tres limpia parabrisas porque estoy distraído viéndote y no les digo que no con la mano. Ese cristal jamás había estado (ni estará) así de limpio.

Yo: Supongo que antes de Rivera, tenemos que hablar de Dr. Atl. Según el libro es el precursor del muralismo mexicano. ¿Te acuerdas de su nombre original?

Tú: Ge… (riendo) ¡no lo puedo decir bien! *Gerjarjdo Murjillo*. ¿Me preguntaste a propósito, *Neuling*?

Entonaste mi apodo diferente a las otras veces. Con el *ling* dos tonos arriba, cantado como en el norte y tocando una campana. Me encantó.

Yo: No, en serio no me acordaba.

Tú: ¿Has visto una fotografía de él?

Yo: No.

Tú: Mira... (enseñándome la foto de Dr. Atl en el teléfono). Se parece a Klimt, *oder*?

Yo: Sí, ¡bastante! Diego dice que la primera vez que lo vio parecía náufrago. Usaba un sombrero de paja y cargaba una cámara fotográfica viejísima que en realidad era un maletín donde guardaba sus mínimas posesiones. También dice que preparaba unos macarrones suculentos y unas mezclas deliciosas para su pipa. Creo que tanto Gustav como Dr. Atl tenían espíritu bohemio. Fueron unos auténticos proto-hippies.

Sonreíste enseñando tu diente chueco. Me miraste por varios segundos con ojos de ¿orgullo? ¿sorpresa? ¿entretención?

Tú: Y escribió un manifiesto con sus ideas.

Yo: ¿En qué año se habrán dejado de escribir los manifiestos? A los artistas de esa época les encantaban, ¿no?

Tú: Eso parece. También en Viena.

Yo: Ahora @DrAtl hubiera publicado el siguiente tweet: "La impresión estética debe basarse en un signo primordial y se deben integrar perspectivas sociales y metafísicas en el arte". ¿Cuántos caracteres van? Quizá más corto: "Artistas mexicanos: Dejen de copiar a los europeos y busquen la identidad nacional". Ese está mejor, hasta cabe más de un emoji al final.

Tú: Sugiero bandera de México, puño, brazo fuerte. Me gusta que me hagas reír.

Yo: También él es quien dice que el arte debe de ser para las masas, ¿no?

Tú: Sí. Por eso Diego va a Italia a estudiar el arte público antes de volver a México.

Pensé en lo que dijiste sobre el Teatro de los Insurgentes, de la fortuna de poder ver un Rivera desde la calle. Nada en contra del Palais Stoclet, pero es un poco egoísta que el mural de Klimt solo lo pueda ver el dueño del castillo. También pensé en el arte callejero, ¿es el nuevo estilo de arte público?

Tú: ¿Sabes? Siento que Klimt fue para los Expresionistas, lo que Dr. Atl fue para los Muralistas.

Yo: ¿En qué sentido?

Tú: Los dos fueron los maestros Shifu del arte e impulsaron a la nueva generación de los Cinco Furiosos Plásticos.

Me reí. No me lo esperaba. Esas son las cosas que no sé cómo describir, Hannah. Eres la mujer más lista que conozco, pero también la más divertida y, por si fuera poco, la más guapa del universo entero y la comedora de tortas de milanesa, pierna y pavo más sexy que existe. ¿Qué más se puede pedir?

Entonces, escuché:

I just sort of always feel sick without you, baby…

Tu voz sobrepuesta a la de Alex Turner. Le subiste al volumen casi al máximo. Le eché un vistazo al teléfono: Sweet Dreams, TN. La cantaste actuándola y con el sentimiento de alguien sobre un escenario. ¿Cómo logré no estamparme en plena Calzada de Tlalpan por verte? Es un misterio. Cuando terminó le bajé para no quedarme sordo.

Tú: ¡Imagínate que te escriban una canción así…!

Yo: No escuché qué decía. Eres demasiada distracción.

Tú (riendo): ¿La volvemos a escuchar?

Yo: Pero a un volumen que no cause daños auditivos.

Tú: ¡No hay otra forma de escucharla, Enrjike!

Yo: Además ni siquiera es de tu grupo favorito.

Tú: Pero sí de mi cantante favorito.

Regresé al tema de antes para que no pusieras de nuevo la canción y la cantaras. Debía evitar un accidente, una cosa era que me prestaran el coche y otra que tuviera que llamar al seguro.

Yo: Cuéntame más de lo que leíste.

Tú: Diego Rivera viaja por primera vez a Europa a los veinte años, llega a España. Tres años después vuelve a México, a una exposición en la que vende todos sus cuadros. Con ese dinero se vuelve a ir, esta vez a París.

Yo: Para ese entonces ya estaba casado, ¿no?

Tú: Sí y cuando vuelve a Europa tiene un hijo.

Yo: Pero se muere como al año.

Nos quedamos callados, me ofreciste un Trident de menta; te metiste uno a la boca y seguiste con tu pasatiempo favorito: hacer taquito el papel del envoltorio.

Yo: Él cuenta que cuando vuelve de España su nana va a visitarlo, pero su mamá la confronta preguntándole por qué lo visita si no es su hijo. Las dos mujeres discuten sobre quién lo quiere más. Pero, escucha esto: Diego dice que se empieza a sentir diminuto e insignificante, porque nunca iba a poder darles tanto amor como el que ellas le daban a él, o algo por el estilo.

Echaste el taquito de papel, delgado y perfecto con la marca del chicle en el borde de la puerta del coche.

Tú: Según Freud el narcisismo se origina cuando el amor de un niño hacia su madre es reprimido. Entonces busca sustitutos.

Silencio… Yo no sabía qué decir en el umbral del psicoanálisis.

Yo: Pues… No sé si era narcisista, pero sí medio presumido. De hecho, me recuerda a algunos de mis amigos.

Tú: ¿Por?

Yo: ¿Cómo lo explico? Por ejemplo, Francisco: él no se liga a cualquier chava, sino a la más guapa del lugar. Él no mete un gol, sino una chilena mejor que la de Hugo Sánchez. Él no hace la tarea, sino un ensayo que va a salvar el mundo. Él no bebe, se súper empeda.

Lo habías conocido en su casa antes de ir a Xochimilco, cuando pasamos por él. Te miró de arriba abajo y luego a mí. Lo conozco, no daba crédito que fueras tú la Hannah de la que había hablado y venía a visitarme. No te imaginaba así. ¿Te diste cuenta de que trató de ser el centro de atención? Como para probar que él era mejor que yo. Tú fuiste amable, pero no lo pelaste.

Habíamos llegado al Zócalo. Le di una vuelta para que lo vieras en todo su esplendor. Hasta el viento sopló en el momento correcto para que la bandera gigante ondeara para la foto. Te maravilló la grandiosidad, esas fueron tus palabras: *Das is groß*artig.

Yo: Dime nuestro plan de hoy para ver en dónde me estaciono.

Tú: A las 11:30 abren San Ildefonso.

Yo: Ayer dijiste que querías ver las ruinas.

Tú: Y la catedral. Nos da tiempo antes.

Yo: Un plan un tanto ambicioso, ¿eh? ¿Vamos a tener tiempo de ir con Nemito-Nepomuceno?

Tú: Tu tío sigue en la ciudad…

Yo (riéndome): ¿En serio? Pues me confundí.

Encontramos un estacionamiento en Donceles, caminamos a la catedral, la recorrimos y tomamos unas fotos que salieron putrefactas porque no se puede usar flash y está medio oscuro. Entramos a Templo Mayor y como nos tardamos viendo la zona arqueológica, nos apuramos en el museo para salir unos minutos antes de las once y media. Comparaste México con Roma, ambas tienen ruinas a la mitad de la ciudad y buena comida. Te encantó el contraste de arquitectura de distintas épocas en un espacio tan reducido, pero amplio a la vez. Leías en voz alta del teléfono los datos interesantes de cada lugar. Volví a sentir lo mismo que en el Mercado de Coyoacán, ver el Zócalo contigo era distinto, más interesante, pero no solo era tu presencia, también tu emoción. Te encantaron los bici-taxis, los anuncios en las rejas de la catedral, los danzantes y casi salir ahogados por el humo del copal.

Al llegar a San Ildefonso nos dijeron que el anfiteatro estaba cerrado. "Noooooo", dijimos. Trabajos de restauración nos impidieron ver el primer mural de Rivera. "Pero empieza un tour gratis en una hora", dijo la señorita de la entrada como premio de consolación. ¿Qué tiene de gratuito?, pensé, si acabábamos de pagar 50 pesos y ni siquiera veríamos lo que queríamos. Estaba a punto de pedir nuestro dinero de regreso, pero dijiste que lo tomáramos si ya estábamos ahí.

Yo: En vez de esperar una hora aquí sentados, ¿qué tal si vamos a ver los murales de la SEP? Están enfrente.

"Pero no pierdan su boleto de entrada para reingresar", nos dijo la señorita que nos lo vendió. Corrimos a la calle de República de Argentina: "Por aquí no es la entrada, joven". Nos mandaron a la otra, por Luis González

Obregón. Al fin llegamos a la puerta correcta y sí estaban abiertos, no los estaban restaurando. Entramos a verlos.

Historia ha sido siempre una de mis asignaturas favoritas. En la prepa me tocó un maestro que se sentía buenísimo, pero era malísimo. Pésima combinación, porque no era capaz de darse cuenta de lo poco que aprendíamos. Según él era nuestra culpa. Hablaba en clave, con frases incompletas y alegóricas, como si supiéramos lo mismo que él. ¿Acaso no entendía que estaba ahí para enseñarnos? Al final de algo importante solía decir: "Qué grueso, ¿no?", y hacía la boca hacia abajo, como pez. Yo pensaba: "Qué grueso que te estén pagando por enseñar tan mal". Por suerte había otra maestra y al siguiente semestre hice todo para que la clase fuera con ella. Era una buenaza explicando y poniendo en contexto los episodios históricos. Explicaba las guerras como si estuviera jugando *Civilization*. Ese día me sentí muy contento de que las clases de Historia de México las hubiera tomado con ella.

Nos hicieron dejar las mochilas en el *locker* de la entrada con los guardias.

Tú: Enrjike, casi no leí de este mural. Me concentré en el de San Ildefonso.

Es mi oportunidad de lucirme, pensé.

Yo: No te preocupes, éste me toca a mí.

Tú: ¡Qué bien! Ahora tú serás Sherlock.

Yo: No sé si pueda ser tan bueno como tú explicando los de Klimt…

Tú: *Das muss jemand anders entscheiden…*

Dijiste levantando las cejas. Me reí, era la misma frase que usaste para decirme que ibas a calificarme. Me podría sentir inseguro de mis capacidades al besar, pero jamás de mis conocimientos. No por algo gané el estudiante del año en secundaria y salí con honores de la prepa.

Yo: ¿Leíste algo de José Vasconcelos?

Tú: No.

Yo: Después de la Revolución, México era un país muy pobre y más de 90% de la población era analfabeta… quiere decir que no sabían leer ni escribir.

Tú (sonriendo): Se dice igual en alemán, *Neuling: der Analphabet*.

Yo (riendo): ¡Ah!

Salimos al Patio de las Fiestas, en la arcada el piso se parecía a los adoquines de la banqueta de Francisco Sosa, pero bien pulidos. El ajedrezado del suelo se interrumpía por una jardinera rectangular y en medio de ésta había una escultura de Benito Juárez, que ahora, gracias a ti, me doy cuenta: Don Beno está en todas partes. Comenzamos el recorrido mirando las pinturas de Rivera y reconociendo sus trazos.

Yo: Cien años antes apenas nos habíamos independizado de España y ahora terminábamos la Revolución, una guerra de casi diez años. Imagínate cómo estábamos en niveles de pobreza, desorden político y social. En ese contexto Vasconcelos es el primer secretario de educación del país.

Tú: ¿Secretario… es ministro?

Asentí con la cabeza mientras mirábamos a dos hombres con cascabeles en los pies y cuernos en la cabeza alrededor de una fogata haciendo el baile del venado.

Yo: Vasconcelos decide que, en los edificios públicos, empezando por la Secretaría de Educación, se plasme su proyecto de modernización para el país y comisiona a los mejores artistas para decorarlos: Rivera, Orozco, Siqueiros.

Imágenes de una familia de campesinos recolectando maíz y haciendo una cruz con las hojas de la milpa.

Yo: ¿Hablan del mestizaje en el mural de San Ildefonso?

Sacaste el teléfono de tu bolsillo y buscaste en el diccionario.

Tú: No. Es un mural con símbolos. ¿Cómo se dice en español *Anspielungen*?

Mientras trataba de pensar a qué te referías, dijiste:

Tú: ¡Alusiones! Hace alusión a las ciencias, las artes y otras cualidades. Me recordó a los murales de Klimt de la Universidad y al de Beethoven, porque representa a la música, la poesía, la justicia, la fuerza. Me parece que estéticamente es más europeo. Se parece a los murales renacentistas, con la diferencia de que algunas de las modelos son de piel morena.

Caminamos junto a campesinos ondeando banderas rojas, a los canales de Xochimilco en día de mercado y nos detuvimos frente a una mujer llena de listones.

Yo: Vasconcelos elabora una teoría sobre la evolución, dice que es la transición de lo simple a lo complejo. Y, no sé muy bien cómo, llega a la conclusión de que los mestizos son la raza más compleja en el territorio, por ser el híbrido de indígenas y españoles.

Saqué del bolsillo una hoja de papel hecha chicharrón y escrita por los dos lados. La miraste y soltaste una carcajada.

Yo: No te burles de tu guía. Hay una frase que quiero leerte: "En la historia no hay retornos, porque toda ella es transformación y novedad". Vasconcelos estaba consciente de que el proceso de mestizaje no había sido ni pacífico, ni consensual. Pero opina que es mejor una raza mestiza que una donde los conquistadores aniquilan o segregan a los locales.

Tú: Wow.

Yo: Obviamente no había ninguna base científica de lo que dijo y probablemente comió peyote cuando escribió su libro, porque termina diciendo que la raza más ultra-mega-wow será la que sea creada con el tesoro de todas las anteriores y la denomina como "quinta raza" o "raza cósmica". No sé si también incluía mezclarse con Avatares azules o qué, lo importante es que a partir de ese momento el mestizaje comienza a ser la representación del "verdadero México".

Alzaste los brazos como si de súbito hubieras recordado algo.

Tú: ¡Por eso Diego decía que tenía ascendencia de muchos lugares distintos!

Yo: ¡Quería ser cósmico!

Nos reímos y miraste a tu alrededor.

Tú: El mural de San Ildefonso no tiene nada de esto.

Yo: Quizá porque fue el primero y acababa de regresar de Italia.

Tú: Quizá. Aunque tomando en cuenta la arquitectura y la historia del lugar, decidió representar la historia de la filosofía, desde Pitágoras, pasando por el humanismo, hasta el materialismo dialéctico. Aquel era más clásico, éste es otra cosa.

Diego había estado catorce años fuera del país, se había ido cuando empezaba la Revolución y regresaba cuando había terminado. México era muy distinto del que conocía. ¿Cómo representar una nación tan cambiada? Antes de empezar el mural de la SEP hace un viaje por toda la república para inspirarse y representar cada región. Va a las ciudades coloniales y a los pueblos, al campo, al mar, a la montaña. Hace bocetos de las mujeres, hombres, niños y niñas. Observa a campesinos, obreros y gente adinerada. Toma elementos de los códices aztecas, la música y los bailes, los dioses antiguos y los héroes actuales. Y entonces representa la geografía y la gente, las fiestas y los ritos, el sufrimiento y la revolución, las artes y las ciencias. El resultado es… *Wunderbar*. Espectacular.

¿Qué habrá representado para Diego realizar ese proyecto? ¿Qué habrá pensado durante las muchísimas horas subido en el andamio para pintar y pintar metro tras metro cuadrado de un México que nunca nadie había plasmado en una obra de arte?

Yo: A partir de este trabajo se empieza a crear la concepción que tenemos de México, no solo para los extranjeros, también para los mexicanos.

Habíamos pasado frente a imágenes de la fiesta del maíz, el día de los muertos, una ofrenda llena de comida, unas piñatas, un torito prendido. Nos detuvimos en el panel con gente bailando, donde notamos que había placas con el nombre de cada mural. Nos acercamos a leerlo: *La Zandunga*, Diego Rivera.

Tú: ¿Qué quiere decir Zandunga?

Yo: ¿Trajiste tus audífonos?

Los sacaste del bolsillo, los conecté a mi teléfono, busqué la canción y le puse *play*. El requinto inconfundible empezó a sonar, luego la voz de Chavela Vargas:

Aaaaay! Sandunga, Sandunga mamá por Dios... Por un buen tiempo era el único cd que mi mamá traía en el coche, lo escuché muchas veces. Caminamos en silencio y me tomaste del brazo para no jalar el cable de los audífonos. Tus dedos cosquilleando mi antebrazo. ¿Pensaste en aquel día que escuchamos La Novena frente al friso de Klimt? ¿Hay una mejor combinación que escuchar la música correcta mientras miramos juntos una obra de arte? Cruzamos al Patio del Trabajo.

Fuimos mirando los trazos de Rivera en los telares, en la gente colgando textiles recién pintados, en las mujeres cargando frutas con cestas en la cabeza, en los hombres cortando caña de azúcar y más adelante moliéndola, en los mineros entrando y saliendo de la mina, en las mujeres haciendo vasijas de cerámica y en los hombres fundiendo metal. Todas estas labores las acompañamos con la inigualable voz y la guitarra en uno solo de los oídos: *Qué triste se queda el alma, cuando el sol se va ocultando, así se queda la mía, cuando te vas alejando...*

Yo: Es curioso, ahora éstos son los íconos de México, pero antes de este mural nada de esto era parte del modelo mexicano. Esta es la primera representación artística de la actualidad del país.

Tú: Sí, *Der mexikanische Archetyp* o el arquetipo mexicano.

Yo: Deberían enseñar esto en clase de historia.

Nos acercamos a las escaleras y ascendimos mientras nos trasladábamos del mar a la montaña, pero también del pasado, al presente y hasta el futuro que Diego imaginaba. Era como un ejercicio de teletransportación desde el Mar de Cortés, a la selva chiapaneca, a la cima del

Popocatépetl. Nos detuvimos en el autorretrato de Diego sentado en una silla.

Yo: Según él, este es su mejor autorretrato.

Tú: ¿Eso dijo?

Yo: Sí. Aunque parece que se le bajó la presión.

Señalaste la imagen de Xochipilli.

Tú: ¿Quién es?

Yo: El dios de las flores.

Tú: En Viena me contaste una historia muy bonita sobre los colores de la ropa mexicana.

Yo: No me acuerdo.

Tú: Estábamos en el *Rathaus* y vimos un arcoíris.

Por más que intenté no pude recordar ese momento, aunque sí la leyenda a la que te referías. Me quedé pensando en si lo habría escrito en mi diario.

Tú: ¿Leíste algo sobre la técnica?

Yo: No. Me enfoqué en la historia. ¿Tú?

Tú: Sí. Su primer mural, el de San Ildefonso, fue de ¿*Enkaustische Maltechniken*?

Yo: Encáustica.

Tú: Eso. El dibujo se grababa primero con una incisión y después se aplica el color. Decidió no hacer un fresco porque los muros eran de concreto. Es un método lento, mientras se trabaja la superficie y la pintura deben mantenerse calientes con un soplete. Es la primera vez que se utiliza ese método en México y Diego debe de hacer experimentos con los materiales que consigue para lograrlo.

Yo: ¿Cómo te sabes esas palabras? Incisión, soplete…

Tú: Porque se utilizan en joyería y me las aprendí en el taller de España.

Yo: Me gusta mucho que ya casi no tengas acento de española.

Tú: He utilizado muy bien las dos semanas con mi maestro mexicano…

Levantaste las cejas y sonreíste maliciosamente, creo que me puse un poco rojo. Traté de que no se me notara.

Yo: ¿Es la misma técnica que usa aquí?

Caminábamos frente a los murales monocromáticos del segundo piso, *grisailles* ahora sé que se llaman, con sus relieves y escenas esotéricas.

Tú: No. Para éstos decide hacer frescos, se aplica la pintura sobre yeso húmedo. Es la misma técnica que Klimt usa para los murales del teatro y la Secesión.

Yo: Te dije, Herr Rivera y Don Tavo hubieran tenido mucho de qué hablar.

Tú: ¿Leíste que al inicio a Diego no le estaba gustando cómo quedaba el acabado?

Yo: No.

Tú: Entonces uno de sus ayudantes le enseña la técnica mexicana.

Yo: ¿Hay una técnica mexicana al fresco?

Tú: Sí, claro, le aplicaban como última capa jugo de ¿*Feigenkaktus*?

Yo: ¿Cactus? ¿Baba de nopal?

Tú: Sí, *der Nopal*.

Yo: Este mural era mestizo hasta en los materiales.

Tú: El espacio se iba a repartir, otros pintores fueron contratados para pintar, pero a Diego no le gustan sus murales y pinta encima de ellos. Solo quedaron esos que vimos abajo.

Yo: ¿En serio? Qué salvaje.

Cruzamos por los pasillos del otro patio y empezaste a leer en voz alta los nombres de los estados de la República sobre los escudos.

Tú: Chiapas… Tabasco… Oacs…

Yo: Oaxaca.

Me miraste incrédula.

Tú: Ahí no dice Guajaca. Dice o-a-cs-a-k-a. No empieza con g.

Yo: Claro que sí: Oaxaca.

Te piqué las costillas, no sé bien por qué, pero gritaste y una guardia vino a decirnos que no hiciéramos ruido.

El tercer piso fue nuestro favorito. Encontramos el retrato de una Frida comunista repartiendo armas para la revolución proletaria, sobre ella comenzaba la letra de un corrido sobre un listón rojo.

Yo: Este piso es lo que hace famoso a Diego fuera de México.

Te acercaste a verlo con gran detenimiento.

Tú: Y es la primera vez que retrata a Frida.

Yo: "Son las voces del obrero rudo lo que puede darles mi laúd…".

Leí del listón pintado.

Tú: ¿Qué es laúd?

Yo: Es un instrumento de cuerda que se parece a la mandolina.

Tú: Ah, *die Laute*. ¿Por qué está la bandera de Rusia?

Yo: Este piso lo pinta después de un viaje a la Unión Soviética, antes de que saliera, o lo expulsaran del Partido Comunista. Ese del sombrero es David Alfaro Siqueiros.

Tú: Ah, sí. Vimos un Zapata pintado por él en el Soumaya.

Yo: Exacto. ¿Sabías que vivió en Cuernavaca? Un día fui con mis papás a su taller-estudio. Ahora es un museo.

Me miraste con ojos de: ¡No lo puedo creer!

Tú: ¿Por qué no fuimos, Enrjike?

Me quedé callado. Si hubieras sabido que apenas tuve la capacidad de acordarme en dónde había estacionado el coche porque me la pasé el día entero delirando por tu olor, no me hubieras reclamado.

Yo: Eh… No se me ocurrió… Además, visitamos muchos otros lugares. Hasta encontramos una alberca decorada por Rivera.

Tu risa hizo eco por el pasillo.

Continuamos avanzando. Nos detuvimos frente a una familia comiendo monedas de oro y, más adelante, en donde estaba un viejito de barba blanca que se parecía a Sensei Wu con un embudo en la cabeza.

Yo: Este que está de espaldas, con la pluma en la mano, mojándola en un escupidero y sentado en el elefante blanco es Vasconcelos.

Tú: ¿Por qué lo retrata así?

Yo: Se está burlando de él. Cuatro años después de haber empezado el mural, Diego había dejado de estar de acuerdo con sus ideas.

Tú: Pero fue él quien lo contrató.

Yo: Sí, creo que también en eso era parecido a Klimt y se burlaba hasta de quien lo comisionaba.

Caminamos al siguiente panel, gente vestida con ropa elegante tomaba champagne y agarraba una cinta dorada saliendo de una caja registradora. En la mesa se encontraba una lámpara con la Estatua de la Libertad como base. Te acercaste a leer la cédula.

Tú: Banquete de Wall Street.

Yo: Es una crítica a la gente rica. La cinta dorada son las ganancias de las acciones en la bolsa. El más viejito es Rockefeller, el de enfrente J. P. Morgan, y el de junto Henry Ford.

Tú: Ya veo por qué los murales de este piso lo vuelven famoso fuera de México.

Yo: No entiendo cómo más tarde lo contrata Rockefeller. Era obvio que esa comisión estaba destinada al fracaso.

El tercer piso del Patio del Trabajo lo vimos con algo de prisa, me acuerdo del señor sol frente al campesino y al obrero dándose la mano, del Zapata en túnica roja que parece más samurái que revolucionario y de Otilio Montaño, también con túnica y un pañuelo blanco en la frente, parece mártir. Señalé al último.

Yo: Él fue maestro de Diego antes de entrar a la Academia, dice que siempre le impresionó. Lo describe como fuerte, muy moreno, casi no hablaba, pero cuando lo hacía impactaba. Es la primera vez que escucha temas de derechos para los pueblos oprimidos.

Salimos corriendo para llegar al tour en San Ildefonso. Te confieso que no puse tanta atención a las explicaciones de los murales de José Clemente Orozco, aunque me gustaron mucho, especialmente los del segundo piso que parecen de caricaturista. Tú te la pasaste haciendo miles de observaciones sobre la diferencia entre la encáustica de los murales de la entrada y el fresco de Orozco, de cómo una técnica se veía más brillante y la otra más opaca. Comentaste el color y las influencias, y me acuerdo de que dijiste que los tonos y los trazos te recordaban a los expresionistas. La guía estaba fascinada de poder intercambiar ideas con alguien, quien fuera, interesada en las pinturas.

Cuando salimos me preguntaste por qué había estado tan callado, la realidad tenía muchísima hambre y los pies me dolían. Quería sentarme, comer algo y descansar un poco de tanta concepción artística. Mi conocimiento se había drenado y el agua del termo se había terminado, pero tú seguías feliz obteniendo información.

Salimos de ahí poco antes de las dos de la tarde y me encaminé directo al Rey del Pavo, no fueras a sugerir pasar antes a Palacio Nacional y terminara desmayado en las escaleras del edificio. Nos comimos la primera torta en dos segundos, luego compartimos la segunda. Te gustó que le pusieran aguacate y a mí que no le pusieran mayonesa. Entonces dejé de estar callado y hablamos y hablamos y nos reímos y nos la pasamos tan tan bien, que recordarlo me alegra y entristece al mismo tiempo.

Hacía mucho calor y no teníamos ganas de estar entre el gentío del centro. Fue fácil convencerte de subirnos al coche e ir a la Universidad de Chapingo, aunque no tuviera un retrato de Frida, en vez de caminar a Palacio Nacional. El pretexto fue ir en orden en la obra de Diego, pero en realidad los dos queríamos estar más tiempo sentados, conversando y escuchando música.

Quisiera continuar, pero me llaman a cenar. Por cierto, vinimos a Cuernavaca, mis abuelos te mandan saludos.

Descubrí algo.

¿Qué?

Diego no se "distancia" de Vasconcelos, sino del ministro de Educación, al que dibuja sentado en un elefante.

Ah, ¿no?

No, porque nunca se cayeron bien. Vasconcelos no apoyó el movimiento muralista y repetía que le chocaban "esos monos" que pintaba Rivera.

Pero si él lo comisionó.

Solo porque el presidente Álvaro Obregón lo obligó.

Pero Vasconcelos escribió sobre el mestizaje y la raza cósmica.

Lo hizo después, cuando algunos murales ya estaban terminados. Revisé los años.

No lo puedo creer.

Quería ser gobernador de Oaxaca y se sube al Movimiento Muralista cuando ve que no puede detenerlo y tiene buena fama. Era un oportunista.

No lo entiendo, hacer arte para las masas es una gran idea. ¿Por qué no quería apoyarlos?

Porque le parecía propaganda anarquista. Era mucho menos liberal de lo que se cree, imagínate, solo el ministro de Guerra y él estaban en contra de los murales.

¿Sabes qué dijo cuando vio los de la SEP?

¿Qué?

Que cómo era posible que Diego se atreviera a poner los huaraches a la altura de los ojos del público y las patas de los indios cerca de la nariz de las personas decentes.

¡No!

Y detestaba la pintura de Orozco. Según él, sus dibujos eran horrorosos.

¡¿Qué?! ¡Si es genial!

Opinaba que la caricatura era la más baja e inmunda de las expresiones del arte.

¡Qué tontería!

Y descubrí otra cosa.

¡Dime!

Hay un tesoro escondido en uno de los muros de la SEP.

¡¿Qué?!

Diego escribió en uno de los muros del primer piso un poema de un escritor que se llama Carlos Gutiérrez Cruz.

¿En cuál?

En la pintura del trabajador saliendo de la mina, donde el capataz lo está esculcando, ¿te acuerdas?

Sí.

Vasconcelos lo obliga a borrarla, entonces se les ocurre escribirla en un papel, meterla en una botella y empotrarla en el muro.

¿Qué decía? ¡Me hubiera gustado leerla!

Aquí la tengo… La encontré:

Compañero minero,
doblegado bajo el peso de la tierra,
tu mano yerra
cuando saca metal para el dinero.
Haz puñales
con todos los metales,
y así,
verás que los metales
después son para ti.

"¿Sabías que los alcatraces llegaron a México de Europa?", me preguntó anoche mi mamá mientras esperábamos a mi papá para venirnos a Cuernavaca. Estaba sentada en la mesa del comedor, ojeando su libro de los murales de Diego.

Yo: ¿Y eso qué?

Ma: Que Diego los representa en pasajes prehispánicos y eso no pudo haber sucedido. Los utiliza como símbolo de sensualidad.

Me asomé al libro, una mujer de pie cargaba las flores blancas en la espalda, otras dos estaban hincadas frente a ella. La imagen no era de un momento antes de la conquista y la mujer no estaba representada de modo sensual. No dije nada, porque a los adultos no les gusta que los corrijan y a mí no me daba la gana hacerlo.

Yo: Esa sería una licencia literaria. Más bien licencia pictórica.

Ma: Fue muy lindo conocer a Hannah. ¿Te dije que me escribió agradeciéndonos?

La miré, bueno no a ella, sino a su nuca porque estaba sentada con el libro en la mesa y yo parado detrás. Emití un "Mhh", pensando en qué momento le habías pedido sus datos. Pensé en eso que Diego dijo sobre Frida, que hechizaba a las personas. Tú también lo haces, cautivaste a mi familia entera y no dejan de repetir lo linda que eres, lo bien que hablas español, lo inteligente, lo guapa. Los miro con cara de: "Sí, ya lo sé, sus comentarios son redundantes".

En eso mi madre se voltea a verme con ojos pensativos:

Ma: ¿Cuáles eran las dos palabras que dijo sobre perder un brazo o una mano?

Te habrás ido físicamente, Hannah, pero tu presencia se ha quedado entre nosotros. Supongo que también en las fotografías del libro de los murales están marcadas tus huellas dactilares, dejando una parte inmutable de ti permanentemente escondida en el librero de mi casa. Cobras además forma en recuerdos, parafraseo de conversaciones, chistes y enseñanzas del alemán.

¿Te acuerdas de esa noche?

Habían comprado tamales y atole. Te habías dado un baño y bajaste a cenar oliendo al deliciosamente abominable champú de hierbabuena y jabón de almendras. Pediste disculpas porque ya estaba la mesa puesta. Nos sentamos uno junto al otro, en nuestros lugares de costumbre, mis papás frente a nosotros. Les contamos sobre el día y ellos nos escucharon con interés. Cuando terminamos mi papá te ofreció otro tamal verde, pero te habías comido dos y quisiste probar uno de dulce.

Pa: ¿Sabían que José Clemente Orozco era manco?

Me volteaste a ver.

Tú: *Einarmig oder einhändig*?

Hablé con la boca medio llena porque mis padres esperaban la traducción.

Yo: ¿Que si perdió la mano o el brazo entero?

Ma: ¿Hay dos palabras en alemán para describirlo?

Pa: Según yo, solo la mano, jugando con pólvora cuando era adolescente. ¿Cómo que hay dos formas de decirlo?

Te miramos como si fueras tú quien dirige la Real Academia del Idioma Alemán. Te pusiste un poco roja y reíste.

Tú: *Ein* significa uno. *Einarmig,* que tiene un brazo; *einhändig,* una mano. ¿Cómo se dice en español?

Yo: Manco. Pero incluye a quienes les falta la mano, medio brazo o el brazo entero.

Pa: Qué curioso. En alemán la palabra se enfoca en lo que se conserva; en español, en lo que se pierde.

Yo: Hannah podría hacer un psicoanálisis al respecto. Me diste un codazo.

Ma: ¿Sabían que por eso la representación de las manos está muy presente en la obra de Orozco?

Pa: A diferencia de Dr. Atl, quien pierde la pierna siendo mayor.

Tú y yo (al mismo tiempo): ¿Dr. Atl?

Ma: Claro. Por una trombosis. Y cuando trataban de consolarlo, decía que no se preocuparan porque le iba a crecer otra.

Yo: La pérdida de miembros era un lugar común entre los artistas de la época.

Pa: ¿Leyeron sobre la escultura que le hicieron?

Mi mamá se empezó a reír.

Tú y yo nos miramos sin saber de qué hablaban.

Pa: El escultor lo representó con la pierna amputada incorrecta.

Tú y yo: ¡No!

Pa: Parece que lo copió de una foto y lo hizo como si fuera un espejo.

La localizamos en el parque frente a la catedral de Guadalajara, pudimos ver el imperdonable error: en vez de dejarle la izquierda, le dejaron la derecha. ¿Por qué el escultor decidió representarlo sin pierna cuando la perdió hasta los setenta y cinco años? Es un misterio sin resolver.

Después de hablar con mi mamá, me quedó dando vueltas lo que dijo sobre las flores blancas. Cuando estaba a punto de dormirme me acordé en dónde las habíamos visto representadas erróneamente: en el mural de Teno- chtitlán. Aunque todavía no existían en México, Diego las utiliza como símbolo de seducción. Esa noche metí a mi sueño imágenes de la pintura. Canal de Miramontes estaba lleno de agua, tú llegabas remando en una chi- nampa vestida como Frida, tus piernas decoradas con alcatraces. La mitad de tu cabello seguía siendo morado, de las puntas brotaban flores de jacarandas que me ofre- cías para comer y, al metérmelas a la boca, ¿adivina de qué estaban hechas? De puro fondant.

"¿Quieres jugar?", me preguntaste desde la puerta de mi cuarto agitando la baraja de las pinturas de Klimt con la mano izquierda. Traías unos pantalones flojos con diseños de elefantes tailandeses, una camiseta de los Arctic Monkeys que te quedaba enorme y el cabello recogido en una coleta con dos mechones cayendo de cada lado. Te veías especialmente guapa. Entraste y te sentaste en mi cama con las piernas cruzadas. Iba a cerrar la puerta, pero mis papás se iban a escandalizar. La dejé abierta.

Yo (sentándome frente a ti): Pero le faltan dos cartas…

Tú: Shh. Es un secreto. Si lo revelas no voy a poder seguir haciendo trampa.

Yo: ¿Hacías trampa, Hannah-Jarana?

Tú: Claro, nunca confesé que faltaban un joker y el rey de picas.

Yo: Siento mucho haberlas perdido.

Tú: No importa. Isabella se sigue preguntando cómo le he hecho los últimos cuatro años para ganarle cada que jugamos.

Barajeaste como una experta y te miré repartir.

Tú: Por favor, no me dejes ganar.

Te miré y me guiñaste el ojo, divertida. Robaste. El abanico de cartas te tapaba la boca y al mirar hacia abajo tus pestañas se veían muy largas.

Yo: ¿Dónde compraste esa playera tan espantosa?

Tú: En el concierto de Sheffield. No había de mi talla, pero ¡no me iba ir sin una! Imagínate, tomé un tren de cuatro horas para verlos y luego otro toda la noche para volver a Edimburgo.

Yo: ¿Todo eso por un concierto?

Tú: No fue un concierto, Enrjike, fue El Concierto. ¿Sí sabes que Sheffield es su ciudad?

Yo: No. ¿Y valió la pena?

Tú: ¡Sí! *Es war super super cool. Wirklich fantastisch!*

Yo: ¿Fantástico? ¿Solo porque está guapo?

Tú: Ayer me contaste que hiciste fila por dos horas para comprar boletos para un partido de fútbol.

Yo: Eso es diferente. Era la final.

Tú: ¿Y? Los conciertos son para mí, como los partidos de fut son para ti. En ambos hay fanáticos que apoyan al grupo al que van a ver, uno juega un deporte y el otro toca música. No veo la diferencia. A ver, dime, ¿cuál de todos los jugadores es el que te gusta? Por eso los vas a ver, ¿no? Hay varios muy guapos.

Me reí. Tienes una respuesta para todo y no lo había visto desde ese punto de vista. Jugamos la primera partida y te gané.

Tú: No has perdido tu buena mano, Enrjikito.

Yo: No creas que porque le ganas a Isabel me vas a ganar a mí, Hannita.

Tú: Estuve viendo las fechas y…

Yo (como arco reflejo): Te quedan solo veinte días en México.

Me miraste y sonreíste.

Tú: Las fechas de los murales.

Sentí la cara caliente, bajé la mirada y me hice menso mientras repartía.

Yo: Ah, claro, los murales.

Sentí la vergüenza en todo el cuerpo, pero continuaste hablando como si no hubiera dicho nada.

Tú: En menos de cinco años Rivera pintó 1,500 metros cuadrados en la sep y 700 en Chapingo. ¿Eso sería…?

Yo: ¿Medio campo de fut?

Tú (en alemán): Es muy impresionante.

Yo: ¿La superficie pintada o mi cálculo mental?

Tú: Los dos. Leí que trabajaba en sesiones de más de quince horas, siete días a la semana.

Yo: Una vez se quedó dormido en el andamio y se cayó. Pasó tres meses en cama.

Tú: Otra se enfermó del estómago y como ir al baño interrumpe su trabajo, deja de comer.

Yo: Ese hombre era más que un *workaholic*. Era un *workajunkie*. Necesitaba una intervención. Con razón se divorció tantas veces. ¿A qué hora veía a sus esposas? ¿Cuándo se daba el tiempo de jugar cartas con ellas?

Subiste la mirada y reíste. Tiraste la última carta. Ganaste. Recogiste las cartas para volver a barajarlas mientras me paraba a prender la bocina. Puse el primer disco de los Strokes.

Tú: La primera pareja era rusa, Angelina, la conoce en Europa, no se casan, pero se refieren a ella como su esposa. Vivieron diez años juntos en una relación de codependencia tóxica.

Yo (riendo): ¿De dónde sacaste ese término?

Tú: Lo leí en uno de los libros. Después de que nace su hijo empieza una relación con otra pintora, Marevna, también rusa.

Yo: ¿Se casan?

Tú: No. Mantiene relaciones con las dos al mismo tiempo; Marevna tiene una hija, no se sabe si es de él. Termina con ambas cuando se va de Europa.

Yo: Había entendido que las abandona.

Tú: Sí, es cierto. Angelina espera a que le envíe dinero para alcanzarlo y Marevna para su hija.

Yo: ¿No se casa poquito después de llegar a México?

Tú: Sí, muy pronto conoce a Lupe Marín, quien se vuelve su modelo predilecta para esos primeros murales.

Yo: ¿También generaron una relación tóxica?

Tú: No. Esa era violentamente apasionada.

Solté una carcajada.

Yo: ¿Lo dices de broma?

Tú (sonriendo y mordiéndote el labio): No. Y con ella tiene dos hijas.

Yo: ¿También tiene amantes?

Tú: Ella asegura que es "la única", pero se contradice, porque en entrevistas reconoce que Diego tenía otra relación y por eso se separan.

Yo: Ah sí, la fotógrafa que retrata en el panel de la SEP, Tina Modotti. ¿Cómo le daba tiempo a este hombre de trabajar veinte horas al día y salir con tantas mujeres? ¿Era vampiro?

Tú: No, era inseguro y narcisista.

Yo (riendo entretenido): ¿Estás estudiando psicoanálisis además de joyería?

Tú: Sí.

Te miré, estabas tirando una carta. No supe si era broma o verdad.

Yo: ¿Cómo que sí?

Tú: ¿No te dije? Estoy haciendo un *major* en joyería y un *minor* en psicología social.

Yo: ¿En serio? (Asentiste). ¿Qué tiene que ver una cosa con la otra?

Tú: No mucho, aunque sí está comprobado que las joyas tienen una influencia positiva en la conducta de las personas.

Yo: ¿Me estás bromeando?

Tú: Una joya puede elevar la autoestima de una persona, la ayuda a definir su personalidad, la conecta con otra o la hace sentir atractiva.

Yo: Si me preguntas, tú eres atractiva aun sin tus anillos.

Moviste la cabeza un poco hacia atrás, estiraste el cuello riendo y mirándome con duda. Por él yo también me convertiría en Drácula.

Tú: Y luego llegó Frida...

Yo: Cuéntame de ella.

Tú: La conoce en el anfiteatro de San Ildefonso.

Yo: El que no pudimos ver.

Tú: Pero no, estoy explicándolo mal. Diego era conocido en México y en San Ildefonso, la escuela preparatoria donde pintó su primer mural y donde estudiaba Frida. Él iba a dar conferencias, todos los estudiantes lo querían escuchar. Así que ella lo conoce a él, pero él no sabe quién es ella. En la película de Salma Hayek hay una escena de cómo le gritaba cosas para molestarlo mientras pintaba.

Yo: Pero ¿cuándo se conocen mutuamente?

Tú: Mientras pinta los murales de la SEP. Ella va a buscarlo para que le diga si tiene talento como pintora o mejor se dedica a otra cosa.

Yo: Obvio, le dijo que sí.

Tú: Claro. Le dice que pinta mejor que él.

Yo: ¿Ya se había accidentado Frida?

Tú: No, creo que no. Déjame ver la cronología.

Yo: ¿Estás haciendo una cronología?

Tú (riendo): Hay que tomarse las cosas en serio, *Neuling*.

Aproveché que fuiste a tu cuarto para hacer trampa: miré tus cartas y te cambié un as por un dos. Volviste mirando el cuadernito, una pluma en la mano.

Tú: El accidente es poco después de que se conocen. Él la visitaba en su casa todos los domingos y salían a caminar juntos. Luego va a verla al hospital, donde hablaban y hablaban, ahí se enamoran. El año en que Diego termina de pintar la SEP se casa con Frida.

Yo: Muy romántico el hombre.

Tú: Había otro deta… ¡Hey! ¡Me falta una carta!

Me miraste mientras me aguantaba la risa.

Tú: ¿*En-rji-ke*…?

Yo: No te distraigas, ¿cuál era el otro detalle?

Tomaste la baraja, te pusiste a buscar un as y elegiste otras cartas para meterlas a tu juego, así sin más, sin preguntar ni nada, sin pedirme de vuelta la tuya. Me gustó tu descaro.

Tú: Le llevaba veintiún años.

Te bajaste con un juegazo y te echaste a reír divertida.

Yo: Espera, ¿qué? ¿Diego le llevaba más de veinte años a Frida? Y yo que me azoto porque eres mayor que yo.

Tú: ¿Cómo?

Te volteé a ver y tus ojos entrecerrados me miraban con expresión de signo de interrogación (¿?).

Yo: Bueno, pues… (Me seguías mirando) Es que… (Empecé a ponerme nervioso) Cuando mis amigos me preguntaron cuántos años tenías… Dijeron que era imposible que me fueras a hacer caso.

Tú: Y, ¿ellos qué saben de ti y de mí?

Yo: ¿Nada…?

Tú: ¿Entonces? ¿Te molesta que sea mayor que tú?

Yo: No, para nada. Solo que…

Tú: ¿Qué?

Yo: A veces yo también me lo pregunto…

Tú: *Was*?

Yo: Por qué me hiciste caso… No soy solo yo, Hannah, ¿has visto cómo nos miran en la calle o en los lugares a los que vamos? Nadie puede creer que vayamos juntos. Y, bueno…

Tú: *Was, Enrjike*?

Yo: Que eres la más guapa y linda y simpática y de las personas más inteligentes que existen, pero a la vez toda cool con tu ropa y tus anillos y tus mechones morados y… y… y yo…

Tú: Tu… *Was*?

Parpadeaste varias veces, tus cejas con expresión de alarma o enojo o no sé.

Yo: Seamos honestos. Soy medio ñoño. Saco buenas calificaciones y me gustan los robots y no he tenido más que dos novias y una fue seminovia y… llego a tiempo a todos lados y eso nadie lo hace en México y me gusta el anime y los juegos de computadora y…

Me miraste de arriba abajo, luego mi cuarto, el dibujo de maquinaria inventada, los posters pegados detrás del librero y el robotito en la esquina que construí para tirar basura y… Me arrepentí de haber dicho lo que dije. Diablos, pensé, ¡ahora se está dando cuenta que soy un nerd y me va a dejar de hacer caso! Volteaste de nuevo hacia mí. Parecías enojada o quizá preocupada. Yo y mi enorme bocota, pensé.

Tú: ¿Así me ves?

Yo (arrepentido): Sí, así te ves, Hannah. (Silencio). (Más silencio y por los nervios continué hablando a mil por hora). No solo yo te veo así. ¿No viste la cara de mis amigos el día de Xochimilco? ¿No notaste cómo se portó Francisco contigo? ¿Qué tal el mesero del otro día y los tipos del antro?

Tú: Y, ¿tú crees que te ves como te describiste?

Yo: Pues sí.

Tú: Estás muy equivocado.

Hiciste las cartas a un lado, te pusiste de rodillas y te inclinaste hacia mí. Acercaste el rostro a mi oído, las puntas de tu cabello me hacían cosquillas en el cuello y me obligaron a cerrar los ojos. Tu olor a crema de coco inundando mi nariz, la suavidad de tu mejilla en la mía, tu aliento poniéndome la carne de gallina. "Así es como yo te veo, Enrjike…", y murmuraste palabras que describían a alguien que jamás hubiera pensado. Me dijiste las cosas más amables, resaltando detalles que son parte de mi personalidad y pensé que nadie notaba. Sentí un nudo en la garganta mientras enumeraste absolutamente todas las virtudes que no soy capaz de ver en el espejo y las otras por las que se burlan mis amigos. Te separaste de mí. No quería que dejaras de hablar, no quería abrir los ojos, quise detenerte, pero si te abrazaba se me iban a salir las lágrimas. Así que los abrí y volviste a tu lugar, las cartas desperdigadas, algunas en el suelo. Me mirabas sin sonreír, sin entrecerrar los ojos. Nos quedamos así un rato, solo viéndonos sin decir nada, reflejándonos cada uno en los ojos del otro.

¿Sabes lo que esas palabras significan para mí?

Quizá, porque antes de salir de mi cuarto dijiste: "Nadie me había dicho que era de las personas más inteligentes". No lo podía creer. "Ha de ser porque no te conocen bien", respondí y te pusiste de puntas para darme un beso en los labios, pero nos separamos de inmediato porque escuchamos el "Buenas noches" de mis papás como pretexto para asegurarse de que cada quien se iba a dormir a su habitación.

"¿Cuándo nos organizas un *Riveratour*, Enrique? ¿O son exclusivos para Hannah?", preguntó mi tío el domingo y casi me atraganto con la sopa. Fuimos al cumpleaños de mi abuelo, cumplió 75; mi abuela cocinó su platillo favorito, mi tío compró vino caro y mi mamá le hizo un pastel. Lo dijo así, nomás, sin considerar que el nombre con el que definíamos nuestros paseos era exclusivo de nosotros dos. No me acuerdo cómo o cuándo los empezamos a llamar así, tampoco cómo se enteró, pero quería borrarlo de su boca y su memoria. "Cuéntales de Chapingo, Enrique", dijo mi mamá emocionada halagando nuestra investigación. No quería hablar, no quería contar de la capilla, de la madre tierra y la puerta grabada, no quería recordar ahí, frente a todos, uno de mis paseos contigo. "Primero vayan a verla, ¿no?", dije en mal tono, "Mucho interés, pero ninguno de los cinco la conocen". Mi abuelo, para suavizar el asunto, dijo: "Cuéntame un poco, como regalo de cumpleaños", no podía negarme, después de todo lo que había pasado. Le di un par de tragos a mi bebida, si querían información, ahí les iba…

"La creación es el nombre del primer mural de Diego Rivera y es un tema al que vuelve una y otra vez", dije con la autoridad de un profesor emérito y guardaron silencio. "El lema del mural de la escuela de agricultura era: *Aquí se enseña a explotar la tierra, no al hombre*, y lo inscribe en él".

Luego expliqué el contexto de México en los años posteriores a la Revolución, la mala relación con Vasconcelos y que gracias a eso el ministro de Agricultura se acerca a comisionarlo. "Es el primer mural que integra pintura y arquitectura de forma completa", e hice una comparación con su primer mural en San Ildefonso. Les conté que Diego buscaba la cuarta dimensión en la pintura, una que transcendiera las dos dimensiones del bastidor e involucrara al espectador: "Por eso a Chapingo la llaman La Capilla Sixtina de las Américas", dije, y frente a mí solo había caras de interés, hasta se servían con cuidado para no hacer ruido. Hablé de la metáfora de la lucha armada como simiente para hacer germinar un nuevo país donde la tierra florea y fructifica.

Si hubieras estado Hannah, te hubieras sentido orgullosa. Culminé con frases como "utilizaba el arte como instrumento de lucha social", "sus pinturas eran libros de texto ideológicos", "aquí usó el fresco con una paleta de color más austera". Mencioné su crítica a los pintores europeos de hacer arte por el arte mismo, mientras él y los demás muralistas realizaban obras con un propósito social. Los adultos escucharon.

Tú: Eres muy bueno contando historias.

Me dijiste en algún momento durante tu visita.

Yo: Gracias, hago lo que puedo.

Tú: Deberías escribir más, Enrjike.

Yo: No lo sé. Quizá las cuento bien, pero en papel…

Tú: ¡Claro que serían divertidas!

Yo: Y tú, ¿cómo lo sabes?

Te pusiste rojísima, como nunca te había visto. Luego me acordé de mi diario.

Yo: Ah, sí, que leíste algo de lo que escribí.

Callaste unos segundos. Después te recuperaste.

Tú: ¿Por qué no escribes un diario de este verano?

Yo: Porque no quiero estar escribiendo mientras tú estás aquí.

Tú: Escríbelo después, cuando me vaya.

Te miré tratando de saber si sentías lo mismo que yo al pensar en que en unas semanas nos volveríamos a despedir.

Yo: Eso no calificaría como diario. Además, prometí no escribir otro. Son una tontería.

Tú: ¡Claro que no!

Yo: ¿Quieres saber la verdad?

Tú: *Immer.* Siempre.

Yo: Después de ese verano me cuesta mucho trabajo escribir.

Tú: ¿Tienes un bloqueo creativo? (Me reí). Espero que no seas como Diego, que necesitaba una relación complicada para inspirarse y trabajar.

Yo (sonriendo): Ahora que lo dices...

Tú: ¿Necesitas una relación violenta y tormentosa?

Yo: No. Estoy bastante seguro que no. (Reíste). Me refiero a que necesito inspiración.

Tú: ¿Cómo qué?

Yo: Ahora que lo pienso, de algún modo se vincula a ti.

Tú (en alemán): No te entiendo.

Yo: ¿Te acuerdas del cuaderno que me regalaron tus papás al despedirnos?

Tú: Sí.

Yo: Ahí empecé a escribir. Un poco.

Tú: ¿Y?

Yo: Que lo releí la noche antes de que llegaras y me di cuenta de que casi siempre lo hago cuando quiero contarte algo.

Tú: Entonces, cuéntame de este verano.

Yo: Pero ¿cuál es el caso? Tú estás aquí. ¿Por qué querrías leer sobre eso?

Tú: Tu realidad siempre será distinta a la mía. Quiero saber la tuya.

Yo: No lo sé. No estoy seguro.

Tú: Además, yo no me puedo llevar los libros y las fotocopias.

Yo: Ok. Solo relataré lo más importante de nuestra investigación.

Tú: ¡No! ¡Eso no sería tan entretenido!

Yo: No lo sé…

Tú: Ándale, *Enrrrrique*. No seas mala onda…

Yo: ¡Wow! Ahora sí hablaste como mexicana, hasta el acento te salió.

Tú: Güey, *du kannst nicht nein sagen.*

Me reí de nuevo.

Yo: Tienes razón, si hablas así no puedo negarme.

Levantaste el dedo meñique y me miraste a los ojos.

Tú: *Versprichst du es?* ¿Lo prometes?

Levanté mi mano y enlacé mi meñique con el tuyo.

Yo: Lo prometo.

Te jalé hacia mí. Tus labios se pegaron a los míos. Mi lengua rozando tu diente. "Así se saldan las promesas en mis terruños", dije al separarnos y el blanco de tus ojos iluminó los míos.

Te hará feliz saber que llevo cargando este cuaderno a todos lados, alternando tiempos verbales porque los recuerdos del pasado te traen a mi presente. Y aunque es imposible transportarte físicamente a mi día de hoy, escribirte es el mejor placebo para sentirte cerca, lo cual me recuerda a una agüita olorosa que mi madre me ponía en los moretones cuando era pequeño y que, aunque dudo de sus propiedades medicinales, psicológica y mágicamente me hacía sentir mucho mejor.

"¿Te acuerdas del libro que me regalaste?", me dijiste mientras andábamos uno junto al otro hacia el Castillo de Chapultepec. Nos estacionamos frente al edificio donde vive mi tío y tomamos prestadas sus bicicletas, nos detuvimos a echarle aire a las llantas antes de entrar al parque por la puerta de Constituyentes. Canté la canción de *Las rejas de Chapultepec* y te sugerí que la agregaras a tu lista de favoritas de Spotify.

Yo: Es un clásico, Hannah. Capulina y Viruta tuvieron un impacto social con su música antes del rock & roll.

La realidad, pensaba que mi abuela se había inventado la canción hasta el día que encontré un video en YouTube.

Tomamos el camino frente a la estatua de Cervantes, rodeamos la colina, cruzamos los puestos de juguetes y estacionamos las bicis a unos metros de la taquilla. Compramos los boletos, nos revisaron las mochilas y por los termos de agua tuvimos que dejarlas en un *locker* de diez pesos. No me importó, por ser estudiantes nos ahorramos el costo de la entrada de $80 pesos. Que viva la promoción de la educación. Al final estuvo mejor no tener que cargar nada y en el museo hay bebederos.

Comenzamos a subir la cuesta antes de las diez de la mañana, el aire se sentía fresco y limpio. Las nubes se veían blancas en un cielo despejado y el sol apenas empezaba a calentar la ciudad.

Yo: ¿El libro de joyería de Emilie?
Tú: Ese.
Yo: Claro que me acuerdo: *Glanzstücke*.

Volteaste hacia mí. Me encanta sorprenderte con mi buena memoria.

Tú: Al terminar la universidad quiero regresar a Viena y hacer piezas inspiradas en el Wiener Werkstätte.

Yo: Diego estaría orgulloso de ti.

Tú: ¿Por?

Yo: Porque dijo: "Quien quiera ser universal en su arte debe plantar en su propia tierra". Según él, el secreto de sus mejores obras es que son mexicanísimas.

Tú: Estoy de acuerdo con él.

Yo: Fue después de probar el cubismo y decidir que no era lo suyo.

Tú: ¿Leíste lo que dijo cuando volvió a México?

Yo: No. ¿Qué dijo?

Tú: Se la pasaba haciendo observaciones sobre el color. Se dio cuenta que los rostros europeos eran claros, pintados sobre fondos oscuros. En México, los fondos eran luminosos mientras los rostros, las manos y los cuerpos destacaban por ser oscuros. Es muy bonito. Casi poético.

Yo: A mí me gustas con tu piel de horchata sobre cualquier fondo.

Sonreíste, tus labios delineados debajo de tus ojos de mar. Me tomaste de la mano, tus dedos estaban helados, de pingüino, y te pregunté si tenías frío. Negaste con la cabeza.

Tú: No imaginé que México fuera tan colorido. Mira las casas, la ropa, los muebles, la artesanía, todo.

Yo: ¿Las casas?

Tú: Sí, también las casas. En donde tú vives cada barda es de un color distinto.

Yo: No… No creo.

Tú: ¡Claro que sí!

Yo: Pero Viena es más o menos igual.

Tú: ¡No! Allá todo es blanco o gris, ¿no recuerdas?

Yo: También hay dorado.

Soltaste una carcajada.

Tú: Aquí las casas las pintan de verde y azul y rosa y anaranjado y amarillo. Las rejas también. ¿No lo ves?

Yo: ¿Estás contando el grafiti?

Tú: ¡No! ¿En serio no lo notas?

Reíste divertida. No lo podías creer.

Me he estado fijando y tienes razón. En dos cuadras puedes contar casas con siete colores distintos o con diferentes tonalidades de un mismo color. Te he dicho lo peculiar que ha sido ver los lugares cotidianos a través de tus ojos, ¿le habrá sucedido algo parecido a Diego? Después de pasar tantos años fuera de México, al volver, ¿vio el país con mirada de extranjero?

Nos detuvimos en un mini estanque donde había una estatua del águila y la serpiente sobre un nopal. Había una telaraña enorme y perfecta a la que le sacaste varias fotos, pero no lograste enfocarla. Llegamos arriba y en la segunda puerta pasamos sin problema, al dejar las mochilas no había nada que pudieran revisar. Nos indicaron que el recorrido empezaba en los salones, pero el jardín de la entrada, con las fuentes y la vista espectacular, nos atrajo tanto que nos acercamos al barandal que da hacia el valle lleno de casas y edificios.

Yo: Anoche leí que Maximiliano toma este edificio como su casa en México y le llama Miravalle, por un castillo que se llamaba parecido, pero no me acu…

Tú: Miramar. El Castillo de Miramar en Italia. Fui hace mucho con mis papás, en unas vacaciones para encontrarnos con mi tía y su esposo de Croacia.

Me describiste el camino para subir a ese otro castillo, los jardines, los túneles y los recorridos por el bosque. Te impresionaron las enormes medusas nadando en el mar de Trieste. Eran tan grandes que desde la terraza de la casa se distinguían a la perfección. A esa edad te encantaban las historias de princesas y corriste por todos lados imaginando que eras una. Te traté de ver a los siete años, con las coletas y tus zapatos llenos de diamantina. Recordé una foto tuya que estaba en el librero de la sala del departamento de Viena, sonreías y estabas chimuela. Una vez que me viste observándola me la arrebataste para esconderla en un cajón. Declaraste que salías horrible (*schrecklich*, dijiste) aunque a mí no me lo pareció. Tu mamá la volvió a poner en su sitio días después, me acerqué a verla varias veces cuando tú no estabas en casa.

Tú: Ahora que lo pienso los dos castillos se parecen. Solo que uno mira al mar y otro al valle.

Yo: A Maximiliano le gustaban las casas con buena vista, pero le pudo haber echado más ganitas a los nombres: ¿Mira-mar y Mira-valle? ¿En serio? ¿Fue lo único que se le ocurrió?

Tú: ¿Cómo le hubieras llamado tú?

Yo: ¿Cómo se dice chapulín en alemán?

Tú: ¿Qué es *schapulin*?

Yo: En España le dicen grillo… o saltamontes.

Tú: *Grille*. O quizás *Heuschrecke*.

Yo: La casa en el monte del chapulín, ¿sería… *Heuschreckenberghaus*?

Tú: Esta no es una montaña, es muy pequeña. Sería más bien *der Hügel*.

Yo: *Der Grillenhügelhaus.*

Tú: *Das.*

Yo: *Das Grillenhügelhaus.*

Tú: *Perfekt!*

En el museo la colección es una oda a Benito Juárez, su triunfo sobre el imperio francés y la destitución de Maximiliano. No te lo dije, pero verlo junto a ti, la austriaca más hermosa del mundo entero, me hizo sentir un poquito mal por tu compatriota.

El otro día estaba hablando con mi papá de cómo Maximiliano fue demasiado liberal para los conservadores y demasiado conservador para los liberales. Le encantaba México e intentó continuar con muchas políticas de Juárez. Por ejemplo, confirmó las leyes juaristas, prometió implementar un gobierno "sabiamente liberal", no devolvió los privilegios perdidos a terratenientes e iglesia, y mantuvo el emblema del águila y la serpiente (sumándole una corona, claro). El problema fue quedarse sin apoyo de los nacionales conservadores y de la corona francesa. El pobre no pudo salvarse del lógico desenlace de una persona *non grata* en esos tiempos: fusilamiento en el Cerro de las Campanas.

Y entonces mi papá agregó algo muy interesante: un historiador salvadoreño asegura que Benito Juárez no fusiló a Maximiliano por dos razones: *1)* los dos eran masones y *2)* le simpatizaba el hermano de Franz Joseph. Según su investigación, Juárez hace pasar a otro hombre por el emperador austriaco, fusila a un pobre miserable, y a Herr Max lo manda exiliado a El Salvador. Una de las posibles pruebas es que el ataúd en el Kaisergruft es demasiado pequeño en comparación con la estatura documentada de Maximiliano. Se le han querido hacer pruebas de ADN al cuerpo, como lo hicieron con Anastasia en Rusia, pero la familia se ha rehusado. Me pareció una historia digna de una serie de Netflix.

Pero todos los caminos me llevan a Diego, porque después de hablar con mi papá pensé en lo que él dijo en una de sus biografías: "Cada hombre es producto de la atmósfera social en la que crece". ¿Qué hubiera sido de Maximiliano si hubiera llegado a México en otras circunstancias? ¿Hubiera sido amigo de Benito Juárez en otro contexto? Pero también pensé: ¿Qué características me definen a mí por la atmósfera social en la que vivo? ¿Cuáles a ti? ¿Será por eso que nos atraemos? ¿Será por eso que a veces no nos entendemos?

Esa mañana, en el museo en la cima del cerro, no vimos ningún chapulín y visitamos la colección de atrás para adelante, empezando por O'Gorman y su mural de Francisco I. Madero entrando victorioso a la Ciudad de México con el castillo de fondo. Cuando iba en tercero de primaria pensaba que se escribía Francisco y Madero, no era una sino dos personas, hasta que lo dije en voz alta, se rieron de mí y me explicaron que la *i* era de su segundo nombre: Ignacio.

Más adelante nos topamos con un mural de Orozco, la cara gigante de Benito Juárez flotaba por encima de un Maximiliano vendado como momia y con cara verde, de zombi. Lo miraste de arriba abajo, de un lado al otro.

Tú: Ya entendí. No vuelvo a llamarlo Maximiliano de México.

Te tomé de la cintura y te atraje hacia mí.

Yo: Tú y yo podemos reivindicar el pasado con un armisticio romántico entre Austria y México, ¿qué opinas?

Reíste y me diste un beso de piquito.

Continuamos, te maravilló el mural de Siqueiros (un verdadero maestro del punto de fuga), a mí el de González Camarena (ese guerrero águila peleando con el caballero estaba espectacular), y a los dos nos impresionó el de Gabriel Flores con el niño héroe cayéndonos en la cabeza. En una de las salas leímos lo que ya sabíamos: la idea de pintar muros como en la época prehispánica fue de Dr. Atl; el primer espacio que consigue es en la Escuela Nacional Preparatoria en San Ildefonso; el muralismo lleva el arte al pueblo cosa que no se logra con pinturas de caballete; Diego Rivera, José Clemente Orozco y David Alfaro Siqueiros se conocen como "Los Tres Grandes".

Tú: Qué raro que Diego no haya pintado aquí.

Yo: Quizá no lo invitaron, con eso de que le daba por borrar los murales de sus colegas.

Tú: ¿De qué años serán?

Buscamos en la página del Castillo, revisamos uno por uno.

Yo: Todos se pintaron cuando Diego ya había muerto, excepto el de Orozco.

Tú (en alemán): Misterio resuelto.

Salimos a la terraza con piso de mosaicos blancos y negros, el clima estaba increíble, la ciudad se veía nítidamente. Te señalé la calle de Reforma y el Ángel de la Independencia y los lugares que habíamos visitado. Me preguntaste en qué dirección estaba el Norte, mi casa,

Cuernavaca y el departamento de mi tío. Tomamos varias fotos y la *selfie* en la que parezco cabeza flotante porque no se me ve ninguna otra parte del cuerpo. Tú saliste preciosa, como siempre, aunque cerraste un poco los ojos por el sol en la cara.

En el segundo piso caminamos por los jardines y las habitaciones decoradas con muebles antiguos, aterciopeladas y elegantes. Te detuviste varias veces en las vitrinas con joyería de la época para sacarles fotos. Terminamos en las salas donde están los carruajes que originalmente eran de Maximiliano, aunque también los usó Benito Juárez y terminaron transportando a Porfirio Díaz. Parece que fue antes de Kavak con su compra y venta de coches usados. Ahí nos topamos con un retrato del emperador austriaco y frente a éste otro de Don Porfirio, ambos en un estilo imperial.

En el camino para salir del Castillo, notamos que venía mucha más gente subiendo hacia el museo. Recogimos nuestras mochilas y nos sentamos en una banca a beber agua y a comernos unas nueces de la india.

Después de habernos impresionado con tu escalada de Spiderwoman en Cuernavaca, quería que me vieras como alguien mínimamente intrépido. Más aún, luego de haberte dicho que era un ñoño y tú no, y que no entendía cómo te habías fijado en mí. Por eso sugerí ir a ver el Altar de la Patria, tomarle un par de fotos, y regresar por el camino donde está el Obelisco de los Niños Héroes. Me adelanté un poco para agarrar vuelito y saltar las piedras hacia las hamacas. Escuché de lejos tu "¡Enrjike!" asustada, pensando que me había caído al precipicio por error o era un intento de suicidio, y poco después oí tu risa al ver que caía con todo el estilo posible en la tierra. Frené derrapándome y al voltear estabas sonriendo: "*Wow! Sehr cool!*", gritaste desde arriba. Me pediste que te enseñara qué sabía hacer, "*Beeindrucke mich*", fueron tus palabras para que te impresionara y estoy seguro de que sí lo hice. Bajé por las piedras junto al camino empinado, anduve por el borde de las banquetas frente al lago, bajé escaleras, salté escaleras, hice un caballito normal y otro invertido con el que casi me caigo de cara. Me salvé y tú te la pasaste entretenidísima. La mejor parte fue cuando nos tiramos a tomar agua junto al Tótem canadiense, mientras tres yoguis se paraban de cabeza e intentaban poses de circo. Si hubiera sido por mí, me hubiera quedado ahí tirado hablando contigo el día entero, respondiendo a todas tus preguntas sobre bicis y escuchando tus bromas por mi pasión para hablar de cuadros, ángulos y suspensiones. Pero el Museo de Antropología nos esperaba y tú tenías muchas ganas de conocerlo.

Si hubiera recordado que había tanta joyería prehispánica con la que te volviste loca, quizá te habría inventado un pretexto para no ir. Me explicaste miles de cosas que no soy capaz de repetir y sacaste ráfagas inusitadas de fotos. Llegó un punto en el que no podía con una vitrina más, vimos más piezas que en el Museo Anahuacalli y el calor, el hambre y el cansancio eran demasiados. Lo peor es que cuando me fui a sentar en el borde del estanque a descansar, el sol del mediodía me calcinó. Por fortuna encontramos los jardines traseros y ahí hallé algo de sombra para esperarte.

Cuando al fin te apiadaste de mí y salimos, los Voladores de Papantla estaban empezando a subirse al poste. Nos sentamos a verlos bajo un árbol, mientras nos comíamos las nueces que sobraban y las barritas de granola. No me sirvieron ni para el arranque. Compré los chicharrones con salsa Valentina para llenarme un poco y con la suerte de que te encantaron.

Para ese entonces los veracruzanos ya habían enredado la cuerda y entonces se aventaron de cabeza. Cuando tocaron el piso y se acercaron a pedir dinero, sacaste un billete de 50 pesos, te pareció que desafiar a la muerte colgándose de ese mástil enclenque merecía una buena recompensa.

Descubrí algo.

¿Qué?

Diego estaba haciendo los bocetos para un mural en el Castillo de Miravalle cuando se muere.

Se llama Chapultepec.

¿Viste que empezamos por lo último?

¿Cómo?

El teatro, la UNAM, el Cárcamo y el Anahuacalli son los últimos proyectos de Diego Rivera. Tenía más de sesenta años y ya estaba enfermo cuando hace el mosaico de Cantinflas.

Qué flojera, se debió haber ido a descansar.

Decía que encontraba la paz en el trabajo.

No conocía la meditación.

¿Leíste la descripción de Diego sobre José Clemente Orozco?

No.

Decía que era un hombre pesimista, sumamente talentoso y hablaba con muchas groserías. Se quejaba de la burocracia y decía que la política no se hacía en las oficinas, sino en las cantinas. Diego lo admiraba muchísimo, como a pocos. Realmente le duele cuando muere.

Pero si murió antes que Diego… ¿Cómo hizo el mural del castillo? ¿En espíritu?

Lo pintó antes, Rivera estaba ocupado en otras comisiones, por eso no participó.

¿Sabías que son los pintores jóvenes quienes le ponen el apodo a Dr. Atl?

No.

Dr. Atl acababa de recorrer el mundo. Decidieron que necesitaba un nombre prístino…

¿Qué es prístino?

Antiguo, original. De ahí viene Atl.

Ah.

Y como los médicos y los abogados eran personas importantes, le otorgaron el título de doctor.

¿Sabías que otro de los grandes amigos de Diego era Xavier Guerrero?

¿El de la baba de nopal para los murales?

Sí. Lo describen como el maestro del color.

Era indígena, ¿no?

Sí y, aunque fue un gran pintor, no es tan conocido.

Me pregunto si eso se debe a que era cien por ciento náhuatl…

Tal vez. Y muy orgulloso de serlo.

Feliz cumpleaños a mí. Me gustaría que estuvieras conmigo y fueras la primera en darme un abrazo. Tengo tu regalo frente a mí, lo estrenaré esta noche, hicimos reservación en un buen restaurante. Las plumas llevo usándolas desde hace un rato y el tercer regalo pronto lo estrenaré. Ah, me acaba de llegar un mensaje tuyo. Ahora te llamo.

"Lo imprevisto es siempre maravilloso", dijo Diego en alguna de sus biografías. Tenía razón. Mi afán por planear y llevar a cabo lo que tenía en la cabeza había probado ser frustrante e inútil. Lo sucedido después fue clara evidencia de lo prodigioso de la espontaneidad.

Me gustó mucho ir a Teotihuacán, recuerdo el asombro en tu rostro al darte cuenta desde el coche que aquellos no eran montes sino pirámides. Tu ataque de risa cuando me resbalé en la tierra y azoté echando carreritas para llegar al Templo de Quetzalcóatl (me quedó una pequeña cicatriz). Tu grito a punto de llegar a la cima cuando el paquete de chicles rebotó tres veces en tu mano y casi se te cae.

Arriba del Templo del Sol nos asomamos por sus cuatro lados y nos sentamos en la esquina que daba hacia el Templo de la Luna. Debió haber sido la altura o la brisa o la vista, pero terminamos abrazados, tu hombro acomodado en el espacio bajo mi brazo, tu mano descansando en mi muslo. Ya habíamos visto el museo y si no hubiera sido por el hambre hubiera querido quedarme ahí contigo hasta el atardecer.

Llegamos a La Gruta por recomendación de mi tío y ninguno de los dos sabía que el nombre del restaurante era una descripción del lugar. Nos trasladamos a nuestra mesa sorprendidos por el entorno cavernoso y colorido al que descendíamos. Cuando fuiste al baño, el mesero se acercó a ofrecerme un delicioso molcajete, todavía no traía el menú y con la descripción que dio consideré que estaría muy bueno. Después me sugeriste que pidiera platillos que no habías probado, cerraste el menú, dándome total libertad. Con el crujir de mis tripas me emocioné un poco: sopa de setas con xoconostles, barbacoa, mole con tortillas, y de postre nos enfilamos un pastel de elote con mamey francamente delicioso. Cuando abrimos la cuenta, nos volteamos a ver. Sacamos las carteras, pusimos los billetes sobre la mesa… no nos alcanzaba.

Yo: ¿Por qué le hice caso a mi tío?

Tú: Dijo que era el mejor restaurante de la zona.

Yo: No aclaró que con precios para extranjeros.

Tú: El lugar es muy original, y la comida, deliciosa.

Yo: ¿Crees que si regurgitamos lo que acabamos de comer nos dejen ir?

Tú: ¿Qué es regru…?

Yo: No importa.

Tú: ¿Pagamos con tarjeta?

El chip de la mía de débito estaba dañado desde hacía varias semanas, mis papás llevaban insistiéndome que fuera al banco a cambiarla, pero me había dado flojera ir.

Yo: ¿Te importa pagar tú y te doy el dinero llegando a casa?

Tú: La dejé sobre el escritorio.

Nos miramos de nuevo y te atacaste de risa.

Yo: ¿De qué te ríes? No nos alcanza.

Empezaste a reír con más fuerza y dijiste algo ininteligible con lágrimas saliendo de tus ojos.

Yo: No es chistoso.

Tú: Y hasta pedimos postre, Neu… (La última sílaba de mi apodo perdida en tu risa).

Me caíste mal. Nos encontrábamos a la mitad de San Juan Teotihuacán, a casi dos horas de la Ciudad de México y sin una forma viable de pago. Era una situación seria, no entendía por qué te parecía tan divertido.

Después de un rato, el mesero comenzó a vigilar la mesa como tiburón intimidando a su presa. Cada segundo me enojaba más tu falta de preocupación y las sugerencias que dabas, no estábamos en Austria, no nos iban a dejar salir para luego volver con el dinero. Uno de nosotros se tendría que quedar empeñado mientras el otro iba a conseguir efectivo, obviamente tenías que ser tú porque no sabes manejar con velocidades. No era un episodio jocoso.

Hacías el intento de aguantarte las carcajadas con poco éxito, eructos de risa te salían de pronto y luego los controlabas. Carajo, ¿qué vamos a hacer?, pensaba. De pronto, inspirado por Huitzilopochtli y los dioses antiguos, recordé algo… Volví a sacar la cartera, abrí el compartimento detrás de los billetes y entonces apareció la lámina de plástico negro guardada un año antes. Mi arma secreta. Era la tarjeta adicional que mi tío me había dado el verano anterior para pagar sus encargos cuando estaba de viaje. Al principio la dejaba en la mesa del comedor antes de irme, hasta que un día me dijo: "Mejor quédatela, por si te vuelvo a pedir algo o por si tienes alguna emergencia". Ese momento, calificaba como una.

Cuando el mesero regresó y notó el "Premier" impreso, le cambió la cara. A partir de ahí me llamó "señor" y al cortar el *voucher* preguntó si quería factura. "No, gracias", dije con aires de importante.

En el coche intentaste darme todo el dinero que traías.

Tú: En tu casa te pago lo que falta.

Yo: No, está bien.

Insististe.

Yo: Por reírte, ahora te voy a invitar.

Habíamos acordado pagar todo en mitades, pero esa tarde habías comido mucho menos que yo y se me antojaba, después de haberme molestado sin mucha razón, pagarlo yo. Sonreíste: "Está bien. Muchas gracias", rodeaste mi cuello con tus brazos y me diste dos besos en la mejilla. Toda la ansiedad y el mal humor se esfumaron.

Volvimos a la ciudad tomando turnos para elegir canciones en orden alfabético. El tráfico había estado más o menos bien, hasta que salimos de Río Churubusco y nos detuvimos entre miles de autos. Terminó mi canción con la U, era tu turno. Elegiste la rola, le pusiste *play* y al escuchar el inicio de la música te pregunté cuál era:

Tú: *Vertigo*, Mini Mansions.

Estaba buena, hasta que, más o menos a la mitad, anunciaste:

Tú: Aquí viene el verso de Alex Turner…

Este sale hasta en la sopa, se parece a Benito Juárez, pensé. Tu voz se escuchó al tiempo de la suya. Subiste las cejas imitándolo, como lo vimos en los videos de sus conciertos. A mí me pareció que más que cantar recitaba con una métrica pésima. Iba entendiendo frases aisladas: *cat suit*, *million dollars*, *you're not followed*. Iba a hacer un chiste cuando de pronto escuché tu voz sobrepuesta a la de él: *Send her something sunset coloured*. Cantaste la siguiente frase y luego susurraste: *Run for cover*. Casi me atraganto con mi propia saliva y choco. Por poco exploto en pleno tráfico de jueves por la tarde. Continuaste cantando *Oh, you know, that's how it goes*, bailando quitada de la pena. ¿Cómo se te ocurre decir eso sin previo aviso? Me da igual si solo es un verso o si así va la canción, no puedes esperar que mi vida continúe como si nada. Honestamente, debería ser ilegal mirarme con las cejas levantadas, tu blusa roja pegada y decir en inglés o en alemán o en náhuatl o en cualquier idioma: *Hagámonos el amor el uno al otro.*

No me pude quitar de la mente la canción y tu rostro cantándola. Al día siguiente, en el desayuno, dije sin darle mucha importancia: "Debemos pasar a echarle comida a Nemito Nepomuceno". Era una sugerencia en clave, en realidad te estaba diciendo: ¿Quieres ir a pasar la tarde entera en el depa de mi tío que, por cierto, está vacío? De inmediato respondiste que probablemente él le había dado de comer esa mañana, antes de irse de viaje. Me caí mal por haberlo sugerido y peor por haber sido rechazado.

A pesar de todo, no estaba seguro de cómo te sentías sobre mí. Es cierto que nos besábamos y dejabas que te hiciera cosquillas, me hacías bromas e intercambiábamos miradas, en las cenas nuestros muslos se rozaban continuamente y habías puesto tu mano en mi pierna en Teotihuacán, pero... quería estar más tiempo a solas contigo y cada día me costaba más trabajo mantener la distancia en los espacios públicos.

Además, estaba el asunto de mis padres, no sabía qué hacer para desaparecerlos. Se me ocurrían algunas alternativas, como encerrarlos en un clóset o regalarles un viaje al lugar más recóndito que pudiera conseguir por las siguientes semanas, pero ninguna de las dos era viable y, para ser honestos, la primera podría calificar como ilegal. Después de Cuernavaca, no hubo una tarde en la que llegáramos a una casa vacía y la puerta de mi cuarto debía permanecer abierta. Pero a ti no parecía molestarte y eras muy amable con ellos, siempre siguiendo su conversación. Sentía que el único deseando convertirnos en amibas y besarnos hasta fagocitarnos el uno al otro, era yo.

También estaba el tema de Viena, cada vez que salía a la conversación era yo el que recordaba más detalles, como si hubiera sido más especial para mí que para ti. Con todo eso, me hacías dudar: "Quizá estoy babeando y derritiéndome por ella, mientras para ella solo soy su plan de México".

Con eso y la frase del día anterior salí de casa ese viernes hacia la colonia Roma. Tomamos Calzada de Tlalpan e intenté sondear en dónde estábamos. ¿Qué éramos? ¿Qué teníamos? ¿Qué esperabas de mí después del verano? Pero fallé miserablemente. Te pasaste todo Baja California contándome del novio de tu hermana que no soportan tus papás, aunque nunca supe cómo habíamos llegado a ese tema. Di vuelta en Monterrey y como no encontramos lugar para estacionarnos al sur de Álvaro Obregón, terminamos dejando el coche en Tonalá y usamos todas las monedas que traíamos para pagar el parquímetro.

El recorrido empezó en Roma Récords, donde revisamos los vinilos uno por uno, y te emocionaste al encontrar dos discos que llevabas buscando meses: The Velvet Underground & Nico y Tidal, de Fiona Apple. Cruzamos hacia el camellón al salir de ahí y nos sentamos en una banca para que pudieras contemplar tus discos.

Me diste datos interesantes de esos y otros cantantes, pero yo quería regresar al tema que más me interesaba. Caminando hablamos de las olimpiadas del próximo año, la escalada deportiva como novedad en Japón y las pruebas de bicicletas. Me contaste de Jessica Pilz, la escaladora austriaca, y yo a ti de Fabio Wimber, el ciclista austriaco, ambos patrocinados por Red Bull.

Yo: Pilz… ¿Quiere decir hongo?

Tú: Sí.

Yo: ¿Se llama Jessica Hongo?

Tú (sonriendo): Sí. En español suena gracioso, pero es un nombre algo común en alemán. El verano pasado fui a donde entrena, aunque no me tocó verla. El lugar es impresionante, tiene casi 6,000 metros cuadrados de muro para escalar.

Yo: Uy, eso no es nada, Diego hizo 7,500 de trabajo mural y eso sin contar sus dibujos y pinturas de caballete.

Reíste. Sabía que te iba a encantar la comparación. Tenía que cambiar la conversación, encauzarla hacia donde quería. Una cosa llevó a otra y entonces me preguntaste:

Tú: Cuéntame, Neuling. ¿Has tenido muchas novias?

Consideré preguntarte si tú contabas como una, no me atreví. Me hubiera querido hacer el interesante, decir que había salido con diez niñas, pero no podía mentirte.

Yo: Anduve con Sofía varios meses… en secreto.

Tú: ¿Por qué en secreto?

Yo: Porque es la hermana de Pablo, un amigo que dejó de serlo cuando se enteró.

Tú: ¿Por qué se enojó?

Yo (en tono de obviedad): Pues porque anduve con su hermana.

Tú: ¿Te portaste mal con ella?

Yo: ¡No! Al contrario. Fue ella quien no quiso decír-selo a nadie. Supongo que le daba pena salir conmigo.

Tú: No creo. ¿Por qué piensas eso?

Yo: Porque era más grande que yo…

Te miré. Diablos, nunca lo había pensado, ¿me lla-man la atención chavas más grandes que yo? Sonreí, algo incómodo.

Tú: ¿Qué tiene, Enrjike? Mi mamá es más grande que mi papá. Tú eres más joven que yo.

Yo: Tampoco es como que lo nuestro sea público.

Tú: ¿A qué te refieres?

Yo: No se lo he dicho a mis papás. O a nadie.

Tú: A mí no me importa. Si quieres decírselos, está bien.

¿Y qué les voy a decir?, pensé. Siempre llegaba a lo mismo: ¿Qué somos? ¿Qué vamos a ser cuando te vayas? Supongo que nada. ¿Qué caso tiene decirlo?

Yo: No lo sé.

Tú: ¿Por?

Yo: Quizá no sea tan buena idea.

Tú: ¿Crees que me corran de tu casa?

Yo: ¡No! ¡Claro que no!

Tú: Si les dices quizá nos dejen cerrar la puerta de tu cuarto.

Casi me trago el chicle y muero. La temperatura de mi sangre alcanzó el punto de ebullición. Te miré asom-brado, luego no. No podía dejar de pensar: ¿Tú también te habías fijado? ¿Qué se te había ocurrido que pasaría si la cerrábamos? Mirabas hacia la otra acera y señalaste una tienda a la que quisiste entrar.

Cuando salimos, estaba más tranquilo. Tenía que mantenerme *cool*, aunque no estaba siendo sencillo. De pronto, dijiste:

Tú: Me estabas contando de Sofía.

Yo: Ah, sí. Ella no quiso decirlo y a Pablo no le gustó enterarse.

Tú: Qué raro. No entiendo por qué se enojó si eras su mejor amigo.

A veces dices cosas así, totalmente contrarias al punto de vista general. Supongo que tienes razón, Sofía puede tomar sus propias decisiones. Él asumió que le podía imponer lo permitido y lo prohibido. A mí me trató como si Sofía fuera de su propiedad o se la hubiera tratado de robar. Peor aún, como si fuera su auto, lo hubiera tomado prestado y se lo hubiera chocado.

Tú: ¿Y con quién más has salido?

Yo: Con Martina, no fue en secreto, pero tampoco duramos mucho.

Tú: ¿Qué pasó?

Yo: No lo sé. Supongo que no teníamos mucho de qué hablar.

Tú: ¿Por qué saliste con ella?

Yo: Tomábamos varias clases juntos y nos empezamos a llevar bien. Al principio hablábamos de cosas de la escuela o de los trabajos de clase. Es súper lista, pero no tenía opiniones o no me las decía y estaba permanentemente a dieta, lo cual limitaba las posibilidades de lugares a donde ir. Nos enfocamos en el cine, pero cuando le preguntaba qué le había parecido la película sus respuestas eran tipo: "Me gustó" o "No me gustó", jamás elaboraba. Se nos terminó la conversación. En el verano que me fui de intercambio nos despedimos y después no nos escribimos. Cuando regresé ella no me buscó, yo tampoco a ella. Ahora nos saludamos como si nunca hubiéramos salido. Muy raro.

Guardé silencio unos segundos y por inercia, pregunté: "¿Y tú?". Me arrepentí al instante de haberlo hecho. No quería saber con quién habías salido, solo quería saber si estabas saliendo conmigo y si querías... no lo sé, planear verme otra vez en el futuro no muy lejano.

Tú: Mhh. Déjame pensar. Oficialmente... he salido con... tres... cuatro chicos.

¿Oficialmente? ¿Qué significa eso? ¿Con cuántos has salido extraoficialmente? La plática estaba yendo hacia un terreno fangoso y quería dar marcha atrás. La idea era encontrar un pretexto para saber sobre nosotros, no sobre ti con otros chicos. ¿Cómo explicarte que para mí tú no estabas dentro del mismo rango que ninguna otra chica? Nadie, ni Sofía, ni Martina, ni nadie te llegaba a los talones:

Those other girls are just post-mix lemonade...

¿Cómo evitar una respuesta sin que me viera grosero? ¿Y si decía algo aleatorio para desviar la conversación? ¿Qué pensarías si me ponía a repetir el trabalenguas de los tres tristes tigres como un merolico? ¿O utilizar el viejo truco de señalar el cielo y gritar: "¡¿Qué es eso?! ¡¿Un meteorito?!" para cambiar la atención? También me pude haber tapado los oídos y gritar la-la-la-la. Pero no, no era posible dar marcha atrás.

Tú: Terminé con alguien hace varios meses.

Consideré quedarme callado. Aguanté cinco segundos de silencio, luego hice la pregunta obvia:

Yo: ¿Por?

En el fondo del pozo de la esperanza aparecía esta respuesta: "Porque era un tonto. A diferencia de ti que eres…". En cambio, respondiste:

Tú: Era muy lindo, pero volvió a Finlandia. Las relaciones a distancia son difíciles y preferí terminar.

Tragué saliva. Diablos, diablos, diablos. Soy temporal, pensé. Mi cabeza analizaba tantas cosas al mismo tiempo que no vi venir la curva que me dio en la frente. Habíamos girado en Orizaba y llegábamos a la Plaza Luis Cabrera. Miraste la fuente y soltaste una risita acordándote de algo.

Tú: ¿Sabes quién se ponía celoso de ti?

Yo: No…

Tú: Christoph. ¿Te acuerdas de él?

Me quedé unos segundos en silencio, tratando de deducir por qué lo mencionabas.

Tú: Era el chico alto, rub…

Yo: Claro que me acuerdo de él. (Te interrumpí).

Tú: No podía mencionarte.

Yo: ¿Cuándo hablaste sobre mí con él?

Tú: Cuando salimos hablábamos de muchas cosas. Supongo que alguna vez que mencioné a Klimt y a Emilie.

Yo: A ver… No entendí… ¿Saliste con Christoph?

Tú: Sí.

Yo: O sea, ¿fue tu novio?

Tú: Si así lo quieres llamar. Sí. Supongo que sí.

Lo dijiste tan quitada de la pena que casi corro a ahogarme en la fuente o de perdida a ponerme a gritar como loco desquiciado mientras azotaba las manos en el agua. No sé qué cara puse…

Tú: ¿Estás bien?

Yo: Sí.

La mandíbula la apreté más que Thor a una tuerca con una llave mítica de trinquete. Me sentí estupidísimo. Claro que tú no sentías por mí lo que yo sentía por ti, si no ¿por qué saliste con ese tipo insoportable, cara de alacrán? No dije nada, solo continuamos zigzagueando la colonia en silencio. La cabeza me punzaba, mis puños querían estrellarse en cualquier pared. ¿Por qué me había metido en eso? Me mirabas de reojo y yo, al piso tratando de controlarme.

Entramos a una tienda de ropa vintage en la calle de Córdoba, casi pateo la vitrina con relojes y lentes de los setenta. Me puse frente a ti en el aparador de zapatos, buscabas el precio de unas botas horrorosas con cadenas y yo subí los ojos buscando los tuyos con el corazón apachurrado por una furia que no sabía de dónde venía. No era dirigida a ti, sino a la cabeza de Christoph, a mi suerte, al universo entero. ¿Por qué no me pude quedar en Viena? ¿Por qué tuve que volver a México? ¿Hubieras salido conmigo en vez de con él? Unos celos irracionales me invadían al pensar que le habías hecho caso, que lo habías besado, que… No podía pensar con claridad y las palabras siguientes fueron incontenibles, irremediables.

Yo: De todas las personas en Viena, ¡¿por qué saliste con él?!

Levantaste los ojos.

Yo: ¡¿Cómo pudiste salir con ese cuate?!

Tu expresión cambió. Una chica volteó a verme. Me di cuenta de que había subido el tono de voz.

Tú: ¿A qué te refieres?

Tratando de susurrar con los dientes apretados, dije:

Yo: ¿Por qué no elegiste a otro? ¡Quien fuera!

Frunciste el ceño, una mueca de desagrado en tu rostro.

Tú: Te pareces a tu amigo Pablo. No quiero seguir hablando contigo.

Te diste la media vuelta y saliste de la tienda a paso veloz. Me quedé petrificado. ¿Cómo podías decir eso? Corrí tras de ti. Un instante antes de alcanzarte, te detuviste y giraste, casi me estampo contigo.

Tú: ¿Qué sabes de él, Enrjike? ¿Qué sabes tú de cómo me sentía en ese momento?

Yo: Sé que él es nefasto y tú eres espectacular.

Tú: No lo conoces y en esos meses no quisiste saber nada de mí.

Mierda. Saliste con él después del verano juntos. No era culpa de Christoph que hubiera desaparecido por completo. Era un idiota, yo más que él. Cuatro años antes, estaba seguro de que era peor irse que quedarse. Imaginaba que habías continuado con tu vida en la hermosa Viena, en tu precioso departamento, recorriendo los increíbles museos, mientras yo era miserable. ¿Estaba haciendo lo mismo ahora? ¿Viendo las cosas solamente desde mi punto de vista? ¿Por qué dudaba que te pudiera gustar tanto como tú me gustabas a mí?

Te miré alejarte con prisa, sin esperar una respuesta. Cruzaste la calle por Durango, corrí tras de ti, no vi una bici y casi me atropella. No sabía cómo componer las cosas. Cuando giraste en Frontera corrí a tu lado repitiendo: "No te enojes", tú ni me volteabas a ver. Tenía que actuar rápido. Tenía que reparar lo que acababa de romper. Te corté el camino y te detuviste.

Yo: Hannah, tienes razón. Lo que dije es una estupidez.

Levantaste el rostro, tu mirada me asustó. Esas dos frases no eran suficientes, ni cerca. Tragué saliva. Respiré profundo. No podía seguir ocultándolo.

Yo: Perdón, es que siento… Siento que… Siento que muero por ti y… No, no "siento", lo sé, estoy seguro. Muero por ti, Hannah. Me gustaste hace cuatro años y me encantas ahora. Me fascinan tus ojos salidos de un océano, tus pelos jacaranda y tu diente chueco. La manera en que me miras cuando hablo, cómo pronuncias la *r* de mi nombre, tu gusto por la comida mexicana y verte enredar tu cabello en el dedo índice cuando estás concentrada con algo. Me gusta todo de ti. Me gustas todos los días. Me gustas hasta en tu peor día. Me gustas contenta, pero también enojada, aunque prefiero lo primero. Me gusta hasta lo que me desespera de ti. Como hablarme por horas de Alex Turner y que parezca que estás enamorada de él… o que enrolles los papelitos de chicle en taquitos y los dejes acumulados en el portavasos… o hacerme esperar a que termine la canción antes de apagar el coche… Me gustan tus detalles extraños, como rascarte como perro cuando estás cansada… o tu mal humor cuando tienes hambre… o que dejas de poner atención cuando tienes sueño… o tu exasperante capacidad de encontrar la canción indicada para cada momento… o tus obsesiones por historias de amor del siglo pasado…

Me puse las manos en la cabeza, los dedos enterrados en el cabello. Me empezó a dominar una desesperación angustiante.

Yo: Y tu… No lo sé… No sé qué estamos haciendo y no sé qué esperas de esto. No sé si… si solo te gusto por ahora, pero cuando vuelvas a Edimburgo te van a estar esperando los miles de pretendientes que seguro tienes y yo… Y yo voy a ser el mexicanito con el que recorres museos y hablas de arte y ya… Y quién sabe cuándo nos volvamos a ver, Hannah, y…

Me rasqué la frente como si estuviera resolviendo la fórmula para erradicar el hambre en el planeta o tuviera roña.

Yo: Yo quisiera planear algo contigo. Vernos pronto, tan pronto como se pueda… ¿Pero tú? No sé si quisieras eso. Y es que… si cuando volví de Viena fue horrible… cuando te vayas… cuando nos despidamos por segunda vez… va a ser peor. Mucho peor. Pero ya no tengo catorce años, puedo viajar con mayor facilidad y tú también. Quiero volver a verte, porque si crees que me gustaste antes… Hoy… Ahora… Jamás me había sentido así… Por nadie, Hannah. Jamás… Y acabas de decir que tú no quieres relaciones de larga distancia y yo ni siquiera sé si esto que tenemos es una relación o el inicio de una o qué diablos es y… y… Si me sigo jalando el pelo me voy a quedar calvo y si digo otro "y" en los próximos segundos habré roto un récord Guinness.

Bajé los brazos, agotado, suspiré y metí las manos a los bolsillos. No me atrevía a verte. Al fin subí los ojos, me mirabas sin parpadear, parecías menos enfurecida.

Yo: No quiero ponernos etiquetas… Solo quiero saber qué sientes por mí. Qué esperas de esto.

Tenías una expresión nueva que no supe leer. Retomaste el paso despacio y caminamos juntos. Giramos en Orizaba, veías el piso, como cuidando por donde pisabas. Intenté adivinar tus pensamientos, no sabía cómo interpretar tu silencio. Cruzamos la calle de Morelia, por Colima, y volteaste hacia el Jardín Pushkin donde varias personas practicaban un baile de hip hop y mamás empujaban a sus niños pequeños en los columpios. Pasamos frente a los escaparates de dos tiendas de ropa, no te detuviste a entrar.

Tu silencio me empezaba a angustiar. ¿Había metido la pata aún más? Quería detenerte y tirarme al piso como un demente implorando: "¡Dime algo! ¡Lo que sea! ¡No me tortures así!". Eso no iba ayudar. Empecé a sospechar que lo hacías a propósito, para castigarme. No sabía si enojarme o asumir que lo merecía.

De pronto te detuviste frente a un estante que acomodaba pequeñas guitarras en vertical. Tus ojos se iluminaron. Subí la mirada hacia el letrero sobre la puerta: Ukulelería. Entraste y te seguí. El espacio era alargado, decorado con madera clara, en el centro un mostrador de venta de café y galletas. A la entrada, a un lado del escaparate, habían colocado un mini escenario con un micrófono y un amplificador, un letrero pintado a mano anunciaba: La vida es este momento. El ambiente era agradable, como casita rústica de playa, con mesas toscas y sillones que parecían de segunda mano. En cada pared colgaban ukuleles acomodados horizontalmente, había de todos los tipos, colores, tamaños y estilos. Ukuleles acústicos, eléctricos, electroacústicos; ukuleles bajo o uke-bass y ukuleles guitarra o guitarleles. Ukuleles sopranos, tenores y concierto. Ukuleles azules, rojos, rosas, de madera clara, de madera oscura, y de plástico transparente. Ukuleles con decoración de gatos, playas, olas, flores y la noche estrellada de Van Gogh.

Caminaste observando los instrumentos, una chica se acercó a preguntarte si buscabas algo en especial. Dijiste que no con una sonrisa. Descolgó el ukulele que tenías enfrente: "Este tiene muy bonito sonido" y lo tocó un poco. "¿Quieres probarlo?", preguntó acercándotelo. Cuando lo tomaste pensé que solo lo ibas a ver, pero lo colocaste entre tus brazos y tocaste una melodía. Comenzaste a hablar con la chica y las vi alejarse a recorrer la tienda mientras conversaban de cosas que no escuché. Me senté en uno de los silloncitos a pensar en mi terrible error, preguntándome si mi situación estaba mejor o peor después de lo que dije. Estaba nervioso y tenía ganas de ir al baño. Me dejaron usar el de empleados, estaba atrás, pasando la bodega.

El WC y el lavabo eran de casa antigua, el piso tenía varios mosaicos rotos y el espejo manchas negras. Después de lavarme las manos, me agaché a salpicarme la cara. Necesitaba reagruparme física y mentalmente. Miré el reflejo, a pesar de todo no me veía tan mal: "Tienes que componer esto, Enrique". Me sequé, me acomodé la playera y el pelo antes de salir. Caminé hacia la barra donde servían café para ver qué vendían, empezaba a tener hambre, quizá era de nervios. El micrófono estaba prendido y alguien probaba un ukulele. Escuché decir algo sobre que tomaran asiento, pero el vapor de la cafetera me ensordecía. La columna me tapaba la visión hacia el escenario. Sirvieron el café y el sitio guardó silencio.

Tra-ta-ta-ta-ta se escuchó en el amplificador. Un acorde repetido. Cuatro veces. Cambio. Dejé de leer el menú y levanté la cabeza. Era una canción conocida. Continuó el siguiente acorde. Muy conocida. Algo distinta. La música era como encontrar a un amigo de primaria después de años sin verlo, te parece familiar pero no logras reconocerlo.

Sigo cruzando ríos, andando selvas, amando el sol...

La *r* pronunciada con un leve carraspeo.

No, no, no, no, no.

Di unos pasos. Tragué saliva.

El escenario apareció en mi campo de visión.

En la noche sigo encendiendo sueños, para limpiar con el humo sagrado cada recuerdo...

Eras tú, Hannah, sentada en una silla con la pierna cruzada, la cabeza ladeada hacia el instrumento, el ukulele recargado en tu muslo, las manos moviendo las cuerdas, el micrófono tapando tus preciosos labios.

Cuando escriba tu nombre en la arena blanca con fondo azul...

Mi corazón se detuvo.

Me empezó a faltar el aire.

De una nube gris, aparezcas tú. Y una tarde suba a una alta loma mire el pasado...

Subiste la mirada.

Sabrás que no te he olvidado...

Tus ojos enganchados a los míos.

Yo te llevo dentro, hasta la raíz. Y por más que crezca, vas a estar aquí...

Nudo en la garganta. Lágrimas anegando mis ojos.

Te volví a ver de quince años en la habitación de tu casa, con el cabello recogido en un chongo mientras saltábamos cantando:

Ohhh-uouohhh...

¿Cómo controlas el dolor que comprime el pecho y dificulta la respiración como si fueras a la velocidad del sonido? ¿Cómo describes la sensación de salir por un instante de órbita? ¿Cómo dominas el extraño estado de quedarte suspendido en el tiempo y el espacio?

Y cada segundo de incertidumbre...

Me invadió una certeza que no había tenido jamás.

Mi cuerpo con piel de gallina hasta la nuca.

Así te protejo, aquí sigues dentro...

Yo te llevo dentro, Hannah, hasta la raíz, y me puedo ocultar tras un monte o una pirámide, ahogarme en un vaso de agua, encontrar un campo lleno de caña, de trigo, de maíz...

No habrá manera, mi rayo de luna que tú te vayas...

Al fin lo entendía: no me hablaste durante el camino porque estabas pensando en cómo decirme lo que sentías. Me quisiste entonces y me querías ahora. La música, más clara que cualquier monólogo nervioso a la mitad de la calle, más hermosa que una postal con palabras traducidas de un pintor austriaco, más nostálgica que una pluma de cisne recogida en un lago cristalino entre montañas, era la respuesta.

No pude fijarme en cómo movías los dedos o muteabas las cuerdas. En cómo cambiabas los acordes o modulabas la voz en el micrófono. En cómo te miraban los clientes y los chicos de la barra de café. En cómo te grababa la chica para subir el video a las redes de la tienda. En cómo unos transeúntes se detuvieron a escucharte a través del escaparate. El mundo alrededor tuyo había desaparecido. La luz del mediodía te hacía visible solo a ti, lo demás dejó de existir. Nuestras miradas entrecortadas e ininterrumpidas por otros ojos.

Aplausos.

El universo a tu alrededor volvió a enfocarse en mis ojos. Más aplausos y yo sin poder mover ninguno de mis músculos. El piso debajo de mis tenis volvió a construirse y pisé tierra firme. Sonreíste al entregar el instrumento de regreso sin dejar de mirarme. Ni cuando la chica se acercó a preguntarte de dónde eras y cómo se escribía tu apellido, o al buscar tu nombre en Instagram para etiquetarte. Descendiste del mini escenario, caminaste hacia donde yo estaba y te detuviste frente a mí. Cerca, muy cerca.

Me abalancé hacia ti para abrazarte como nunca lo había hecho. Las manos tocando los codos, tus costillas en el espacio contenido entre mis brazos, la cabeza recargada en tu hombro, los ojos cerrados y tu olor desbordándose en mi nariz. Sentí tus pies poniéndose de puntas, tus manos escapando de mi abrazo, deslizándolas por encima de mis hombros y tu aliento entibió mi cuello. Nos quedamos así mientras un chico empezó a cantar la canción de Chachachá de Josean Log.

No sé cómo no hiperventilé. No sé cómo logré contener el llanto. No sé cómo controlé la taquicardia. No sabía cuánto tiempo duraría ese estado de calma, porque ese abrazo me colocaba en el vórtice de un huracán arrastrándome.

Abrí los ojos: la vida es este momento, reafirmaba la pared.

Escuché tu voz en un susurro haciéndome cosquillas en el oído: "¿Vamos al departamento de tu tío? No quiero que Nemito muera de hambre".

Corrimos por Colima en línea recta hasta Tonalá. Nos besamos en cada semáforo rojo de ida a la San Miguel Chapultepec, en el estacionamiento del edificio y en el elevador. Al abrir y cerrar la puerta del departamento, al pasar frente al pez nadando apaciblemente en la pecera, al bajar las persianas de la habitación de visitas y deshacer la cama.

No dijimos nada…

Puntos suspensivos, porque lo que pasó después no puedo (ni quiero) describirlo.

…

…

…

PARTE 3

Quiero llenar de agua tus fosas nasales para que nunca me falte el agua. Regar las plantas de tus pies hasta que broten flores. Soplar fuerte para que bailen las palmas de tus manos y colgar una hamaca entre sus troncos para descansar cuando haya sol. Mantener calientes las yemas de tus dedos para que nazcan pájaros e ir a soltarlos en tu flora intestinal para que llenen de polen tu cuerpo. Crecer rosas en tu espina dorsal para que no se sienta sola. Rebosar tu ombligo de tierra para sembrar naranjos y mangos y nopales y hacer tus jugos gástricos de sabores. Y, al final, tejer un petate con las raíces de tu cabello para dormir en él y mirar en las noches las constelaciones que forman tus lunares.

1

Pasamos la tarde entera no haciendo nada... Más bien haciéndolo todo. Te pregunté si tenía la misma cara de idiota de Oliver Tate. Sonreíste haciéndome una caricia en la mejilla, la otra mano acomodada entre tu rostro y la almohada. Te levantaste de la cama, volviste con el teléfono y los audífonos. Colocaste uno en mi oído derecho, el otro en tu oído izquierdo. Buscaste la canción y levantaste la pantalla hacia mí para que leyera *Sweet* y debajo del título: *Cigarettes After Sex*. Sonreí.

Eres lo más dulce, Hannah. Eres lo mejor que me ha pasado.

Escuchamos la canción con los rostros tan cerca que respiraba tu aliento. Nunca había mirado a los ojos de alguien por tanto tiempo sin decir nada. La textura de tu iris es el portal de un universo donde se inspira la belleza. Tu pupila, el planeta perfecto en donde quiero habitar. Tus pestañas, líneas paralelas que me hacen viajar en un río de relatividad.

Para mí, la definición de suerte no es ganar la lotería, sino haber coincidido en este mundo, en esta vida, en esta época... contigo.

La canción en el audífono había terminado, pero en mi mente se quedaron tres frases dando vueltas en redondo: *Es la forma en que sonríes lo que me encanta... Pero siempre son tus ojos los que me arrastran... Y con todo el gusto del mundo rompería mi corazón por ti...*

2

Pospusimos el momento de desenredarnos hasta que el sonido de nuestros estómagos nos arrastró a buscar algo de comer. El refrigerador de mi tío estaba impecablemente vacío, excepto por una cerveza solitaria. La compartimos. Encontramos en la alacena atún enlatado y jugo de arándano que comimos de la lata y bebimos del bote. También nos atracamos una bolsa de Oreos y el chocolate suizo con avellanas.

Tú: ¿Te puedo preguntar algo?

Yo: Lo que quieras.

Tú: ¿Tenías otro diario antes de irte a Viena?

Yo: No. El que escribí allá fue el primero y el único.

Tú: ¿Por qué decidiste empezarlo en ese viaje?

Yo: Mi tío me retó a escribir bien.

Tú: ¿Lo hacías mal?

Yo: Es una larga historia que involucra al movimiento nacional contra las abreviaturas. Ahora sospecho que lo hizo para obligarme a escribir. Creo que él sabía que me iba a gustar.

Tú: Tu tío te conoce bien… *Oder*?

Yo: Sí. Supongo.

Tú: ¿Te puedo decir algo?

Yo: Lo que quieras.

Tú: Prométeme no enojarte.

Yo: Después de esta tarde, puedes asesinar a mi perro y no me enojo.

Sonreíste. La luz de la tarde hacía que tus ojos mostraran destellos de verde y tu cabello se tornara ámbar.

Tú: No tienes un perro.

Yo: Si lo tuviera.

Dejaste el bote de jugo en la mesa, abrazaste tus piernas y me miraste por encima de las rodillas.

Tú: Leí tu diario.

Yo: Sí, me dijiste.

Tú: Aunque… mucho más de lo que admití.

Yo: ¿Cómo? ¿Cuándo?

Tú: Leí poco aquella vez que te conté. Pero… la última mañana que estuviste en Viena, estabas en tu curso de alemán, yo estaba haciendo mi maleta para irme a Graz y entré al cuarto de mi hermana a buscar algunas de sus cosas. Habías dejado tu diario en la cama… Lo abrí…

Yo: ¡¿Lo leíste completo?!

Tú: No podía soltarlo.

Yo: ¡¿Todo?!

Tú: No. Todo, no. Hubiera querido que mi español fuera mejor. Ese día decidí estudiarlo más. Leí el principio y después me salté hasta el final… Después de lo que escribiste… No podía irme del Belvedere sin verte.

Yo: ¿Por eso me diste un beso?

Tú: ¡Tú me diste uno primero!

Yo: Si a eso se le puede llamar así.

Tú: Aunque te tardaste mucho en intentarlo.

Yo: Ya sé… Y, ¿por qué tú no me diste uno antes?

Tú: Porque… estabas… muy… ¡Porque te llevo casi dos años!

Yo: ¡Ah! La edad sí te importa.

Tú: En ese momento sí, ahora que estás más alto que yo, no.

Reíste y las mejillas se te pintaron de rojo.

Yo: ¿Por qué no me habías dicho?

Tú: Porque estuvo mal.

Yo: Pero… me dijiste que no te acordabas de casi de nada del verano.

Bajaste la mirada con cara de vergüenza. Te veías hermosa. Tus cejas arqueadas con algo de angustia. Me cayó el veinte.

Tú: Me acuerdo de muchísimo. De casi todo, Enrjike. ¡Pero fingí que se me había olvidado para que no fuera demasiado obvio!

Yo: ¿Qué? ¿El haberlo leído?

Tú: ¡Que me gustas mucho!

Sentí cómo me sonrojaba.

Yo: Te has vuelto una maestra del engaño.

Tú: ¿Estás enojado?

Me incliné a besarte. Tu boca sabía a chocolate y avellana, tu cuello a pan recién horneado.

Yo: ¿Y qué otras cosas no me has dicho?

Deslicé mi mano a tu cintura para hacerte cosquillas. Saltaste del sillón y saliste corriendo a la cama. Te perseguí, dejando las latas, el tetra pack y los envoltorios vacíos en la mesa de la sala. Pudieron haber llegado moscas, cucarachas, ratas, mapaches a comer de ellos, llamar a sus amigos y crear una familia, una colonia, una nueva civilización.

Nada, ni nadie, nos hubiera distraído.

3

"¿Está todo bien, Enrique?", escuché la voz de mi papá en el auricular del celular. Me tardé unos segundos en saber en dónde estaba. Giré y vi tu espalda semi cubierta por la sábana, dormías. Miré hacia la ventana, estaba atardeciendo. Separé el teléfono para ver la hora: 19:05. "Sí, todo bien. Todo muy bien", respondí tratando de aclarar la voz y de no hacer ruido. Me levanté, caminé hacia el baño.

Ma: ¿Estabas dormido?

Mi padre había puesto el altavoz.

Yo: No. Se me fue chueca la saliva.

Pa: ¿En dónde andas? Te mandamos varios mensajes.

Ma: ¿Por qué se escucha tanto eco?

Intenté poner mis pensamientos y estrategia en orden, me sentía mareado, tenía sed. Mucha sed.

Yo: ¿Les puedo marcar en un ratito?

Pa: Pero ¿todo bien?

Yo: Sí, sí. Es que se corta. Creo que no hay muy buena señal.

Mentí y colgué. Revisé el teléfono. Tenía como diez mensajes de ellos. Caminé a la cocina, bebí tres vasos de agua y volvía a marcar.

Ma: Hola, Enrique.

Yo: Hola. Ya mejoró la señal.

Pa: ¿Dónde andan?

Yo: Estamos tomando algo frente al Parque México, ya ven que aquí no hay buena recepción por los árboles.

Pa: Te llamaron del Tec, necesitan que llenes un formulario.

Yo: Sí, ya vi sus mensajes. Lo hago luego. No urge.

Ma: ¿Los esperamos a cenar o llegan más tarde?

Yo: Llegaremos más tarde. No me esperen despiertos.

Ma: Está bien. Solo apaga la luz cuando llegues para saber que ya estás aquí.

Pa: Pásenla bien.

Se estaban despidiendo, no tenía caso preocuparlos.

Yo: Oigan…

Pa: ¿Sí?

Yo: No me esperen…

Pa: No hay problema. Cuando lle…

Yo: No voy a llegar a dormir esta noche.

Silencio. Podía ver sus caras, el intercambio de miradas, las manos aleteando.

Yo: Nos vemos mañana. Duerman rico.

Colgué. No les di tiempo de reaccionar. La última frase era la que mi mamá me decía de pequeño antes de apagar la luz y cerrar la puerta de mi habitación. Me miré al espejo, me dio un ataque de risa, los nervios iniciales al haber escuchado sus voces se convirtieron en una extraña satisfacción. Me sentí invencible. Decidí revisar mis correos más tarde para ver de qué formulario hablaban. Cuando subí la mirada estabas frente a mí tallándote los ojos.

Tú: Tengo hambre.

Yo: Yo también. ¿Quieres ir por tacos?

Tú: Sí. Y después… ¿Quieres ir a bailar?

4

"*Get on your dancing shoes, there's one thing on your mind*", te escuché gritar desde la estancia. Estaba saliendo de la regadera, me puse los bóxers y buscaba mi playera. Abriste la puerta del baño y la música de la bocina se mezcló con el vapor: *Hoping they're looking for you. Sure you'll be rummaging through*, traías puesta mi camiseta. Seguiste cantando y bailando mientras me secaba el cabello. Si veinticuatro horas antes alguien me hubiera asegurado de que no me daría vergüenza estar en calzones frente a ti, lo hubiera tachado de loco. Por pura casualidad, el día anterior me había puesto los mejores que tenía. Me los había regalado Érika como una broma de amigo secreto porque la maestra había dicho que el límite era $300 pesos, cuando quité el envoltorio apareció la caja de Calvin Klein entre silbidos, gritos y risas de los demás. Fui al clóset de mi tío y le tomé prestada una camisa, regresé a la habitación a buscar mis jeans.

Yo: Creí que no te gustaba bailar.

Tú: Me metí a clases de salsa cuando decidí venir a México.

Yo: Te equivocaste de país, esto no es Cuba o Venezuela.

Tú: El maestro me recomendó el mejor sitio para bailar en la ciudad.

Te fuiste y volviste revisando la pantalla del celular.

Yo: ¿Tu maestro es mexicano?

Tú: Cubano. Se llama Salón Los Ángeles.

Yo: A ver…

Tú: El que no conoce Los Ángeles, no conoce México, eso dijo.

Lo localicé en el mapa: colonia San Rafael, a un paso de Tlatelolco. En las fotos solo aparecían personas de la tercera edad.

Yo: ¿Estás segura de que quieres ir ahí?

Estaba terminando el solo de la canción, te acercaste asintiendo con la cabeza y bailando con los brazos en el aire. Pegaste tu cuerpo al mío, me agarraste una nalga mientras cantabas: *Put on your dancing shoes… you sexy little swine.*

Yo: Oye, ¿me acabas de llamar pequeño cerdo sexy?

Me ignoraste olímpicamente. Saliste del baño cantando a gritos y saltando al ritmo de la canción. Miré tus bragas azules asomarse debajo del borde de mi playera. Sonreí como un estúpido. Lo último que se me antojaba era salir a bailar ese viernes a las 10:30 de la noche, pero ¿cómo negarme si me das una instrucción vestida (o desvestida) así?

5

El plan del sábado lo dejamos olvidado entre la pereza de hacer algo más que estar tirados viendo videos y escuchando música.

Despertamos hasta el mediodía con algo de resaca, los pies cansados, la garganta ronca de tanto gritar para escucharnos. Desayunamos lo que abasteció el 7eleven de la esquina y fuimos por pizzas a las seis de la tarde. Hurgamos el cajón de CD mientras marcábamos las bandas en Spotify y te enseñé en YouTube la actuación de nuestro robot en los mundiales de robótica. La colección de DVD nos ofreció el entretenimiento de la tarde. Volvimos a desvelarnos con una triple función de películas: *Güeros*, *Y tu mamá también*, *Amores Perros*.

El mediodía se convirtió en nuestra mañana. Nos sentamos en la barra de la cocina a desayunar donas glaseadas acompañadas de leche Santa Clara empacada en botecitos individuales con popotes flexibles.

Tú: No sabía que bailabas tan bien, Enrjike.

Tenías un falso lunar en la punta de la nariz pintado con el chocolate de la dona.

Yo: Hay muchas cosas que no sabes de mí. No te quería decir, pero soy una caja de talentos.

Reíste. Acerqué mi mano a tu rostro y te limpié.

Tú: ¿Tomaste clases?

Yo: Sí.

Tú: ¿Con quién?

Yo: Con mis tías las cumbieras. Tengo… Bueno, tenía… tres tías abuelas a quienes les encantaba bailar. Ahora solo queda una y ya es muy mayor. En las fiestas me obligaban a bailar con ellas, hasta que aprendí. Nunca pensé que fuera a ser de utilidad.

Tú: Le escribí a mi profesor para contarle.

Yo: ¿Le dijiste que tocaron dos grupos cubanos?

Tú: Sí. También que había tenido la mejor pareja del lugar.

Me incliné a darte un beso, me gusta cuando mientes así. Extrañamente no me intimidé en la pista, quizá porque íbamos solos y porque había una mesa de fresas que bailaban aún peor que nosotros. Las lecciones de mis tías sirvieron para darte las suficientes vueltas hasta marearte y que desembocaras en mis brazos.

Después de desayunar nos tiramos en el sillón a mirar videos de Jessica Pilz en el Kletterzentrum de Innsbruck y aprendí que *klettern* significa escalar. Cuando terminaste, busqué un video de Fabio Wimber andando por Viena y haciendo trucos muy impresionantes con la bici. Fue increíble recordar los lugares a los que fuimos juntos mientras veíamos sus proezas. Me acordé de casi todos los nombres de los lugares, y en el salto frente a la parada de camión de Karlsplatz le pusimos pausa para revisar el número del camión que aparece detrás, no podíamos creer que fuera justamente el 4A. Baja haciendo un caballito por Mariahilfer como si fuera la cosa más sencilla del mundo, poco antes del taller de Emilie. No reconocí las escaleras detrás del Albertina, pero sí el Museums-Quartier. Te acordaste de cuando casi me desmayo del calor en los legos gigantes frente al Leopold y cuando fuimos a los museos de Historia Natural y de Historia del Arte. No reconocí la Mexikoplatz, porque nunca fui y me hiciste burla por no haberlo hecho. Fue raro, se me habían olvidado los colores de las líneas del metro o los anuncios del camión que dicen *Haltestelle*, al verlos me vinieron flashazos como de película.

Yo: ¿Te acuerdas cuando bajamos lloviendo por el Belvedere?

Tú: Sí.

Yo: Compartimos el paraguas y estaba muy nervioso de estar tan cerca de ti.

Tú: ¿Ya no?

Giraste para caerme encima, estábamos tan pegados que hubiéramos hecho una sombra continua. Sentía la silueta de tu cuerpo marcando el mío.

Yo: Todavía… A veces… Un poco.

Dejamos el video en pausa, no lo terminamos de ver. Mis papás no me llamaron, ni me buscaron durante casi cuarenta y ocho horas. Regresamos a casa el domingo en la tarde, con la misma ropa con la que habíamos salido el viernes, aunque casi no la habíamos usado. Abrí la puerta y enseguida noté que no había nadie. Me acordé de que se habían ido a Cuernavaca a recoger el coche de mi abuelo. Diablos, me había comprometido a verificarlo al día siguiente, lo había olvidado por completo.

Llegaron cuando ya era de noche. Me saludaron como si nada, pero noté que estaban enojados. Contigo fueron amables, como siempre, aunque no preguntaron cómo nos había ido o qué habíamos hecho el fin de semana. Hasta que subiste a bañarte y me quedé solo con ellos cada uno tomó su turno para dejarme varias cosas claras: "Debes respetar esta casa, no es un hotel", "Hay reglas en esta familia", "Ella será austriaca, pero tú eres mexicano", fueron algunas de las frases que recuerdo. No respondí, para mí no había nada que decir o explicar. Por primera vez vi las cosas diferentes. ¿Qué tenía de malo el protocolo europeo?

Te podrás imaginar que, si días antes se me antojaba enviar a mis padres a Timbuctú, ahora más. Ninguno de nosotros consideró tu soltura europea, por eso, cuando subimos, mis padres miraron con estupefacción y yo con absoluto agrado la sombra de tus maletas instaladas en mi habitación, tus piernas cruzadas sobre mi cama, la puerta del estudio abierto y las sábanas dobladas sobre el colchón inflable.

Dije buenas noches en voz alta, cerré la puerta del cuarto, y por primera vez en mi vida, no recibí respuesta.

6

"Te propongo un plan", dije cuando despertaste. Había escuchado a mis padres salir temprano y no pude volver a dormir pensando en alternativas ahora que mi tío había vuelto a la ciudad. Al bajar encontré la hoja impresa de la cita para la verificación, atrás la letra de mi mamá decía: "No tienes permiso más que para ir al Verificentro y de regreso. No muevas ni el asiento, ni los espejos, ya sabes lo quisquilloso que es tu abuelo con su carro". Junto estaba el dinero y las llaves. Subí cuando estabas terminando de ponerte el delineador, según mi abuela, estilo Brigitte Bardot. Me miraste a través del espejo.

Tú: ¿Estás seguro de que no hay problema?

Yo: Acuérdate que él me lo ofreció. Mira lo que me dejaron.

Te enseñé las llaves y el dinero.

Tú: Tu familia es muy amable, Enrjike.

Yo: Si salimos ahora podemos llegar a comer allá.

Bajamos nuestro equipaje fútil, bebimos café, comimos panes con cajeta recargados en la barra. Subiste corriendo por una sudadera y al bajar saltaste los últimos tres escalones. Al caer con los botines casi te resbalas, recuperaste el equilibrio, me miraste entre asustada y divertida.

Yo: ¿Lista?

Asentiste. Salimos al patio y ahí, bajo el sol, el color champagne resplandecía.

Tú: ¡No me dijiste que era un Mercedes! ¿Qué modelo y de qué año es?

Yo: Es un 280 de 1976.

Tú: No puedo creer que tu abuelo te lo haya prestado.

Eché la mochila al asiento trasero mientras me sentaba frente al volante y miraba tus piernas acomodarse en el del copiloto. Cuando metí la llave sentía el corazón en la garganta. Te miré, tú a mí.

Yo: *Bist du bereit?* ¿Estás lista y preparada?

Asentiste, ignorante de que tu acompañante entraba a un estado más allá de la consciencia y el arrepentimiento, la autorización y la disciplina. El diente chueco asomado en tus labios a media sonrisa, la blusa de cuello holgado descubriendo tu lunar, esos ojos revolcándome como una furiosa ola de mar. Paroxismo puro.

Arranqué. El motor sonó exquisito. ¿Qué había que dudar?

Desgasto la garganta al pronunciar aquel vocablo purépecha dándole nombre a los cerros donde las ranas cantan coplas apagando los susurros. Raíces de un deseo germinaron en la tierra gloriosa donde héroes eternos trazaron batallas. Los secretos centellearon en el fondo de las minas abandonadas. Las caricias exhalaron caprichos entre callejones laberínticos y túneles de leyenda. Las estrellas encendieron los pliegues escarpados de las sábanas blancas. Nuestra voracidad se ahogó bajo el continuo madrugar de las campanas. Fuiste música, poesía, constelación. Felicidad absoluta, felicidad verdadera. Fantasía cumplida en una realidad etérea. Sueño prodigioso del que no quería despertar.

7

El viento formaba surcos en nuestro cabello como reflejo de los campos de cultivo a la distancia. Manejé con el estómago hecho nudo, las manos sudadas y el teléfono sin sonido para no ver los mensajes entrecortados sonando en la pantalla. Las palabras se salían por la ventana como pequeños dragones formados de letras y confidencias aladas.

Tú: ¿Tu mamá trabaja en una universidad?

Yo: No, ¿por?

Tú: El otro día mencionaron su año sabático.

Silencio.

Por reflejo, tiendo a esconder los imperfectos, míos o de alguien más: un circuito mal hecho, un plato despostillado, un calcetín sucio rondando por el suelo.

Yo: Así le llamamos a los meses que se fue de la casa.

Me miraste por un segundo y luego no. Supongo que tratabas de encajar ese pedazo de información con la imagen de relación perfecta de mis padres.

Tú: Perdón. No debí preguntar.

Yo: Está bien, no sabías. Ni mi papá ni yo nos atrevemos a llamarlo de otra manera.

Al pensarlo, me di cuenta de que había logrado que nadie, excepto Érika, se enterara. No se lo conté a ninguno de mis cuates y jamás lo había hablado con alguien de la familia. Sencillamente, era un tema que decidí no tocar, quizá porque en el momento era demasiado para mí, quizá porque me sentía algo responsable. Cambiamos de tema tomando como pretexto algo que vimos en la carretera. Ya sé que no tengo que contarte nada, no me lo pediste, pero quiero hacerlo.

Antes de que yo naciera, mi madre renunció a su trabajo en una galería y cuando entré al kínder empezó a hacer proyectos de *freelance*. Un año antes de irme a Viena entró a una ong de tiempo parcial. Su jefe se fue súbitamente el verano que te visité y le pidieron que lo sustituyera hasta conseguir un remplazo. Su desempeño fue tan bueno que decidieron ofrecérselo a ella de manera permanente. Ahora que lo recuerdo, creo que el equilibrio familiar sufrió el primer empujón cuando llegó a casa a anunciarlo. Mi padre se quedó pensativo cinco segundos, luego dijo:

Pa: Habías dicho que serían solo unos meses.

Ma: Sí. Ya no.

Pa: No sé qué decirte, no me has dado tiempo de pensarlo.

Ma: ¿Qué tienes que pensar? El trabajo me lo ofrecen a mí, no a ti.

Pa: ¿Y Enrique?

Ma: ¿Qué pasa con él?

Pa: ¿Quién lo va a cuidar?

Ma: ¡Por favor! Tiene catorce años y acaba de pasarse un verano en Europa, puede atenderse.

Pa: ¿Quién lo va a llevar y recoger de la escuela? ¿Cómo le va a hacer cuando entre a la prepa? Todavía no tiene permiso para manejar.

Ma: Podemos turnarnos.

Yo: Me dijeron que hay transporte, pa.

Para mí sonaba de lujo, así podía hacer lo que quisiera saliendo de clases.

Pa: No creo que sea buena idea.

Ma: No creo que sea tan mala.

Esas últimas palabras significaban: "No te estoy pidiendo permiso".

Al inicio mi mamá iba al supermercado después de la oficina y cocinaba los fines de semana, como compensación por no poder hacerlo los otros días. No recuerdo qué fue la gota que derramó el vaso, pero un día dijo que estaba cansada de ser la única haciendo un esfuerzo extra y de sentirse culpable cuando no lo hacía. A partir de entonces, el hogar quedó a la deriva. Mi padre y yo hicimos equipo en nuestra propia inutilidad, caminábamos juntos al Oxxo por sus cervezas y mi agua mineral, diciendo cosas como: "Desde que aceptó ese trabajo…" y la frase siempre terminaba en una queja.

Una mañana hicimos una broma mensa sobre los trastes sucios, ella explotó:

Ma: ¡Estoy harta! No son mi obligación los quehaceres de la casa, son obligación de todos los que vivimos aquí. ¿Dónde está la iniciativa para algo más que no sea dormir, jugar Fifa y ver el fut? Si está sucio, limpien. Si tienen hambre, cocinen. Si está desordenado, ordenen. Y dejen de quejarse.

Una noche que había estado trabajando en un ensayo, salí de mi cuarto con hambre, quise ir a la cocina cuando los escuché discutiendo, no me atreví a bajar. Regresé a mi habitación, encontré unos chicles, me metí uno a la boca y me puse a ver videos mientras me llenaba de aire el estómago. Un rato después abrí la puerta, aún hablaban. Me acordé de una bolsa de Takis Fuego olvidada en mi mochila y me los comí. Terrible idea, al terminármelos sentía sed como si hubiera cruzado el Desierto de Gobi. Volví a abrir la puerta, silencio, me acerqué a las escaleras, bajé a la mitad:

Pa: Estás conectada a toda hora. No nos das tiempo a Enrique y a mí.

Los susurros venían de la sala. Me senté en el escalón.

Ma: No es justo, les he dedicado años de mi tiempo. Apareció una oportunidad que no pensé que fuera a volver a tener. ¿Por qué no puedes apoyarme?

Pa: No exageres. Claro que te apoyo, pero todo tiene un límite. Trabajas hasta los fines de semana.

Ma: Pues sí, así es. ¿Te acuerdas cuando tú viajabas cuatro veces al mes? ¿Cuándo te hice un chantaje de que no estabas?

Pa: Es distinto.

Ma: ¿Cómo? Explícame.

Pa: Teníamos que pagar la hipoteca, el seguro, el coche... ¿Qué querías que hiciera? ¿Qué me quedara sin trabajo?

Ma: ¡No! Y por eso me encargué de lo demás, para que tú te pudieras concentrar en la parte profesional. Según yo, éramos un equipo. Siempre pensé que, si hubiera sido yo la que trabajaba, hubieras hecho lo mismo. Ahora veo que no.

Pa: Estás hablando de una situación hipotética.

Ma: Hace meses dejó de serla. Solo te ocupas de lo que te interesa.

Pa: Mi situación es diferente.

Ma: Exacto. Siempre lo vives con un estándar distinto cuando me toca a mí.

Escuché unos pasos y corrí a encerrarme en mi cuarto. Logré dormirme a pesar de la sed. Días después mi mamá me invitó a comer al Toks, entre una sopa de tortilla y unas enchiladas me dijo que necesitaba pasar un tiempo sola, iba a rentar un departamento ahí cerca, lo mejor era que me quedara con mi papá y no moviera mis cosas. Podía ir con ella las veces que quisiera.

La miré sin saber qué responder. Me cayó pésimo, la comida también, seguramente por el coraje. ¿Cómo se iba de la casa con tanta facilidad? ¿Qué le pasaba? Culparla era lo más sencillo, desde mi perspectiva era ella quien había cambiado las reglas de la familia. La responsabilicé de cómo me sentía y, de pasada, de mis tareas no entregadas, de que Sofía me tronara, de que Pablo me dejara de hablar.

Mi papá no quiso estar cuando ella se fue, le parecía exagerada su reacción. Sacó algunas cosas, pero fueron tan pocas que apenas se notó. Parecía que había salido de viaje y nosotros aprovecharíamos esos días para vivir La Vida Loca: camas sin hacer, ropa sucia por el piso, trastes sin lavar. Desayunábamos cualquier cosa y cenábamos pizza con refresco. Bromeábamos sobre qué pensaría mi mamá si nos viera. La leche y la fibra eran para perdedores. Nos convertimos en unos perfectos hombres-alfa, de esos que ven deportes el domingo entero y no se cambian los calzones. Vivíamos en una casa donde el eructo y el pedo eran lugar común. Éramos un asco.

Hasta que nos cayó el veinte de que ella no volvería de ningún viaje.

Y Lupita renunció…

Caos.

Confusión.

Verdadero desorden.

Anarquía absoluta.

Desconcierto.

Oscuridad.

Cuando nos tuvimos que hacer cargo de nuestro cochinero, empezamos a pelear.

Mi mamá se instaló en un departamento diminuto frente al Parque de las Montañas. Lo mantuvo casi vacío, pero impecable. Mi tío le prestó unas cosas y consiguió otras no sé de dónde. Empezó a salir a correr todas las mañanas, a vestirse con otra ropa y a las pocas semanas se cortó el cabello. Trabajaba bastante durante la semana y los fines la invitaban a fiestas, a Xochimilco, a Tepoztlán, a un concierto. Siempre tenía algo que hacer, se veía distinta. Los sábados y domingos que me quedaba con ella me forzaba a hacer un picnic en los Viveros, a andar en bici por Reforma, a visitar un museo, a irnos a Cuernavaca con mis abuelos. Al inicio criticaba cada uno de sus planes, no quería aceptar que la pasaba bien.

A mi papá le pesaba estar solo, tampoco él lo iba a reconocer. Jugar Fifa y ver el fútbol nos empezó a aburrir, el desorden a sacar de quicio. Como no quería ponerme a limpiar los fines de semana, organizaba planes con mis amigos y él se enojaba por dejarlo solo. Cuando le decía que hiciéramos otra cosa, solo íbamos a su restaurante favorito y de regreso. Un día que me estaba gritando por una tontería, se me salió decirle: "Ya vi por qué se fue mi mamá". Me arrepentí en cuanto lo dije, no me habló por dos días.

Mi merecido lo obtuve un fin de semana largo que le llamé a mi mamá para irme con ella.

Ma: No voy a estar en la ciudad, Enrique. Además, la pasamos juntos el fin pasado, estos días son para estar con tu papá.

Yo: Está enojado. ¿Puedo ir contigo?

Ma: Lo siento, no cabes en el coche.

Yo: Mejor quédate y vamos a andar en bici.

Ma: No puedo, ya confirmé.

Estaba acostumbrado a que cambiara los planes por mí. Me molestó tanto que le colgué. Ella no volvió a marcar.

Érika dice que la vida es un juego de casualidades, tiene razón. El domingo en la tarde fuimos al Soriana a hacer las compras de la semana. Estábamos haciendo fila para pagar cuando nos acordamos de que faltaba detergente, nos dio flojera ir por él, pero algo pasó y cerraron la caja en la que estábamos formados. Era el destino para que regresáramos a tomarlo. Al dar la vuelta en el pasillo de Limpieza del Hogar vimos a una mujer de espaldas, en cuclillas, con un vestido corto de flores y coleta de caballo, se veía bronceada, el resorte del bikini sobresalía debajo de la ropa, casi no la reconozco.

Un tipo que venía de frente se le quedó viendo y se regresó a preguntarle algo mientras señalaba los jabones líquidos. Claramente era un pretexto para tirarle la onda. Casi corro a saludarla para espantarle al galán, pero mi papá caminó hacia ella antes que yo. Lo escuché decir su nombre, ella volteó, y se saludaron como viejos amigos. Mi mamá me abrazó contenta de verme, me agaché a darle un beso.

De pronto y sin previo aviso, mi papá se transformó. Se convirtió en un chavo interesado en ligarse una chava. Se paró erguido, con las manos en los bolsillos, y empezó a hacerle conversación mientras hacía como si el tipo no existiera. Le echó piropos y la hizo reír. Solo tenía ojos para ella.

Viendo la interacción, entendí perfectamente cómo y por qué se habían enamorado. Al tipo no le quedó de otra más que agarrar un Tide e irse sin decir nada más: alta eficiencia en quitamanchas; baja eficiencia en conseguir un número de teléfono. No era competencia para mi progenitor.

Después de esa noche empezaron a verse como si fueran novios. En su primera cita, mi papá estaba tan nervioso que se le olvidó su cartera antes de salir y luego las llaves de la casa. Me estaba riendo en silencio al verlo, estaba peor que mis amigos o yo. Cuando me acerqué a despedirme, se me ocurrió decirle:

Yo: ¿Te puedo sugerir algo?

Pa: Sí.

Yo: Deja tu celular.

Me miró desconcertado, luego a su teléfono, después a mí.

Pa: ¿Y si tienes alguna emergencia?

Lo miré con cara de: "¿En serio?".

Yo: Mi mamá se va a derretir cuando le pongas tanta atención como en el súper.

Sonrió.

Pa: A veces se me olvida lo grande que estás, Enrique.

A partir de esa noche empezó a hacer ejercicio, a comprar ropa nueva, a ver programas de cocina y preparar lo aprendido los fines de semana.

Y entonces, vino el 19 de septiembre.

El pasillo de detergentes de Soriana desapareció. El edificio donde vivía mi mamá tuvo dañó estructural y no pudo entrar por varios meses. Ese día, después de casi un año de haberse ido, volvió a dormir en la casa. Meses después le pregunté si solo había vuelto porque se había quedado sin departamento.

Ma: Aquí no era el único sitio donde pude haberme quedado, Enrique. Volví porque los extrañaba. Tu papá y yo habíamos logrado arreglar muchos malentendidos. El haberme ido jamás fue por falta de amor.

Yo: ¿Qué era, entonces?

Ma: Me había cansado la falta de consideración.

No quise preguntar si eso me incluía a mí. Hay veces que es mejor quedarse con la duda.

Mi papá es fácil de leer, pero ella no. Quizá porque él habla mucho sobre sus cosas y ella no tanto. O porque es muy buena mintiendo, en amigo secreto jamás hemos descifrado a quién le da el regalo. Si le toca alguno de nosotros dos, nunca nos enteramos. A veces la imagino como Margot Tenenbaum, quizá lleva fumando quince años y no lo sabemos.

Hace rato vino a mi cuarto, se recargó en el marco de la puerta a observar la bocina, estaba empezando Fluorescent Adolescent. Me va a pedir que le baje al volumen, pensé. Entonces la escuché cantar: *"You used to get it in your fishnets. Now you only get it in your night dress…"*.

Yo: ¡¿Te la sabes?!

Ma: Claro, fue de las primeras canciones que bajé a mi iPod.

Yo: ¿No estás un poco vieja para que te gusten los Arctic Monkeys?

Sonrió burlonamente.

Ma: Alex Turner está más cerca de mi edad que de la tuya.

Yo: ¡¿Te sabes el nombre del cantante?!

Ma: ¿Quién no?

Yo: Ok, si eres tan fan, ¿cuál es tu canción favorita?

¿Sabes qué me respondió? ¡*Bad Thing*! Se dio la media vuelta y escuché su risa en el pasillo. Tuve que ponerla y leer la letra para entender el chiste.

No sé si alguna vez habló con mi papá sobre los meses que no estuvo, pero es evidente que se llevan mucho mejor desde que volvió. También es difícil no tener sentimientos encontrados sobre el terremoto, a partir de ese día mi mamá regresó a casa y tú me escribiste. No solo eso, nunca me hubiera ido dos meses a Cuernavaca a vivir con mis abuelos y Lupita tampoco hubiera regresado a trabajar con nosotros.

Lunes 16 de septiembre de 2019

Te ves guapísima con la diadema de colores en la fiesta de la Embajada mexicana. Nosotros dimos el grito en casa de mi tía. Cada año, ella prepara su tradicional cochinita pibil. Tienes que regresar a probarla, Hannah. Mariano me habló la semana pasada pidiéndome que no lo dejara solo y yo no tenía un plan al que se me antojara ir. Cuando llegamos me estaba esperando para echarnos un Fortnite. Hace mucho que no jugaba y he perdido práctica. Mariano, en cambio, se ha vuelto un verdadero crack de nueve años. Me preguntó cómo estaba "mi novia Hannah".

Yo: No somos novios.

M: El otro día mi mamá le preguntó a tu papá: ¿Sigue aquí la novia de Enrique?

Yo: ¿Y? ¿Tú no tienes amigas?

M: Sí. Romina. Cada que hablamos, me dicen que estoy enamorado de ella. No me gusta. A veces no quiero decirle nada porque me molestan.

Yo: Nunca te alejes de una amiga por lo que digan los demás.

Se quedó un rato callado, luego agregó:

M: Pero mi mamá dijo...

Yo: Los adultos también se equivocan, Mariano.

Mi primo me miró como si le hubiera dado la receta secreta de la Coca Cola o la forma de tener V-Bucks ilimitados, dudoso de que fuera cierto pero con la esperanza de que sí lo fuera.

Yo: Mientras Romina y tú sepan que son amigos, no importa lo demás.

Jugamos tres partidas y ganamos una victoria campal. La realidad a mí también me cuesta haber quedado como amigos, me repito que tan solo es un año sabático sin fecha exacta de conclusión.

8

"¿Con qué quieres empezar?", preguntaste poco antes de llegar a Guanajuato. Iba a responder que con el hotel, pero en vez dije: "Por donde tú quieras". Me estaba poniendo nervioso no tener resuelto en dónde dormir y dejar el coche. Leíste que lo más conveniente era estacionarnos en el centro, podíamos caminar durante nuestra estancia. La idea de haber tomado el auto de mi abuelo ya no me parecía tan inteligente como en un inicio, debía encontrar un sitio en el que quedara protegido y no costara un dineral. Una cosa era usarlo sin permiso, otra regresárselo con un rasguño.

Recorríamos el último tramo de carretera cuando nos topamos con anuncios de mapas gratis y personas agitando sus manos para que tomáramos uno.

Yo: ¿Quién compra un mapa en pleno siglo veintiuno? Esta gente no se ha enterado de los satélites.

No respondiste, apagaste la música, te pusiste los zapatos y te sentaste erguida, expectante. Ranas de piedra resguardando una fuente nos dieron la bienvenida junto con el anuncio: Guanajuato Patrimonio de la Humanidad. A partir de ahí nos sumergimos en los túneles y calles empedradas que parecían inspirados en un cuento. Las casas escalaban los cerros y las cúpulas sobresalían en el paisaje. Encontramos un estacionamiento público, preguntamos cuánto costaba por día y el bajo precio nos confirmó que estábamos lejos de la capital. "¿Vienen llegando? ¿Tienen dónde quedarse?", preguntó el hombre que nos dio el ticket. "Si se quedan en estos hoteles les hacemos descuento", continuó señalando un anuncio.

Yo: ¿Son caros?

Me miró de arriba abajo, luego a ti, ambos con las mochilas en la espalda. "Mi prima renta cuartos. Si quieren los llevo. Su casa está limpia y bien ubicada. Si se quedan con ella les mantengo el descuento". Nos miramos, subiste los hombros: *Warum nicht?*

Yo: ¿Por qué no?

El hombre chifló y alguien apareció corriendo para relevarlo de su puesto de trabajo. Salió de la caseta y lo seguimos, en el camino dudé de si nos iría a asaltar, pero los aires de provincia me tranquilizaron. Caminamos por banquetas casi inexistentes con espejos retrovisores pasándonos a cinco centímetros de distancia, casi rozándonos; cruzamos la calle frente a una escultura de Jorge Negrete, subimos una rampa y entramos a la calle Del Tecolote.

Yo: Si querías color, aquí lo tienes, Hannah.

Rojo, amarillo, rosa, azul, naranja, verde, desplegados en los cincuenta metros de la pendiente. Tocamos el timbre de una casa naranja pálido, con herrería en la puerta y las ventanas. Una mujer muy bajita con una trenza muy larga salió a abrirnos. "Berta, buscan un cuarto", dijo el señor del estacionamiento. Ella sonrió: "Pásenle. ¿Uno o dos?".

Me quedé callado.

Tú: Uno.

Respondiste sin mirarme, sentí calor y gotas de sudor apareciendo en mi espalda. No importaba que hubiéramos pasado dos noches en el departamento de mi tío, que te hubieras mudado a la habitación de mi casa, el hecho de estar pidiendo un cuarto para los dos frente a desconocidos reafirmaba que eso que estaba sucediendo era real, no lo estaba soñando.

La casa era de dos pisos, un patio en el centro. Berta ocupaba la planta baja con su familia, los tres cuartos que rentaban estaban en el segundo piso. Por fortuna no había nadie más quedándose con ellos. Me hubiera ido de ahí si tenía que compartir el baño. Aventamos las mochilas en la cama de madera y nos dieron el tour. Aprendimos a cerrar la puerta de la habitación con un gancho para que no entrara el gato, nos indicaron que la derecha era la llave del agua caliente, explicaron el truco para desatorar la manija del WC y pidieron tener cuidado en no desperdiciar agua, enlistaron las reglas de la cocina. Subimos a la azotea, donde se veía buena parte de la ciudad, el cielo era de un azul más claro que tus ojos y solo había una nube solitaria manchándolo de blanco. La cúpula de una iglesia estaba tan cerca que parecía que podíamos llegar a ella saltando por los techos. Habían acondicionado una mesa con sillas entre macetas, pero no se permitía subir con alimentos por las palomas.

Antes de salir nos dieron una llave para poder ir y venir a nuestro antojo: "Tienen que jalar la puerta hacia ustedes para que abra, luego empujen porque se atora". Asentimos mirándonos de reojo, a punto de reírnos por la cantidad de instrucciones para el óptimo funcionamiento de un hogar falto de mantenimiento.

Bajamos hacia la calle que desembocaba en el centro, teníamos hambre y casi al empezar la parte peatonal encontramos un puesto de esquites, otro de tacos, uno más de frutos secos y dulces. En cien metros nos comimos la entrada, el plato fuerte y el postre por una módica cantidad y sin tener que dejar propina. Al llegar al Teatro Juárez tomamos un chicle como digestivo, mientras nos abordaban distintas personas con sus trajes de tuna exhortándonos a comprar boletos para la callejoneada.

Caminamos sin rumbo y sin prisa, sacando fotos y deteniéndonos en cualquier sitio que nos llamara la atención: iglesias, galerías, joyerías, tiendas de textiles, puestos de artesanía. Empezamos el juego de tomar turnos para decidir si íbamos por la calle de la derecha o la izquierda en cada cuchilla o intersección. El azar nos hizo ascender por caminos de nombres creativos, como el Callejón de Carcamanes o el Callejón Baños Rusos. Seguimos ascendiendo hasta cruzar un pedazo descubierto del túnel y continuar por unas escaleras pensando que la vista desde arriba sería aún mejor, pero al llegar las casas nos bloqueaban y las personas con quienes nos cruzábamos nos miraban preguntándose qué hacían unos turistas hasta allá arriba.

Dimos media vuelta y descendimos por una ruta distinta. Nos topamos con una barda cubierta de buganvilias floreando, corté un racimo y te lo di animado por la belleza del lugar. Con una liga las detuviste en una media coleta en tu cabello. Pensé que te veías preciosa, aunque no lo dije.

Desembocamos en Positos sin sacar el teléfono para consultar el mapa, por casualidad a un paso del número 47. Antes de llegar nos distrajimos por el olor a café de un mini local con una máquina moledora masiva. Nos lo bebimos recargados en la pared mirando a la gente pasar. Llegamos al Museo Casa Diego Rivera… Y estaba cerrado.

Yo: ¡No! No lo puedo creer, los lunes me persiguen. Son mi némesis.

Tú: Al menos has aprendido a manejar la frustración, *Neuling*.

Me reí y te hice cosquillas como venganza, podíamos volver al día siguiente. Pasamos frente a un edificio que decía Hotel Diego Rivera, nos asomamos a ver cómo estaba, tenía un patio con una fuente y macetas en el barandal del segundo piso.

Tú: Debimos habernos hospedado aquí, Enrjike.

Yo: No digas eso, Berta estaría muy decepcionada de ti. Nos hubiéramos perdido la diversión de sacudir la manija del escusado para desatorarla cada que le jalas.

Reíste. La conversación se fue hacia experiencias de viaje y hoteles espantosos. Ganaste con la historia de la cama pulgosa en el norte de Francia. Llegamos a la Alhóndiga de Granaditas, también cerrada. La miramos por sus cuatro lados.

Yo: Siempre imaginé que iba a ser más majestuosa.

Tú: ¿A qué te refieres?

Yo: No lo sé. Por la historia del Pípila y por el nombre creí que sería de arquitectura arabesca.

Tú: Te estás confundiendo con la Alhambra.

Yo: Mi primo Mariano le dice la Albóndiga. Está peor que yo. Le voy a mandar una foto para que sepa que no es redonda.

Seguimos hasta la Plaza del Músico.

Tú: ¿Otra calle con el mismo nombre?

Yo: Todos los caminos llevan a Benito Juárez. No sé qué nos falta, si imaginación o héroes nacionales.

Afuera del mercado entramos a un local con camisetas y sudaderas de anime japonés. Me ayudaste a buscar una playera para mi primo, pero la impresión era medio chafa y tenías razón cuando dijiste que la cara de Sosuke se parecía a la de Michael Jackson postcirugías.

Cuando llegamos a nuestra posada, encontramos a Berta regando las plantas, nos presentó a su esposo y su hijo. Por suerte nuestro cuarto estaba en el segundo piso y había una puerta para que el niño no subiera, nos lo encontramos varias veces trepado intentando saltarse hacia las escaleras. Explícame, ¿por qué lo prohibido es siempre tan atractivo?

Despertamos cuando el sol se estaba metiendo. Revisé mi teléfono y tenía como veinte llamadas perdidas de mis papás. Les había dejado un recado escrito a la entrada de la casa, a esa hora ya lo habían leído. Noté que había un mensaje de mi mamá y otro de mi papá. No quise leerlos. Me vestí y te dije que te esperaba en la azotea. Estando arriba marqué.

A: ¿Bueno?

Yo: Hola, abuelo.

A: Me marcó tu mamá.

Yo: Perdón, te debí haber avisado.

A: Pensó que se habían venido a Cuernavaca. ¿En dónde estás?

Yo: Guanajuato.

A: Si le pasa algo a mi coche te agarro a trancazos.

Yo: Lo dejé en un estacionamiento techado. Te prometo que va a llegar como salió.

A: ¿Al menos lo verificaste?

Yo: No. Lo hago llegando. Te lo prometo.

A: Andas muy prometedor, Enrique. Más te vale que lo cumplas.

Yo: ¿Están muy enojados mis papás?

A: ¿Tú qué crees? Les dije que yo te lo había ofrecido. Les molesta que no les hayas dicho.

Yo: Si lo hubiera hecho, no me dejan las llaves.

A: Lo mismo les dije yo.

Yo: Eres el mejor, abuelo.

Colgué cuando te vi subiendo las escaleras, traías un vestido de diminutas flores moradas, te habías acomodado las buganvilias con un pasador, el cabello suelto. Parecías salida de una película, con la ciudad detrás de ti, el celaje diáfano como tu ropa, los restos de sol pintando el atardecer de violeta.

Tú: ¿Vamos por una cerveza?

En un instante hice a un lado el enojo de mis padres, la falta de fondos para el viaje, el formulario que aún no había llenado, la verificación pendiente. Lo único que podía pensar era en que estábamos ahí, en esa ciudad de paredes policromáticas como el arcoíris, solos, TÚ y YO.

9

Cuando desperté no estabas junto a mí, tampoco en el baño. Te encontré sentada en la azotea, con las piernas colgando hacia el techo de otra casa. Conversabas con Berta, quien tendía la ropa. No vi al niño por ningún lado.

Tú: No escuchaste las campanadas.

Yo: ¿Cuáles?

Tú: Esas.

Señalaste la cúpula a treinta metros de distancia.

Yo: ¿Sonaron?

Tú: Desde las siete de la mañana.

En la noche les había escrito a mis papás, no me atreví a llamarlos. Empecé pidiendo disculpas por no avisarles, aunque después les decía que no iba a regresar sino dentro de unos días. Esa mañana tenía respuestas de cada uno. Antes de abrirlas le escribí a mi tío para pedirle dinero prestado, me llamó al celular.

De entrada, se rio de lo que había hecho: "Ahora sí me sorprendiste, se ve que te traen de un hilo". Me autorizó usar la tarjeta de crédito con la promesa de que le pagaría hasta el último centavo. Después abrí los mensajes, primero el de mi papá, después el de mi mamá, parecía que se habían resignado y puesto de acuerdo. Mi jefe: "Recuerda: El Santo siempre pelea con máscara. Cuídense". Y mi jefa: "Se vale mientras sea consensual. También de tu lado. Estoy enojada, pero te quiero. Cuídense". Los había subestimado.

Desayunamos en el Café Tal porque te negaste a beber un Nescafé disuelto, lo único que ofrecía la cocina de Berta. Secundé la moción sin pestañear en cuanto su hijo apareció llorando en el patio. El café mañanero te lo tomas muy en serio y yo el berrinche de un mocoso en pañales. Encontramos el local por el olfato, el aroma a semilla tostada salía hasta la calle. Los nombres de las bebidas nos gustaron, pediste un Chapo (doble ex-preso) y yo un Parkinson (expreso hipercafeinado cortado con chocolate). Le diste un trago, lo saboreaste y dijiste:

Tú: Está deliciooooso.

Yo: Gracias, pero háblame de tú.

Te tardaste cinco segundos en entender el chiste. Cuando lo hiciste soltaste una carcajada que casi tiras el café sobre mí. ¿Hay un mejor sonido que el de tu risa?

Nos trajeron los *croissant* con mantequilla y mermelada. Me acerqué a ti y repetí la frase de la película de *Güeros*:

Yo: ¿A qué se refieren con desayuno continental? ¿De qué continente están hablando? Es como decir, desayuno de los de allá. ¿Quiénes son los de allá? Y, ¿quiénes son los de acá?

Hablamos de actores, directores, premios, y salimos del lugar recomendándonos más películas con la típica frase de: "La tienes que ver". Cuando llegamos a la Casa Museo de Rivera el sol no dejaba espacio para formar sombras, hacía bastante calor. Me cobraron la entrada con descuento; a ti, por ser extranjera, precio completo.

Yo: Esa es una tarifa xenofóbica.

Tú: Son treinta pesos, Enrjike. Es menos de dos euros.

No estuve de acuerdo. Te seguí a la sala de la entrada, donde había una exposición temporal de fotografía. Había una imagen de Diego de espaldas boceteando una pared en Estados Unidos; otra de Siqueiros mirando a la cámara con cara de pocos amigos, la mano y la ropa llena de pintura; una más de Orozco pintando con el brazo extendido, hacía una diagonal perfecta con el pincel. Nos detuvimos en la imagen donde están Frida y Diego mirando hacia la cámara en lo que parece una tienda de talavera. Él viste traje con camisa y chaleco, usa lentes y trae un sombrero en la mano, su cabello rizado está un poco despeinado. Ella es bastante más baja que él, viste una falda larga, rebozo y está cargando algo entre los brazos. Lleva un peinado de trenzas y aretes largos. Miraste las dos fotos, la de Diego pintando y la que está con Frida con detenimiento, volviendo a una y a la otra.

Tú: Su relación con Frida es… parecida a la que tuvo con el partido comunista, ¿no crees?

Yo: Parecida, ¿cómo?

Tú: Ambas estaban llenas de… *Dilemmatta auf Spanisch…*?

Yo: ¿Dilemas?

Tú: Sí…

Tus ojos estaban sobre las imágenes, tu mente en otro universo.

Yo: ¿Qué piensas?

Tú: Él dijo… (sacaste el teléfono para leer) "el proceso político-social era carne y hueso con el arte". Si utilizó sus obras para mostrar sus ideas políticas, es muy probable que también haya expresado sus emociones, ¿no crees?

Yo: ¿Te refieres a como lo hacía Frida?

Tú: Sí… No tan explícito. O tan directo… Pero creo que sus murales dicen más de lo que parece a simple vista.

Estabas aún con la mirada algo perdida, de pronto parpadeaste y regresaste al presente. Caminamos al interior de la casa decorada con muebles antiguos, como se debió haber visto cuando la familia Rivera la habitó. Te conté que en clase de arte tuvimos que hacer un trabajo sobre la memoria y el papel de los objetos como protagonistas de nuestros recuerdos. Hablamos de los años que pasó Diego en ese lugar, imaginándolo más o menos de la edad que se autorretrata en el mural de la Alameda. Nos detuvimos a ver la fotografía de sus padres, no logramos encontrar de quién sacó los ojos grandes y saltones.

Yo: ¿Sabías que Diego tenía hipotiroidismo? Quizá por eso el sobrepeso y los ojos saltones.

Me miraste algo sorprendida.

Tú: ¿En dónde dice eso?

Yo: En el libro que estoy leyendo.

Tú: Los que elegí no lo decían.

Yo: ¿Lo habrá apodado Frida rana-sapo porque era de Guanajuato?

Tú: Pudiera ser.

Yo: Si alguna vez me vuelvo famoso, ¿crees que pongan una placa en Neulinggasse?

Tú: Primero tendría que enterarse el mundo de tu apodo.

Yo: Mejor no, quiero que solo tú me digas así.

Le sacaste una fotografía a la máquina de escribir antigua y nos asomamos a ver los libros del acervo de su padre: química, aritmética, reacciones químicas, metalurgia, mineralogía, todos en francés.

Yo: ¿Crees que desde entonces le llamó la atención la historia natural?

Tú: Supongo. ¿Sabes? A pesar de todo lo que se ha escrito de él, siempre tendremos dudas.

Yo: Diego inventaba tanto que ni conociéndolo sabríamos la verdad.

Tú: Nunca hay una sola verdad.

La profundidad de tu comentario me dejó sin respuesta. Continuamos mirando camas, tinajas, espejos y libreros, sin decir mucho. En una cédula leímos:

EL MIÉRCOLES 8 DE DICIEMBRE DE 1886 A LAS
SIETE Y MEDIA DE LA MAÑANA NACIÓ DIEGO Y,
MINUTOS DESPUÉS, SU HERMANO, CARLOS.

Tú: No hemos comentado nada sobre su gemelo… Su muerte lo debe de haber marcado.

Yo: Por algo saca el tema de la dualidad casi en cada mural, ¿no crees? Leí que Diego conservaba imágenes de su hermano en esta casa. La primera vez que vuelve, al subir a lo que eran las caballerizas, le viene la imagen de Carlos sentado en un escalón llorando porque él le había pegado.

Tú: ¿Qué edad tenía cuando murió? ¿Un año? ¿Año y medio?

Yo: Más o menos. Recuerda que como no entendía en dónde estaba o si se había escondido su hermanito y lo busca desesperadamente por toda la casa. Al no encontrarlo, se pone tan triste que deja de comer. Cuando entró al patio, muchísimos años después, recordó cómo lo forzaban a beber agua de nogal, para nutrirlo, aunque es muy amarga.

Tú: ¿Te imaginas qué hubiera sido de Diego si su hermano Carlos hubiera vivido?

Yo: Imagínate, dos pintores famosos.

Tú: ¿Crees que hubiera sido artista con una infancia feliz?

Yo: ¿Para ser artista debes de tener una vida miserable?

Tú: ¡No! Me refiero a que su vida hubiera sido otra. Su mamá no se hubiera deprimido.

Yo: Y no lo hubieran mandado a vivir al monte con su nana Antonia, para que lo cuidara. ¿Sabías que aprendió lengua tarasca?

Tú: Y por eso, cuando vuelve, la mamá lo desprecia por estar vestido y hablando como indígena.

Yo: No sé si se hubiera convertido en muralista, lo que estoy seguro es que no hubiera empezado a odiar a su madre y definitivamente no se hubiera vuelto en un caso freudiano de narcisismo provocado por un primer amor no correspondido.

Tú: ¡*Neuling*! *Gut gemacht*! ¡Bravo! ¡Te estás volviendo en un experto!

Yo: Es que tengo a una excelente y guapísima maestra…

Tú: *Weiter analysieren,* Enrjike, *bitte.* ¡Continúa! Por favor.

Yo: De entrada, ¿qué madre psicópata le pone su nombre a sus tres hijos? ¡Y dos eran hombres! (Te reíste). Diego María, Carlos María y simplemente María, como la telenovela. Creo que hasta la mascota se llamaba María Chuchuflais. (Más risa). Un poco controladora la mujer. Segundo, entiendo que no fue culpa de la mamá lo que le pasó al hermanito, pero después de pasar varios años en el monte, para Diego su nana era su mamá, al volver gritaba que quería que regresara Antonia y María decía cosas como: "Maldita india, me lo cambió". ¿Qué onda? Todavía que lo había cuidado y salvado de la inanición. Cuando él la menciona en sus biografías nunca le dice mamá, sino María.

Yo: Sí, lo noté y, cuando muere, la borra de su nombre y a partir de ahí es solo Diego Rivera, como su papá. ¿Qué leíste de Antonia?

Yo: Era una curandera india, vivía en una choza, lo alimenta con leche de una cabra…

Tú: ¿Crees que por eso pintó el campo, el maíz y a mujeres indígenas?

Yo: Probablemente, porque con ella vive el mestizaje. Antonia usaba hierbas para curar o limpiar, pero tenía un altar con una imagen de Cristo en un rincón. Una actividad indígena junto a una católica. También le enseña sobre las estrellas, aunque sin la base científica como lo hacía su papá, ella no les llama constelaciones, sino cinturones que ayudan a encontrar el camino.

Tú: Eso es muy bonito.

Yo: Según Diego el español en México es distinto porque proviene de pensamientos en lenguas indígenas traducidos al castellano, se pierde la simpleza poética del lenguaje original y a veces no se entiende.

Tú: Tiene lógica, ninguna traducción va a igualar el idioma original.

Yo: Estoy de acuerdo. *Neuling* perdería su esencia.

Sonreíste con los labios y los ojos y el rostro entero hasta que diminutos pliegues aparecieron como rayos alrededor de tus párpados. Me encanta esa expresión.

Yo: Es con Antonia que escucha de Tláloc, el dios de las aguas que fecunda la tierra, mientras le da de comer tortillas con sal.

Continuamos caminando hacia el segundo piso. Pensaba que el sitio era un almacén de muebles de finales del siglo dieciocho, pero arriba nos encontramos con pinturas de su infancia, paisajes, obras cubistas, bocetos de murales, retratos y naturalezas muertas.

Tú: ¿Qué pasa con su nana después de que regresan del monte?

Yo: No sé. Comenta que las locomotoras le llaman la atención y lo distraen de extrañar a Antonia. Las dibuja en todos lados, hasta en los muebles usando un clavo. Su papá forra una habitación para que pinte en las paredes y deje de torturar el mobiliario. Según Diego esos fueron sus primeros murales.

Mirábamos un paisaje pintado en España. Diego opinaba que sus obras realizadas en Europa eran sus peores. Describe su trabajo de esa época como abominable con pretensiones modernas. Los paisajes son, según él, penosas tarjetas postales. Su familia las guarda porque las hizo fuera de México, pero para él eran "una lamentable imitación con complejo de inferioridad que padece todo mestizo semicolonial". Entendí a qué se refería, no sé si tú también.

Yo: Diego decía que lo universal llega a serlo cuando es profundamente local.

Tú: Opino que algo similar sucede con la música, cada artista tiene que encontrar su voz.

Nos tardábamos tanto frente a cada cuadro, que teníamos que hacernos a un lado para dejar pasar a la gente. Fue una lástima que se prohibiera tomar fotos, las imágenes me hubieran ayudado a recordar un poco más. Nos gustaron, en especial, su autorretrato, el Zapata y el cuadro inacabado de una mujer sentada con fondo azul, coincidimos en que los espacios vacíos lo hacían ver más interesante, casi moderno.

Entramos a otra sala, en las paredes había códices prehispánicos, te inclinaste a leer la cédula.

Tú: ¿Qué es el Popol Vuh?

Yo: Es un libro maya que cuenta la historia de la creación del universo.

Tú: Diego lo ilustró. ¿Lo has leído?

Yo: No te voy a mentir, leí los primeros capítulos para una clase y después busqué el resumen en google.

Tú: ¡Enrjike!

Yo: No me culpes, los diálogos estaban escritos en español de España: vosotros comeréis, habéis, sacrificaros. Lo siento, pero era más de lo que podía soportar. Si fue escrito por los mayas, hubiera preferido que tuviera palabras nuestras, hasta un chale si quieres, en vez de que estuviera en castellano de Méjico.

Me diste la razón.

Visitamos sala por sala hasta desembocar en el patio y regresar a la taquilla. Nos detuvimos a ver la tienda sin comprar nada. Cuando salimos a la calle, hacía aún más calor. Caminamos por Alonso hasta la taquilla del funicular. Compramos los boletos y nos formamos en una fila de seis personas, la mayoría extranjeros. Miramos las casetas deslizarse por la pendiente, estilo montaña rusa.

Yo: Pensé que sería colgante.

Tú: Es un *Standseilbahn*, no un *Gondelbahn*.

Yo: *Gondel* es góndola, *bahn* es tren o metro y *stand* es estar de pie. (Asentiste). Y, ¿*Seil*... cuerda? (Asentiste de nuevo). Uf, son demasiado específicos en alemán. Aquí, funicular significa cualquier cosa que suba el cerro. Si lo amarras a un burro y lo jalas seguiría llamándose igual. En Austria lo bautizarían como el funicu-burro, *Eselbahn*.

Decíamos tontería y media en ambos idiomas cuando nos tocó nuestro turno. Nos apachurramos con cuatro personas más en el funicu*bahn*. Por suerte fuimos los primeros en pasar y nos agandallamos el lado que daba hacia la ciudad para tener la mejor vista. Recordé la vez que nos subimos a la rueda de la fortuna del Prater y la foto que nos tomó tu mamá. Cuando empezamos a movernos dejé pasar a una señora con una niña porque no veían nada detrás de mí, claro, con mi portentosa espalda qué esperaban. En el larguísimo trayecto de minuto y medio me pregunté qué tan bien amarrada estaba aquella capsulita cuadrada, porque la pendiente no era cualquier cosa. Tú tomabas miles de fotos.

Generé buen karma al dejar colocarse a la señora y la niña frente a la ventana, porque al bajarnos, mientras mirabas los souvenirs, el señor del puesto me dio un tip a la hora de elegir las escaleras para descender. A los pies de la escultura del Pípila, recordaste la historia que te contaron mis abuelos, del minero que durante la independencia utilizó una mega piedra como escudo para protegerse de los balazos y prender en fuego la puerta de la alhóndiga para tomarla.

Miramos la ciudad en silencio, el cielo era de un azul increíble, las nubes engrandecían el paisaje y el viento se sentía delicioso en la cara. Nos sacamos varias *selfies* intentando que saliera el panorama del fondo. Una señora se ofreció a tomarnos una al observar nuestros intentos fallidos. Yo no quería, nunca sé qué cara poner, pero tú le entregaste el celular, miré incómodo a la cámara. Al parecer la mujer no estaba satisfecha con mi expresión: "Sonría, joven, como si estuviera contento de estar con la señorita". Sonreíste, yo no; ella insistió: "Pero abrácela, se ve muy solita. ¿Qué no es su novia?". Soltaste una carcajada y yo hice una mueca algo patética. *Click*.

"Hacia la izquierda, sigan el camino que marcan las escaleras", había sugerido el señor del puesto de souvenirs. Seguimos esa ruta topándonos con paredes y callejones de colores. Me encantó tomarte fotos frente a la barda amarilla, tu sombrero nuevo hacía juego con el fondo y sirvió como pretexto perfecto para verte posar, hacerte chistes y dejar las imágenes en mi teléfono. Salimos a una calle menos angosta, te detuviste en una tienda de artesanías y al salir, dije señalando:

Yo: Ese que ves ahí es el callejón del beso.

Tú: ¿Por qué "del beso"?

Yo: Por la leyenda.

Tú: ¿Cuál?

Yo: Ya sabes, lo típico: dos enamorados no pueden estar juntos por los celos del padre de ella. Al final mueren, como Romeo y Julieta. Antes de eso se dan un último beso en uno de los balcones.

Tú: ¡Vamos!

Yo: Hay algo más que debes saber... (Me miraste expectante). Si pasamos juntos debemos darnos un beso en el tercer escalón para evitar siete años de mala suerte.

Tú: Pues nos damos uno.

Yo: Sí, pero... si nos besamos, tendremos siete años de felicidad.

Tú: ¿Juntos o separados?

Me reí de la ocurrencia.

Yo: No lo especifican.

Tú: Está un poco estrecho.

Yo: No tenemos que bajar por ahí si no quieres.

Tú: ¿Eres supersticioso, *Neuling*? No lo imaginé de ti.

Yo: No, por supuesto que no, tampoco nos tenemos que besar, pero… si ya estamos aquí.

Me tomaste de la mano, bajamos semi aplastados por las otras parejas que subían, había menos de un metro entre pared y pared, gente formada de subida y bajada, hacía calor y olía a sudor. Minutos de espera y llegamos al tercer escalón, personas desde abajo gritaban enojados porque al parecer de ese lado estaba la fila "oficial". A ti te importó un pepino, esperaste a que estuviera frente a ti y rodeaste mi cuello con tus brazos. No pensé que me fueras a dar un beso y cuando te inclinaste supuse que sería rápido, de piquito, pero sacaste la lengua y… te aprovechaste de mí, Hannita. Alguien gritó desde abajo: "No te lo comas, güerita", me cayó mal el comentario, así que contraataqué para no quedarme atrás y tardarnos más. El sol en la cara, el calor, la incomodidad del sitio me hicieron recordar un beso antiguo en una estación… pero mucho mejor, hasta que nos empujaron. Bajamos los últimos escalones muertos de risa y limpiándonos la baba de los labios.

¿Tendremos siete años de felicidad? ¿Juntos o separados? La leyenda puede ser una estafa, pero cuando luchas con el enorme inconveniente de tener un océano entre tú y la persona que te importa, más vale apostarle hasta a lo sobrenatural y la suerte.

10

Como buenos turistas compramos boletos para la callejoneada y a las siete estábamos frente al Jardín de la Unión esperando con otras decenas de personas a que los estudiantes disfrazados de Felipe II comenzaran el tour. No son mi *hit* los espectáculos musicales, menos cuando te cantan al son de la mandolina a un metro de distancia y te exhortan a aplaudir, gritar, cantar a coro. Qué quieres que te diga, me pongo nervioso de que me vayan a pedir participar y me provoca vergüenza ajena cuando alguien más hace el ridículo. Es absurdo, ya lo sé, y por eso me la pasé haciendo bromas en voz baja: parte para hacerte reír, parte para ocultar esa ansiedad.

La íbamos pasando bien hasta que cantaron *Bésame mucho* y nos separaron a los hombres de las mujeres. Lo odié, mi única razón de haber tomado el recorrido era por a ti. No sé qué hicieron o les dijeron a ustedes, pero a nosotros nos obligaron a dar la vuelta, cual ovejas pastoreadas, mientras nos echaban el rollo de la leyenda del callejón del beso, luego monetizaron el "amor a nuestras parejas" vendiéndonos aquel racimo de rosas pedorro y caro. Obviamente lo iba a comprar, ni modo de ser el único *muppet* que regresaba sin flores, pero cuando nos volvieron a juntar, tú no compraste el rosetón para corresponderme. Fuiste la única de tu grupo.

Yo: ¡No me diste nada!

Puse cara de perro triste y soltaste una carcajada.

Tú: Costaba cincuenta pesos.

Yo: A mí las flores me costaron cien.

Seguías pensando que era una broma, pero la realidad sentí feo ser el único que no recibiera nada. El señor de junto me miró con expresión de "pobre perdedor". Claro, cómo lo ibas a saber si me la pasé haciendo chistes de lo ridículo del asunto.

Nos escapamos de la última parte, cuando representaron la leyenda de los enamorados, teníamos hambre y nos la sabíamos. Bajamos por el empedrado, giramos, subimos, hasta llegar a un callejón estrecho donde encontramos aquel restaurante bohemio. El sitio estaba vacío y el dueño con ganas de conversar. Se acercó a tomarnos la orden, a preguntarnos de dónde éramos, por qué hablabas tan bien español, y cuando supo que habías estudiado en España no dejó de compartirnos las reminiscencias de su juventud antes de venir a México. El hombre era mayor y elocuente, después de cuarenta años no se le había borrado nada del acento madrileño, te dijo un sinfín de piropos que nos daban risa, nos cayó bien. Salimos contentos de ahí, con el estómago lleno.

A un paso desembocamos en la Plaza de San Fernando, donde había un grupo tocando música en vivo, nos sentamos en las escaleras a escucharlos. La noche iba muy bien: la conversación fluía, nos reíamos, a veces nos tomamos de la mano o nos abrazábamos. Se me ocurrió sacar el celular para tomarnos una *selfie*. ¿Por qué? No lo sé, no es mi estilo. Quizá quería captar ese momento. Lo desbloqueé, abrí la cámara, volteé la pantalla, estiré el brazo lo más que pude, juntamos las cabezas y... del borde superior se asomó un mensaje:

Érika   ahora
Hola guaporro. Volví. Veámonos. Te extraño. Te quiero.

El mensaje seguido de un emoji de corazón rojo, otro de beso y dos corazoncitos rosas flotando.

El estómago se me hizo del tamaño de una uva. Con el dedo gordo lo deslicé rápido hacia arriba, desapareciéndolo. A través de la pantalla vi cómo tu expresión cambiaba. Tomé la foto intentando no darle importancia, salimos fatal, tú mirándome con los ojos entrecerrados, desconfiada, yo con una sonrisa estúpida. Guardé el teléfono, al voltear hacia ti me preguntabas todo sin decirme nada.

Yo: No es lo que te imaginas.

Mi voz atropellada, apresurada, nerviosa. No se mide Érika, qué inoportuna, pensé.

Tú: ¿Qué crees que imagino, Enrjike?

Tu voz apagada y brusca.

Yo: No, nada.

Tú: Es mi culpa, nunca pregunté si tenías novia. Entiendo si solo te la querías pasar bien durante el verano.

Palpitaciones, tensión muscular, dolor de cabeza. Dolor de pecho, hiperventilación, paro cardiaco. No puede ser, no puede ser. Tu luz había desaparecido.

Yo: No, no, Hannah. En serio no es lo que parece. Érika es una amiga. Una muy buena amiga, nada más.

Tú: Está bien, no me tienes que decir nada.

Yo: No, no, no. Te lo juro. Déjame explicarte.

Te paraste y comenzaste a subir por un callejoncito. En vez de parecerme romántico lo vi como un laberinto del que tenía que encontrar una salida. Ese cambio en tu expresión me hacía sentir horrible, me asustaba mucho, muchísimo, quería volver a donde estábamos. Caminé detrás de ti. Giraste hacia mí:

Tú: Está bien, puedes quedarte a responder el mensaje. Ya entendí por qué te escondías de mí para hacer llamadas. Creí que éramos algo más pero nunca lo dejamos claro.

¡¿Qué?! Era la primera vez que mencionabas cómo te sentías sobre nosotros o dónde estábamos. Había intentado sacar el tema, sin éxito, y ahora me lo decías de la peor manera, en el peor momento.

Yo: Las llamadas eran a mi abuelo y a mi tío… (Nada de lo que estaba diciendo tenía sentido, tú no sabías que había tomado el coche sin permiso, que necesitaba dinero). En serio, Hannah. En serio, no es mi novia.

Tú: ¿Es una amiga? ¿Como yo?

Yo: No, no. Nos besamos una vez, hace mil años.

¿¿¿¿¿Por qué dije eso????? Me miraste y luego no, una expresión de tristeza en tus ojos. Era un estúpido. Arregla esto, me repetía. No sabía cómo. Entre más insistiera menos me ibas a creer, más parecería que era mentira. Empezaste a caminar más rápido y yo siguiéndote, tratando de encontrar cómo explicarme. Te detuviste, de espaldas dijiste:

Tú: Necesito estar sola, Enrjike. (Te volviste hacia mí, tus pupilas brillaban). Por favor, déjame ir.

Sentí un nudo en la garganta. Lo último, último, último que quiero en el mundo es lastimarte, pensé. Te vi alejarte hasta que diste vuelta y te perdí de vista. Me recargué en la pared, me tallé la cara con furia, saqué el teléfono, quería estrellarlo en el piso. En vez de eso le quité las notificaciones a whatsapp, abrí la conversación con Érika: "Escribiste exactamente en el momento equivocado, en exactamente el lugar incorrecto. Me acabas de meter en un pedo". Lo guardé en el bolsillo y caminé sintiéndome una verdadera caca hacia la posada.

11

Había pasado más de una hora y tú no volvías, ya me estaba empezando a preocupar. Te escribí un mensaje y nada…, tenías los datos apagados: una palomita gris. Salí, bajé, tomé la peatonal y casi llegando a la plaza te encontré mirando un escaparate de artesanía comiendo un algodón de azúcar. La calle estaba con menos gente que hacía unas horas, pero continuaba estando transitada. Me acerqué y me paré junto a ti, me miraste de reojo para comprobar que era yo. No saludaste, ni sonreíste. Metí la mano al bolsillo, la abrí ofreciéndote un audífono. Lo colocaste en tu oído izquierdo, mientras yo me colocaba el otro. *Play.*

Enseguida supiste qué canción era. Subiste tus ojos a los míos.

I wanna be your vacuum cleaner
Breathing in your dust…

Moví los labios coincidiendo con la voz de tu cantante. Mi *lip-sync* logró que tu expresión se tornara un poco menos seria.

I wanna be your Ford Cortina
I will never rust…

Me ofreciste algodón, en cambio tomé tu mano, la puse en mi hombro y te atraje hacia mí. La nube de azúcar cerca de mi rostro.

If you like your coffee hot
Let me be your coffee pot…

No sabía qué estabas pensando. Recité en voz alta:

You call the shots, babe
I just wanna be yours

¿Cómo explicarte que eres única y la única para mí? Contigo no me importa bailar a la mitad de la calle, hacer el ridículo, o que me quede pegajosa la mejilla. Recargaste tu barbilla en mi hombro y nos movimos al ritmo de la música.

Tú: ¿Por qué elegiste esta canción?

Yo: Porque quiero ser tu radiador portátil y calentarte esas manos de pingüino siempre que lo necesites… (Creo que sonreíste). También porque no la escribió Alex Turner. (Te separaste un poco y me miraste). No por apellidarme Rivera pienses que soy como Diego. Si tuviera novia te lo habría dicho. Érika es mi mejor amiga, nos llevamos tan bien que creen que andamos o anduvimos o nos gustamos, incluidos sus papás. De broma nos decimos "mi amor" y nos mandamos mensajes tontos. La realidad nunca nos hemos gustado. El beso que mencioné fue en la graduación de secundaria, hace tres años, fue experimental y nos salió pésimo. Lo peor es que pensé en ti, en el único beso que había dado antes. Nos cambiamos los dos a la misma prepa y nos hicimos muy cercanos. Es con la única que he hablado de ti o del año sabático de mi mamá; solo a mí me ha dicho que está saliendo con una chica del equipo de vóleibol. Nunca te mentiría, Hannah, y nunca serías "mi diversión de un verano".

Te separaste un poco, miraste el piso y te mordiste el labio. Luego a mí.

Tú: No sé qué estamos haciendo, *Neuling*.

Yo: Ya lo sé, Sherlock. Pero la vida es este momento, ¿no?

Tú: Voy a llorar cuando me vaya.

Yo: No serás la única.

Tú: Se me van a hinchar los ojos y me voy a ver fatal.

Yo: Eso es imposible, nunca te ves mal.

Nos besamos frente a la vitrina, con el alebrije y los pajaritos de plata mirándonos. Volvimos al cuarto unidos por un aire melancólico. Para subirte el ánimo canté *One Point Perspective* en calzones con lo que quedaba de algodón de azúcar como micrófono. Declaré que iba a postularme para gobernador e iba a formar una banda de *covers*. Después del apocalipsis te levantaste para hacer air guitar tomando el florero de plástico. Al verte mover la cabeza y la cadera perdí el hilo de la canción.

Dormimos abrazados e incómodos, hasta que el calor nos hizo buscar los extremos frescos de las sábanas. Soñé con un árbol alumbrado con focos de luciérnagas enfrascadas, por algún lado salía un sonido ensordecedor, me tapaba los oídos y aparecías vestida de Frida Kahlo con unos audífonos gigantes hechos de flores. Me tomabas de la mano y me guiabas hasta un estanque lleno de ranas, había piedras que parecían lirios y saltabas de uno al otro hasta llegar a la otra orilla. Los conté, uno, dos… cuando llegué al número trece desapareciste y desperté. Empezaba la cuenta regresiva para tu partida.

¿No crees que Diego era algo misógino?

No.

¿Por?

Porque Diego no sentía rechazo hacia las mujeres. Al contrario.

Pero… ¿no crees que era bastante macho?

¿A qué te refieres?

Que era la representación clara del machismo.

No, tampoco.

¿Por?

Nunca trató a las mujeres como si fueran inferiores, objetos, o idiotas.

Mhh… ¿Tú crees?

¿Leíste cómo describe a María Blachard?

No.

Dice que es extraordinaria, con un talento inmenso y una gran sensibilidad.

Pero con sus parejas…

¿Leíste cómo describe a Lupe o a Frida? ¿O a Angelina?

Mhh… No…

Las consideraba mujeres hermosas, talentosas e inteligentes. Aunque…

¿Qué?

Reconoce que no las supo tratar como se lo merecían. Entre más las quería, más las lastimaba.

Si las admiraba tanto, ¿por qué se portaba así?

¿Te acuerdas de cómo se siente cuando ve a su madre discutir con su nana?

Mhh… Pequeño e insignificante.

Y dice algo más…

¿Que nunca iba a poder corresponder al enorme amor que le ofrecían?

Eso. Diego era un hombre inseguro y con miedo a ser lastimado.

Pero era un artista muy exitoso, ¿por qué podría ser inseguro?

Si nunca te sientes satisfecho contigo mismo, siempre vas a sentir que tus logros no son suficientes, ¿no crees?

¿Por eso era un adicto al trabajo?

Probablemente.

Entonces, ¿qué? ¿Prefería alejarse o herir a sus parejas antes de que lo abandonaran o hirieran a él?

Sí. Supongo.

¿Seguía traumado por la muerte de su hermano, el abandono de su madre, y la súbita despedida de Antonia?

Sí, podría ser.

¿Y el continuo reproche de su madre de no ser un buen hijo lo hacía incapaz de sentir confianza en sí mismo?

Sí.

Wow. Freud estaría orgulloso de nosotros.

Ayer murió José José, el príncipe de la canción. En la noche, durante la cena, escuchamos sus canciones. En algún momento empezó *El triste*, qué precisa es y con qué sentimiento la canta. Tiene razón, así sentí cuando te fuiste, como si la golondrina emigró y los mares de las playas se fueron.

Hoy me invitaron a ver Pumas *vs.* Santos en el estadio de CU, no le voy a ninguno de los dos, pero siempre es divertido ver un partido en vivo aun cuando estás debajo del pleno sol del mediodía tatemándote el coco. Entramos por el lado Este, donde está el mural, y lo miré de cerca mientras hacíamos fila para entrar. La foto que saqué no salió muy bien, pero sabía que te gustaría recibirla. Si te soy sincero, nadie más lo estaba apreciando y me pregunté, ¿cuántos de estos fanes universitarios saben quién lo hizo?

En el medio tiempo pusieron dos canciones de José José y, eso sí, todo el estadio las cantó. No se valorará el arte plástico doméstico, pero sí el musical. Hasta se me puso la piel de gallina. El cuate junto a mí, un tipo de cabello largo y playera de Paco Palencia con el puma en el pecho terminó de cantar, miró al cielo, se dio un beso en dos dedos, subió la mano y dijo: "¡Gracias por este rolón, güey! ¡Descansa en paz, Pepe Pepe!". Luego bajó la mirada hacia el campo y vociferó una larga estela de groserías para el equipo contrario.

Tengo puesto el CD de Tributo mientras te escribo, el que escuchamos en el depa de mi tío, está muy bueno, pero nada comparado con las originales. Realmente era un crack de la canción romántica el José José.

12

"Enrjike, no fuimos a ver las momias", dijiste apurada en la carretera, como si te acabaras de enterar de que existían. El reloj marcaba las diez de la mañana, esta vez sí había despertado con las campanadas de la iglesia. Le pagamos a Berta, le entregaste el juguetito que habíamos comprado para su hijo y nos despedimos. El día estaba nublado y al llegar al estacionamiento no querían hacernos el descuento. Tuvimos que esperar a que llegara el señor que nos llevó a la posada para que lo aplicaran. Después de pagar miré mi cartera, tenía que verme creativo para que me alcanzara el efectivo para la verificación.

Yo: ¿Las momias? Hay cosas que pueden prescindir de verse antes de morir.

Tú: ¿Te dan miedo?

Cinco segundos de silencio.

Yo: No, para nada.

Tú: ¿Eso quiere decir que sí?

Yo: Es una mezcla de lástima y… escalofríos. Deberían enterrar a esa pobre gente en vez de exhibirla.

Tú: ¿Cuándo las viste?

Yo: Tenía ocho años, pasamos por aquí de ida a Aguascalientes, no sabía en dónde me metía. Son vitrinas y vitrinas formando un laberinto del que no puedes escapar hasta verlas todas. Me traumé. No te rías. Pero si quieres todavía podemos regresar y te espero afuera.

Tú: No, está bien, prefiero ver gente viva.

Yo: ¿También te dan miedo?

Tú: Es una mezcla de tristeza con escalofríos. Como a ti.

Nos detuvimos en Dolores Hidalgo, para continuar con las lecciones de historia de México. Te conté sobre el grito como representante del inicio de la independencia, la imagen magnificada del cura Hidalgo en la historia del país y le sacaste una foto a la campana que tocó para llamar a la lucha armada. (Por cierto, me enteré de que es una copia porque la original se la llevaron a Palacio Nacional). Compramos aguas de fruta y nos sentamos en una banca de la plaza a ver a la gente pasar.

Tú: ¿Cuándo aprendiste a andar en bici como un profesional?

Yo: Cuando mi mamá se fue de la casa yo no manejaba, entonces iba a todos lados en bici. Ahí empecé, pero aprendí a hacer trucos en mi verano en el extranjero.

Tú: ¿A dónde fuiste?

Yo: A Boulder, un pueblito en Estados Unidos junto a las Montañas Rocallosas, *Rocky Mountains* para los cuates bilingües. Me la pasé de lujo, pero extrañé a la familia anfitriona que me tocó en Viena.

Tú: Obvio, esa familia era la mejor. (Sonreí). ¿Con quién te alojaste?

Yo: Me asignaron con una señora rarísima, su casa era oscura, ella calva y no se separaba de la tele. Como era originalmente de Puerto Rico quería hablar en español, el problema es que lo había olvidado casi todo, entonces lo mezclaba con el inglés o se inventaba palabras, no le entendía nada, ni ella a mí. Un fiasco absoluto.

Tú: ¿No te podías cambiar de casa?

Yo: No, pero para no verla, todas las tardes me iba con un amigo colombiano a un *skatepark*. Aprendí BMX y me rompí un diente. Mira, si lo ves de cerca aún se nota un poco. (Te mostré). Y el verano pasado empecé a hacer bicicleta de montaña. ¿Ves la tienda donde nos paramos a echarle aire a las llantas?

Tú: ¿La de los chicos frente al edificio de tu tío?

Yo: Sí. Los Hermanos Crank.

Tú: Los… ¿qué?

Yo: Hay una caricatura que veía mi primo que se llama *Los Hermanos Kratt*, dos superhéroes que salvan animales con unos súper trajes. Cuando mi primo conoció a Raúl y a Jesús dijo que se parecían y como el nombre de la tienda es Pedal & Crank, quedó perfecto el apodo.

Se acercaron a ofrecernos dulces, compraste unos cacahuates japoneses que no son, ni fueron hechos, ni provienen de Japón, pero que así llamamos en México.

Yo: Ese mes trabajé aprendiendo a arreglar bicis por la mañana y los lunes me invitaban a bajar por el Ajusco o el Desierto de los Leones. Me llevaba la súper bici de mi tío.

Tú: Entonces, ¿sabes arreglar bicicletas?

Yo: Sí. Así gano algo de dinero.

Tú: ¿Me podrías enseñar?

Yo: Claro.

Tú: Es un poco caro en Inglaterra…

Yo: Te muestro lo más elemental, mi querida Watson, y te puedes llevar algunas llaves en la maleta.

Tú: Sabías que Conan Doyle…

Yo: Ya sé… Nunca escribió esa frase.

Sonreíste y pusiste tu mano en mi muslo. Baje la mía para enlazarla con la tuya. Nos quedamos un rato así, mirando el parque y a la gente sin decir nada, haciendo ruido al romper la corteza de los cacahuates, hasta que se acabaron y decidimos continuar.

Hoy hice cuentas con mi tío, le debo dos córneas y un riñón. He ido pagando, pero aún me falta. Mis papás parecen haber olvidado nuestra escapada y hablan maravillas de ti. Qué bueno, porque no cambiaría ningún minuto del verano y si volviera en el tiempo lo volvería a hacer.

Hoy revisé los precios de los vuelos y no sé cómo voy a cumplir nuestro pacto para diciembre. Me estoy explotando al máximo: soy asesor en el equipo de robótica, doy clases privadas de matemáticas a un niño de la privada y reparo bicicletas. Dos vecinos trabajan en Uber Eats y son buenos clientes. Mi tío me recomienda con sus amigos y, como es servicio a domicilio, tengo la agenda llena. Hago casi lo que sea por dinero. El otro día se le terminó la pila de litio a la arrocera japonesa de mi mamá, es tan sofisticada que no encontró lugar para repararla y le dije que yo lo hacía por una módica cantidad. Se rio y aceptó. No fue difícil quitar la pila vieja y soldar la nueva. Mi mamá se lo comentó a la vecina y la semana pasada vino a preguntarme si podía arreglar su cafetera italiana. Le expliqué que no sabía de electrodomésticos sino de circuitos, pero no la convencí. Tomé la cafetera para que me dejara en paz y me olvidé de ella por un par de días. Antes de regresársela la probé el café, salió buenísimo. Al entregársela, le dije: "Pruébela, si funciona bien, me paga; si no, pues no". Ayer me trajo el dinero, creo que solo tenía mal puesto el depósito de agua.

Espero encontrar la manera de terminar de pagar y conseguir el dinero para verte, así tenga que timar a otros vecinos o aprender a reparar electrodomésticos.

"¿Desde cuándo esto es parte de Estados Unidos?", dije después de una hora de estar en San Miguel de Allende, donde escuchábamos más inglés que español a nuestro paso. Deambulamos el resto del día por el centro, comimos tlacoyos en el mercado para evitar los sobreprecios de los locales del zócalo y en una búsqueda rápida decidimos que no era conveniente dormir ahí, no existían los hoteles baratos.

Yo: Los precios son estratosféricos.

Tú: Tienes razón. Mira (señalaste en el mapa del celular), parque Benito Juárez.

Yo: ¿Quieres dormir en una banca? No creo que sea para tanto.

Tú: Otra vez el nombre de quien quitó a Maximiliano.

Yo: Ah, sí, Don Beno es omnipresente.

Tú: Deberían darle un título nobiliario, como a los Beatles.

Yo: Sería muy irónico. Tenga señor, un título real por abolir la monarquía.

Te distrajiste con unos chales colgados al ir bajando por De Aldama. Una mujer se acercó a darnos la bienvenida, era la artista-diseñadora. Entraste a verlos de cerca, preguntándole sobre el teñido. Rápido se enfrascaron en una conversación de técnicas japonesas, textiles y moda. Te encantó una de sus piezas, pero el precio era algo elevado, aunque no tanto como lo que habíamos visto alrededor de la iglesia. Te preguntó qué estudiabas, respondiste que joyería y le enseñaste fotos de tus piezas. Le caíste tan bien que te hizo un súper descuento para que te llevaras la pieza que te había gustado. Ya en el parque me explicaste qué era el *shibori* aunque yo escuché *shinobi*. Anduve confundido un rato tratando de entender qué tenían que ver los ninjas con telas pintadas, al fin aclaré la situación y te reíste de mí.

Empezaba a bajar el sol cuando salimos de San Miguel, pasamos la desviación a Querétaro cuando anochecía y llegamos a Bernal a oscuras. Encontramos una posada en La Quinta, donde habían extendido la casa principal y rentaban los cuartos construidos en un patio aparte. La familia, por seguridad, no recibía a nadie sin reservación previa, supongo que nos vieron decentes y desesperados, aceptaron alojarnos. Había un estacionamiento a la vuelta y la habitación tenía baño privado con agua caliente.

Estábamos cansados, sin ganas de seguir caminando y queriendo estar solos en nuestra última noche antes de regresar a México. Compré comida chatarra en la tiendita de junto y nos encerramos para escondernos de la luna, las estrellas y el enorme monolito invisible en la oscuridad.

▲ CURSITRIPOLIGONAMORÍOS ♥

¿A quién crees que quiero más que a ti?
A Nadie
¿Y quién te quiere más que yo?
Nadie
¿Y tú? ¿Me quieres?
Yo te quiero más que a Nadie.
Nos hemos enredado en un triángulo
amoroso.

                                                 Sí.

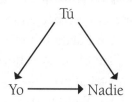

14

"Feliz cumpleaños", fue lo primero que escuchaste al despertar. Había comprado gansitos y leche la noche anterior, como no conseguí velitas pedí a la familia un encendedor e improvisé una con tus taquitos artesanales hechos de papelitos de Trident. Te tallaste los ojos y sonreíste. Canté *Las Mañanitas*, te quitaste el cabello de la cara, pediste un deseo en silencio y soplaste. Nos besamos, dejando olvidado al pobre pastel de relleno cremoso y fresa repitiendo en silencio: "¡Recuérdenme!".

Desayunamos en la cama escuchando música y por primera vez haciendo planes para reencontrarnos.

Yo: Puedo ir a visitarte a la universidad.

Tú: El clima es horrible. En invierno llueve, hace frío y no cae nieve.

Yo: Podríamos vernos en Viena e ir a los mercados navideños.

Tú: Mejor encontrémonos a la mitad.

Tomé el teléfono y abrí el mapa.

Yo: La ciudad de St. John's en la isla de Newfoundland, Canadá, queda más o menos a 5,000 kilómetros de México y de Austria.

Miramos las fotos de un pueblito pintoresco a la orilla del mar. Debía de ser muy pequeño y aburrido, la imagen más repetida era la de un faro sobre rocas, y en invierno aparecían las calles, los coches y las banquetas enterrados en nieve.

Tú: *Es ist am schlimmsten!* ¡Está peor!

Yo: Ahí sí cae nieve.

Tú: *Zu viel.* Demasiada, Enrjike.

Yo: A menos que nos encontremos a la mitad del Atlántico…

Tú: Se me ocurre Nueva York. ¿Conoces?

Yo: No.

Tú: Yo tampoco. No está exactamente a la mitad, pero hay vuelos directos de las dos ciudades. Podríamos ver el cuadro de Adele Bloch-Bauer de Gustav y visitar el MoMa, tiene varios Riveras y Kahlos.

Yo: ¿No te importa que haga frío?

Tú: No. Podemos patinar en Central Park.

Yo: Uy, voy a manchar mi imagen. Soy malísimo.

Tú: Te enseño.

Accedí y continuamos imaginando el futuro a unos meses de distancia. Lo más agradable de hacer planes es su perfección, en la imaginación proyectada nunca llueve, hace mal clima o existen largas filas para entrar a los lugares. Saldamos la promesa entrelazando los dedos meñiques, tu lunar imprimiendo un círculo imperfecto en el mío; y con un beso holgado, tu silueta recubriendo mi piel.

Al salir de la habitación la Piedra de Bernal nos deslumbró con su magnificencia. Ninguno de los dos imaginó que fuera así de grande, incluso a través de los cables de luz y la neblina se veía impresionante. El señor de la posada nos recomendó ponernos pantalones porque los arbustos rasguñaban y nos contó varias historias de ovnis y extraterrestres. Antes de salir, llenamos los termos de agua y en el camino, las mochilas de botanas.

Cuando llegamos a la piedra, el cielo se había despejado y el sol caía tiranamente sobre nosotros. No hablamos mucho al ascender, debíamos ir uno detrás del otro para dar espacio a quienes descendían. Llegamos arriba sudados, sedientos y con los tenis sucios. Nos sentamos en una piedra para recuperarnos y apreciar la vista. Un grupo de chavos llegó con un enorme *boom box* a la cima, las bocinas vociferaban una canción de Pitbull. Nos volteamos a ver, con la mirada nos preguntamos cuál era el propósito de aquello.

Yo: Esa música espanta hasta a los marcianos.

Reímos. Por suerte continuaron subiendo por un camino no trazado y la música desapareció en la lejanía.

Bebimos agua, cerramos los ojos para concentrarnos en sentir la energía del monolito entrar a nuestros cuerpos… nada. Al guardar el termo en la mochila, saqué tu regalo. La cajita estaba dentro de una pequeña bolsa de papel, me miraste sorprendida, creo que algo nerviosa también.

Yo: No te preocupes, no es un anillo.

Reíste. Al ver la tarjeta de la tienda del Museo de Antropología, preguntaste:

Tú: ¿Cuándo lo compraste?

Yo: Mientras fuiste al baño.

Tú: Había una fila enorme.

Yo: Por suerte, porque se tardaron años en atenderme, pensé que lo ibas a descubrir.

Abriste la caja despacio, como alargando la sorpresa. Entonces apareció la pulsera con cuentas de barro negro y detalles en plata.

Tú: ¡Enrjike! Es preciosa…

Yo: ¿Te gusta?

Interrogación retórica e inútil, pero me encantó escucharte decir:

Tú: ¡Me encanta!

Yo: Espero que tenga un efecto positivo en tu psicología, Hannah.

Te abalanzaste a darme un abrazo y casi me caigo de la piedra.

Quisiera hacer todo para verte siempre contenta. Quisiera siempre estar cerca para verte contenta.

Ayer cené un lugar que recomendaron mis amigos y hoy me estoy muriendo. No voy a entrar en detalles, solo te digo que estoy peor que tú en Tula. Fue karma, esa vez no debí escatimar en el precio de la comida o tomar la desviación hacia la zona arqueológica cuando dijiste que te dolía un poco la panza. Gracias a que apareció ese Oxxo a la mitad de la nada como un oasis, no ocurrió una fatalidad. Ni siquiera me estacioné, solo detuve el coche frente a la puerta de entrada. Te bajaste corriendo y volviste a los treinta segundos con cara de desesperación.

Tú: Dijeron que no.

Yo: ¿Por?

Tú: No lo sé, Enrjike. Vamos a buscar otro lugar.

Yo: No creo que encontremos otro baño, no hay Sanborns por estos rumbos. Espérame aquí.

En otras circunstancias te hubiera molestado mi "voluntad de salvador", pero tú misma dijiste que la necesidad mata al feminismo. Algo que se me quedó muy grabado de los meses en Viena, es el gusto de los austriacos por responder con un no aun antes de escuchar el final de la pregunta. Es un arco reflejo. En México, en cambio, la flexibilidad es uno de nuestros talentos innatos, para bien… y para mal.

Entré al local, en una ojeada vi que estaba más desolado que la Ciudad de México en Semana Santa, me acerqué al mostrador. Un chico, como de mi edad, estaba jugando Candy Crush en su teléfono. Este hombre está más aburrido que una ostra, pensé, ni siquiera bajó un buen juego. Le pregunté si tenían baño: "Es para empleados", respondió sin dejar de ver la pantalla.

Yo: Oye… (Me incliné hacia él, necesitaba su atención). ¿Te puedo contar algo? (Subió los ojos y bajó el teléfono. Le inspiré curiosidad). ¿Viste a la chica que entró hace rato? (Asintió dudoso, creo que ni siquiera te vio por estar jugando). Pues… fíjate que metí la pata. (Frunció las cejas). Venimos de Bernal, después de una mañana perfecta, subimos a la piedra, el día soleado, las nubes blancas… Increíble todo. (Se me quedó viendo tratando de adivinar a dónde iba con mi historia). Cuando bajamos, la convencí de comernos unos tacos que no se veían tan mal, pero… esa salsa… la grasa… fue la venganza de Moctezuma. (Soltó una risita). Es que vino a visitarme y… le falta la fauna estomacal que nosotros tenemos en la panza… Para colmo es su cumpleaños y ni modo de pedirle que vaya detrás de la milpa. Tú me entiendes, ¿no? No seas gacho, ¿la dejas usar el baño?

Me miró tres segundos tratando de adivinar si el cuento era cierto o no. Miró hacia el carro, estabas recargada abrazándote la panza, luego a mí. Caminó para salir del mostrador, sonriendo y quitándose las llaves colgadas al cuello. Salí corriendo a llamarte. Llegaste cuando abría la puerta del baño, era lo más entretenido que le había pasado en meses trabajando ahí.

En agradecimiento, compré varios Gatorades y más chicles, le recomendé otros juegos para que diversificara su diversión en el celular. Te vi salir, pensando que ya nos íbamos, por eso me encaminé a la puerta, entonces dijiste en alemán: "Necesito cerillos o la siguiente persona que entre a ese baño morirá". Me detuve en seco, riéndome de lo que acababas de decir, convencido de que ese valemadrismo es una de las cosas que más me atrae de ti.

16

Después de volver a la Ciudad de México los días se sucedieron con demasiada rapidez. Habíamos salido un lunes por la mañana y regresábamos un jueves al atardecer, pasamos a verificar el coche de mi abuelo y al pagar mi cartera quedó vacía. El viaje me había expuesto a una libertad a la que quería aferrarme. La idea de regresar a las rutinas de familia me provocaba gastritis. La interacción con mis papás se había vuelto extraña. Aunque asumieron que no tenía mucho caso pelear contra lo inevitable y habían dejado de estar serios conmigo, no sabían cómo manejar el encontrarte en mi habitación usando uno de mis pantalones de piyamas, o verte entrar al baño para terminar de arreglarte mientras yo estaba en la regadera. Disimularon frente a ti, vaya que lo hicieron, pero en el fondo no les gustaba ni tantito que hubiera impuesto esa situación. Aunque te dije que él lo había ofrecido, fui yo quien le escribió a mi tío para preguntarle si podíamos quedarnos en su departamento mientras salía de viaje, pero eso sucedería hasta el lunes. De una u otra forma tenía que inventarme algo, lo mejor era huir de ahí, lo cual no es fácil cuando uno se ha quedado sin dinero.

17

Con la excusa creíble de dejarle el coche a mi abuelo y de manejar el viernes que hay menos tráfico en la carretera, nos fuimos a Cuernavaca a media mañana donde nos recibieron felices con la alberca descubierta. Mi abuelo me pidió que lo acompañara a preparar las bebidas. Detrás de la barra me dijo que ni creyera que iba a poder llevarme su coche cuando quisiera, lo dijo en ese tono en el que es difícil saber si era en serio o en broma. Luego me contó que el jardinero no había podido ir en una semana, mi castigo era podar el pasto.

Me quité la playera para, según yo, verme sexy haciendo un trabajo duro bajo la inclemencia del sol morelense, tan arduo como puede ser empujar una podadora de gasolina. Decisión que trajo un resultado contraproducente, porque en la noche me ardían los hombros, sintiéndome como un vil metrosexual que no puede hacer nada sin su bloqueador solar.

Mi abuela se acercó a ti para preguntarte si querías dormir conmigo o sola, y yo la miré un poco ofendido, ¿creía que te estaba forzando? Tú le agradeciste su preocupación y respondiste muy amable que preferías compartir la habitación con su nieto. Entonces nos avisó que en la tarde irían al cine y el sábado tenían la fiesta de aniversario de sus compadres. Nos invitaron, pero declinamos, ¿para qué salir de una casa vacía, en un clima perfecto, con una alberca para nosotros solos y con un refrigerador lleno? Ni siquiera nos acordamos de visitar el estudio de Siqueiros.

Mientras podaba te vi leyendo. Cuando terminé guardé la podadora, me aventé a la alberca para cruzarla nadando, y cuando fui por la toalla vi que el separador estaba fuera del libro.

Yo: ¿Lo terminaste?

Tú: Sí.

Mirabas más allá del agua, hacia el jardín. Tomé la toalla y me sequé. Un colibrí llegó a beber el polen de una flor.

Tú: Nunca había visto a un... *Kolibri*?

Yo: Se dice igual en español, pero se escribe con *c*: colibrí.

Tu mente estaba lejos. Me senté a los pies del camastro, parpadeaste un par de veces y te inclinaste a recoger el libro.

Tú: Estoy segura de que Diego quería mucho a Frida.

Yo: ¿Después de todo lo que hizo?

Tú: Sí.

Yo: ¿No estarás buscando una historia romántica donde no la hubo?

Tú: Tienes que verlo desde sus ojos. El gran amor de Diego era la pintura, ¿cierto?

Yo: Pues sí. Es a lo único que le fue fiel.

Tú: Y Diego retrató a mujeres indígenas por el amor que sentía hacia su nana Antonia, ¿cierto?

Yo: Suponemos.

Tú: Si solo nos basamos en sus pinturas, ¿adivina a quién retrato más que a nadie?

Yo: ¿A Emiliano Zapata?

Supongo que no te esperabas semejante tontería y soltaste una carcajada. Me aventaste la toalla en la cara.

Tú: ¡A Frida!

Yo: ¿Quieres decir que era algo como Klimt y los vestidos diseñados por Emilie?

Tú: Una buena forma de inmortalizarla es haberla plasmado en lo que más amaba, sus murales.

Me quedé pensando en eso último…

No quisiera escribir sobre nadie que no fueras tú, pero jamás serías menos importante que mi trabajo. Eso, tenlo por seguro.

18

Cuando llegamos a casa de mis papás la encontramos vacía y aprovechamos para lavar ropa. Al volver de Guanajuato noté que el cesto de mi cuarto estaba desbordado, nadie la había sacado, la cama también estaba deshecha, nadie había entrado a mi habitación. Seguramente mi mamá le dijo a Lupita que la dejara tal y como estaba. "Si quieres libertades de adulto, también te corresponden las responsabilidades", suele repetirme. Al fin entendía su punto, si no quería estar pidiendo permiso o rindiendo cuentas, tampoco tenía por qué esperar que me resolvieran lo que podía resolver yo.

Fue una gran idea tu sugerencia de preparar la cena y esperarlos con la mesa puesta, la ensalada lista, el pan, la salsa para el espagueti. Creo que en ese momento me perdonaron. Parecía que hubieras sabido que estaban enojados conmigo y necesitaba una manera de hacerlos comprender lo obvio: iba a hacer todo por estar contigo durante el tiempo que te quedaba en México.

Regresaron del cine de muy buen humor y la conversación en la mesa fluyó especialmente bien. Nos preguntaron sobre el viaje a Guanajuato y les contamos nuestras impresiones de la ciudad, la Casa de Diego, las callejoneadas, el funicular, omitiendo aquello que no se comparte, en especial con tus propios padres. Mi mamá me preguntó de Cuernavaca, no había mucho que decir sobre los días de sol, alberca y siestas deliciosas. Tampoco dije nada sobre lo fantástico que fue no tener que gastar ni un centavo o que mis abuelos me hubieran dado un sobre al despedirnos: "¡Es tu regalo de cumpleaños adelantado!", exclamó mi abuela abriendo los brazos. Cuando me asomé, vi que era suficiente para ayudarme a sobrevivir la última semana de tu estancia en México: "Cuidaste muy bien el coche, Enrique", remató mi abuelo con una sonrisa. Los abracé y les di las gracias.

Le escribí a mi tío para decirle que llegábamos a su departamento al día siguiente, a lo que respondió con su bombardeo de frases una tras otra. Ping, ping, ping, ping, ping, ping. Es incapaz de escribir de corrido.

> Tío   hace 1 min
> Van a limpiar lunes, miércoles y viernes.
>
> Tío   hace 1 min
> No vayas a asustar a doña Silvana saliendo en pelotas.
>
> Tío   hace 1 min
> Nadie quiere ver tus miserias.
>
> Tío   hace 1 min
> Mi coche no sale del garaje, no se te vaya a ocurrir secuestrarlo.
>
> Tío   ahora
> Pueden usar las bicis, los candados están en la bodega.
>
> Tío   ahora
> ¡NO TE COMAS MI CHOCOLATE DE AVELLANAS!

Sonreí después de leer su metralleta de mensajes.

Al terminar la cena, les pregunté (o anuncié) a mis papás que nos iríamos unos días más al departamento de mi tío. Ni siquiera hizo falta inventar una excusa, antes de continuar respondieron con un OK sin siquiera mirarme. Había imaginado que me iban a decir que no o me caería una lluvia de admoniciones, pero no, nada. Me quedé medio pasmado esperando algo más, en eso sonó mi teléfono: "¿Dónde has andado, güey?", escuché del otro lado del auricular. Era Francisco, me había escrito casi diario la última semana, al no responderle se atrevió a llamar.

Fco: ¿Dónde está mi consola?

Me había pedido que la arreglara al inicio del verano y había quedado de llevársela.

Yo: Te la doy la próxima semana.

Fco: La necesito. Tráemela a mi casa, ¿no?

Yo: No puedo.

Fco: Ah… ¿Sigue aquí la austriaca?

Silencio. Sabía a dónde quería dirigir la conversación.

Yo: Puedes sobrevivir unos días más.

Fco: Has andado muy ocupado, ¿no? ¿A poco se te hizo con la güerita?

Me quedé callado. Me estaba cagando, pero si le respondía iba a ser peor.

Yo: Se llama Hannah.

Fco: Seguro no se te ha hecho. ¿Al menos la besaste? O, ¿ni eso?

Yo: Me tengo que ir.

Fco: ¡No te enojes! Es broma. Ándale, pasa mañana y te doy tu dinero.

Diablos, el dinero. No me vendría mal recogerlo.

Yo: Ok. Paso rápido a dejártela.

Fco: Te invito a la alberca, pero tráete a la Hannah, ¿no?

Yo: No es un perro.

Francisco se rio.

Fco: Qué sensible, pareces niña, ¿estás en tus días, Enrique?

Para no entrar en su juego, me despedí y colgué.

Me acordé de las palabras de Érika, siempre ha tenido una pésima opinión de Francisco. En su muy peculiar forma de hablar, suele repetir que el padre es un hominicaco que se ha enriquecido ilícitamente y mi amigo es un aciago que se siente una deidad griega, nadie le ha dicho que solo le rezan los paparulos.

Traducción = Su padre es un tranza corrupto, Francisco un infeliz y solo lo idolatran los imbéciles.

Lo peor de todo es que Francisco tiene pegue y al papá lo invitaron hace un año a tomar un cargo público.

19

"¿Te puedo acompañar?", preguntaste cuando te avisé que iría a dejarle la consola a Francisco. Mi mamá iba a trabajar desde casa y me ofreció el carro, la miré extrañado, no pensaba que me lo iba a volver a prestar en lo que restaba del año. Cuando me viste con las llaves en la mano, sugeriste pasar al mercado de regreso, querías comprar mole, Tajín y otras cosas para llevarte en la maleta.

Yo: Voy a dejar la consola y regreso por ti, ¿te parece?

Tú: No tiene caso que des la vuelta. Te acompaño.

Yo: Es un plan de flojera.

Tú: ¿Por qué? Me la paso bien contigo.

Yo: En serio, no tienes que venir si no quieres.

Tú: ¿Escuchamos música en el coche?

No quise insistir, iba a parecer sospechoso y es difícil negarse con esos argumentos.

Llegamos a la casona del Pedregal a media mañana, no me estacioné, solo avisé que estaba afuera. Le había dicho a Francisco que saliera para entregársela, recibir el dinero e irnos. Se asomó por la puerta peatonal, cuando te vio se regresó a abrir la eléctrica del garaje. Entonces lo vimos de cuerpo entero con su ropa deportiva de marca y peinado con demasiado gel para suponer que había hecho o haría ejercicio. Hizo seña de que metiera el coche, le respondí con otra seña de no. Caminó hacia nosotros, se recargó en el borde de la ventana, apestaba a loción, nos saludó y dijo: "¿Por qué la prisa? ¡Pasen! Acababa de pedir que me prepararan unos chilaquiles para almorzar. ¿Trajeron su traje de baño?". Negamos con la cabeza y por su incómoda insistencia terminamos entrando y bajándonos del coche.

Aquel día, antes de ir a Xochimilco, apenas habíamos entrado al jardín, esta vez mi amigo se cercioró de que conocieras la casa entera, presumiéndola como si tuviera crédito alguno en su construcción. Buscaba apantallarte al enseñarte el billar, descubriendo la Ducatti y pasando frente a sus trofeos de tenis. Tenías más curiosidad que interés, y fue hasta que entramos al cuarto de estar donde mostraste genuina sorpresa.

Tú: *Ist das eine Les Paul?!*

Dijiste acercándote a la guitarra colgada en la pared. Caminó detrás de ti a descolgarla.

Fco: ¿Te gusta?

Te estaba coqueteando, mucho más que en Xochimilco. Me dieron ganas de darle un puñetazo en la boca. Respiré, tenía razón mi tío, no tenía que mostrarme inseguro. Tú venías conmigo, no venías a verlo a él. Giraste hacia mí con la guitarra en las manos.

Tú: Es como la que usa Alex Turner.

Fco: ¿Quién?

Yo: El cantante de los Arctic Monkeys.

Tengo que hacer una confesión: si esto hubiera sucedido durante el primer fin de semana de tu estancia en México, me hubiera estado retorciendo como gusano con sal de verlo tan cerca de ti, sacando todos sus trucos. Le encanta a mi amigo saber que les gusta a las chavas aunque a él no le interesen, siempre quiere ser el centro de atención. Aquel día en la chinampa compitió para demostrar que yo seré más inteligente, pero él es más atractivo y mitad francés. Pero ahora, en su casa, había dejado de competir, como si asumiera que yo había perdido mi oportunidad y él tenía el camino libre. Lo miré peinarse el cabello con los dedos, ladear la cabeza al mirarte, la risa practicada frente al espejo, todo lo que parece funcionarle. Tú te comportabas como si no lo notaras, le hiciste algunas preguntas sobre la guitarra y cuando te respondió entornaste los ojos de una forma muy peculiar que había visto antes. Luego notaste algo recargado en un rincón.

Tú: ¿También tienes una electroacústica?

Francisco sonrió orgullosísimo de esos dos regalos recibidos en años consecutivos y me acordé de lo enojado que estaba cuando su papá se los envió con el chofer porque no pasó Navidad con ellos. Se acercó al otro instrumento y te lo mostró como si él lo hubiera tallado.

Tú: ¿Me enseñas cómo tocas?

Te miró como si hubiera escuchado una música celestial. Perfecto momento para lucirse. Se colgó la guitarra, la conectó y empezó a tocar el inicio de *Come as you are*.

Tú: Ah, Nirvana.

Fco (con tono de incredulidad): ¡¿Los conoces?!

Uf, pensé, ya la cagaste, Francisco, no sabes con quién hablas. Lo miraste a los ojos sonriendo, noté que él se puso algo nervioso, asentiste con la cabeza.

Tú: No es una canción muy difícil.

Fco: No me digas que también tocas, Hannah.

Volviste a mirarlo, esta vez te mordiste el labio, aguantándote la risa.

Tú: Un poco.

Fco: ¡¿En serio?!

Tú: ¿Quieres tocar juntos?

Cara de éxtasis de Francisco. Te miró, luego a mí por un microsegundo, le encantaba la idea de dejarme fuera.

Fco: ¡Claro!

Mientras conectaba los instrumentos volteaste hacia mí, traías la Les Paul, levantaste las cejas con las manos en la cintura, como presumiendo la guitarra. Con los labios dijiste en silencio: *Für dich*. ¿Para mí...? Pobre Francisco, pensé, al no vernos abrazados o agarrados de la mano y al no haber presumido nada por teléfono, él supuso que éramos los mismos de tus primeros días en México, donde aseguraba que eras inalcanzable para mí.

Tú: ¿Tienes micrófono?

Fco: ¡¿También cantas?!

Mi amigo te miró con los ojos en forma de corazón. Me aguanté la risa.

Tú: *Ein bisschen.* Un poco.

Sacó una base y un micrófono mientras yo me preguntaba por qué tenía tanto equipo si ni tocaba tan bien. Luego caminaste hasta él, no podía escuchar lo que decían porque hablaban en voz baja uno frente al otro. Me senté en uno de los reposets de piel, me dabas la espalda, adivinaba que se ponían de acuerdo en los acordes y buscaron en el celular la tablatura.

Tú: ¿Podemos usar ese pandero? Enrjike, ¿nos acompañas con la percusión?

Asentí. Mientras lo tomabas de un estante, Francisco se acercó hacia mí y dijo en voz baja.

Fco: ¡¿Sabías que le gusta el rock?!

Asentí con la cabeza y me aguanté las ganas de darle una lista de las otras mil cosas que sabes. Me entregaste el pandero. Estábamos listos.

Tú (acercándote al micrófono): *Seid ihr bereit?!* ¡¿Están listos?! (Gritaste en tu papel de vocalista de una banda). *Eins, zwei, drei...*

Uno, dos tres: *play* a la pista y empezaste a tocar el *riff* pegajoso del inicio. Volteaste la cabeza para hacerme una señal de entrar, luego a Francisco. Se escuchaba bien, bastante bien. Te acercaste al micrófono: *Darlin' tell me something I don't know*. La voz la hiciste un poco rasposa. *Be my baby, be my GTO*. Te volteé a ver de inmediato: ¿Qué? ¿GTO? ¿Te referías a un tristor *Gate Turn-Off*? *Stop*.

Se te atoró la plumilla y salió volando, te dio un ataque de risa. Te agachabas por ella cuando sonó un celular, el de Francisco. "Es Adrián", anunció. Lo escuchamos hablar del viaje a su casa de Acapulco, de otras cosas sin importancia, pero antes de colgar dijo: "Sí. Estoy aquí con Enrique y Hannah". Volteó a verte: "Sí, aquí sigue". Risa. Me miró, de nuevo a ti. Sonrisa: "Noooo. Se la peló". Risa. Empecé a sentir la cabeza caliente. Tú lo miraste, luego a mí. Colgó.

Fco: Listo. ¿Otra vez?

Uno, dos, tres… volvimos a comenzar siguiendo el *riff*. Francisco se acercó a ti, coqueteando con la guitarra. Diste dos pasos hacia el micrófono y empezaste a cantar. Escuché bien, sí dijiste GTO y la canción hablaba de semiconductores. Me miraste antes de cantar: *Call me something no one else calls me*. Francisco hacía todo para que le hicieras caso, tú me sonreíste con malicia: *Tell me something I don't already know...* Continuaste cantando en inglés: Dime algo que no sepa. Cómo le haces para que tus besos me llenen de electricidad. No me dejabas de mirar y yo a ti. Hasta ese momento mi amigo empezó a darse cuenta de lo que estaba pasando, enseguida volteó a verme, incrédulo hasta el último pelo. Y sin ningún remordimiento lo desaparecimos de nuestro mundo, aunque estábamos en su casa.

Empezaste a coquetearme: *Be my midnight. Be my ebb and flow*. Y yo sonreía mientras pandereaba bailando para ti, sin poder creer que existiera una rola tan sexy y *ad hoc* para un nerd de la electrónica como yo, mi estima hacia tu querido Alex Turner subió varios niveles más. ¡Qué bárbara!, pensaba, ¡qué acertada elección de canción! Meses antes hubiera disfrutado reírme de Francisco en su cara, pero tú no eres el trofeo de nadie, y menos de una competencia estúpida arrastrada por dos adolescentes durante tres años de prepa.

Cuando llegamos al solo te separaste del micrófono, con el cuerpo inclinado un poco hacia atrás, movías la cabeza y el cuerpo mientras yo saltaba con el pandero en la mano como enajenado y Francisco nos miraba como del otro lado de un cristal. Coqueteábamos bailando y tocando el uno con el otro, o el uno para el otro. Cantaste la última estrofa, hiciste el *riff* y cuando terminó nos besamos. Mi amigo era una caricatura de ojos cuadrados en blanco, boca abierta, gotita azul en la frente, sangre saliendo de la nariz.

Después de eso todo fluyó como si las paredes tuvieran mantequilla, Francisco parecía haberse apagado y no quiso convivir mucho más con nosotros dos. Salimos de ahí con el dinero en la cartera y el estómago vacío. Pasamos a comprar mucho más de lo que habías planeado, mientras repetías que no sabías cómo ibas a meter todo eso en la maleta. Al llegar a casa dejaste las cosas sobre la mesa y dijiste: "Francisco no nos dio chilaquiles". Me reí sin dejar de verte mientras sacabas las compras una por una. Y pensé:

Eres la mejor, Hannah. Al menos para mí.

20

"¿Vamos a ver la pintura del Rockefeller Center sin ir a Nueva York? ¿No se supone que la destruyeron?", pregunté mientras asegurábamos las bicicletas frente a Bellas Artes.

Tú: Sí, pero está aquí. Es una gran historia.

El mural para el edificio en Nueva York se lo ofrecieron a Picasso, quien lo rechazó rotundamente sin explicaciones. Después a Matisse, quien declinó amablemente argumentando que no era su estilo. Como Rockefeller quería a un pintor famoso, se lo ofrecieron a Diego, pero pidiéndole bocetos antes y sin ocultarle el hecho de que había sido su tercera opción. Les dijo que no.

Seguramente, el millonetas Rockefeller no estaba acostumbrado a que le dieran negativas, y menos tres veces seguidas. Entonces se acercó a negociar directamente con Rivera. Calculamos que la suma que acuerdan era bastante alta, casi el doble de lo que recibe para El Palacio de Cortés en Cuernavaca. Una vez de acuerdo, empiezan a hablar del estilo del mural. El arquitecto insistía en que fuera monocromático y en bastidores; Diego les dice que hará un fresco a color. No les queda de otra más que aceptar sus condiciones y firman un contrato otorgándole total libertad artística, el título de la obra sería: *Hombre en el cruce de caminos mirando con esperanza y alta visión la elección de un nuevo y mejor futuro.* Bien breve.

Diego se pone a trabajar y Rockefeller recibe continuamente fotografías del mural, sin ir a verlo personalmente. Un día llega un periodista a entrevistar a Diego y publican una nota en el periódico destacando la figura de

Lenin como símbolo de unidad. De un día para el otro el millonetas condena el tono comunista de la obra, mientras Rivera argumenta que él conocía sus opiniones políticas desde antes y había aprobado los bocetos previos.

Tú: *Der Zeit ihre Kunst, Der Kunst ihre Freiheit*, ¿te acuerdas?

Yo: ¡Por supuesto! "A cada época su arte y al arte su libertad", es la frase de la Secesión.

Enseñaste tu diente hermosamente chueco, tus ojos parecían decir: "Por eso me gustas". Me provocaste una sensación de absoluto bienestar.

Tú: Es irónico que la llamen *The Land of Freedom*... Es en "la tierra de la libertad" donde lo censuran.

Yo: No era el más listo el señor del queso...

Tú: ¿Queso...? ¡Es Rockefeller! No es Roquefort, Enrjike.

Yo: Ah, entonces es el de los ostiones. Pues el *mister* no era tan bueno para las inversiones, si hubiera proyectado la revalorización del arte de Rivera y su tasa de retorno no lo hubiera borrado, ese mural valdría millones ahora.

Tú: Va más allá del valor monetario. Diego, en una entrevista, argumenta que ninguna persona, por millonaria que sea, tiene el derecho de destruir una obra de arte que le pertenece a la humanidad. Toma como ejemplo la Capilla Sixtina, nadie tiene el derecho de borrarla por intereses personales.

Yo: ¿Mi tocayo se compara con Miguel Ángel?

Tú: Sí.

Yo: Wow. Él mismo lo describe como el gigante de gigantes, el pintor de los pintores, el dios del muralismo.

Está como los Beatles, autoproclamándose más famosos que Jesús.

Tú: ¡Es cierto! Destruyeron su mural y a ellos les quemaron discos, pero ambos siguen siendo célebres.

Yo: Aunque Frida le gana a Diego.

Tú: Después de que muere. Mientras vivía, ella no fue tan famosa. Es más, no pudo mantenerse con su pintura, Diego siempre le ayudó cubriendo sus gastos, aun cuando estuvieron separados.

Yo: ¿En serio?

Tú: Sí, cuando sus padres estaban a punto de perder la Casa Azul, él pagó la hipoteca y la puso a nombre de Frida. También pagó sus tratamientos médicos y, si ella se lo pedía, ayudaba a su familia. Mientras Frida estuvo muy enferma, él hizo varios retratos de caballete para pagar a los doctores.

Yo: Wow...

Tú: Y ahora los Frida Kahlo rompen récords en las subastas.

Yo: Entiendo por qué era difícil vender sus obras.

Tú: ¿Por ser mujer?

Yo: Seguro también, pero estaba pensando que sus pinturas son tan personales que no cualquiera querría una en su sala.

Tú: ¿Eso crees?

Yo: Imagínate levantarte por la mañana todo contento, ir por un cereal, sentarte en la mesa y de pronto te encuentras a Frida mirándote con ojos de tristeza y cuerpo de venadito ensangrentado lleno de flechas. Depresión inmediata. ¿Quién quiere empezar el día así?

Tú: Se te ocurren cosas muy extrañas, Enrjike.

Lo dijiste riendo y quise pensar que estabas de acuerdo conmigo.

Yo: Opino que sus cuadros son de museo… la mayoría, al menos. No le estoy quitando mérito. Al contrario. Hasta Klimt defiende la importancia del arte decorativo y tenía razón. Tú misma acabas de decir que Diego pinta retratos para ganar dinero. Frida pintaba para ella, para expresar cómo se sentía. Está muy bien, pero un cuadro cumple varias funciones, los de Kahlo no "decoran", son demasiado elevados para eso.

Me miraste haciendo una mueca mientras te metías un chicle a la boca.

Yo: Siempre pensé que Frida había sido mucho más afamada.

Tú: No. Diego era una estrella de rock.

Yo: ¿Con tatuajes y todo?

Tú: Con aretes y chamarra de piel.

Yo: El Elvis Presley de la pintura.

Tú: En sus años gordos, claro. Tengo la impresión de que a Diego le daría mucho gusto ver en lo que se ha convertido Frida.

Yo: Aunque está un poco fuera de control, ¿no crees? Igual que los cuadros de Klimt, está hasta en el papel de baño, y la han vuelto una caricatura.

Tú: Es preferible una caricatura que un dibujo sin carácter.

Yo: ¿Es un término de psicología?

Tú: Es una frase de Diego.

Yo: Estoy de acuerdo con él.

Nos acercamos a la taquilla de Bellas Artes a comprar una entrada; la mía, como estudiante mexicano, fue gratis. Me cayó de nuevo mal la distinción entre nacionales y extranjeros, por eso te insistí en pagar la mitad. Enseñamos el boleto y subimos las escaleras para encontrarnos con los murales de Tamayo, coincidimos en que el edificio es muy bonito, pero no apropiado para apreciar pinturas de esas dimensiones tan de cerca. Los vimos de un lado al otro del lobby, pero otras estructuras estorbaban. En el segundo piso, los Siqueiros eran más fáciles de fotografiar, mientras el Rivera y el Orozco se fragmentaban desde los extremos por las columnas. Nos topamos con unos bastidores de Diego que no sabíamos que se encontraban ahí. Después de una larga espera por la gente pasando frente a ellos, logramos sacarle una foto a *Dictadura*, *Danza de los Huichilobos* y *México folclórico y turístico*. A la pobre *Danza de Huejotzingo* la pusieron en un rincón en el que apenas se podía apreciar.

Caminamos para ver de cerca *Hombre en el cruce de caminos* y encontramos desocupada una de las bancas frente a él, nos sentamos. Hablamos de cómo el gobierno de México le ofrece esa pared para reproducir el mural destruido en Nueva York. Si le había molestado al millonetas la representación de Lenin como símbolo de unión socialista entre el militar ruso y el campesino afroamericano, en este retrata a Karl Marx, Friedrich Engels y a Trotsky. No solo eso, para echarle sal a la herida, junto al obrero controlando la máquina del tiempo y de donde emerge la hélice con átomos, células dividiéndose, planetas y el origen de la vida, retrata a Rockefeller bebiendo champagne mientras trabajadores hambrientos se levantan en huelga. Diego no temía burlarse de nadie. En eso pensaba cuando dijiste:

Tú: Estoy viendo un *patrón*.

Yo: Sí, es Rockefeller.

Me reí de mi propio chiste, tú me ignoraste, abriste la mochila y sacaste el block con la cronología. Hiciste algunas comparaciones, revisaste fechas y empezaste a enredarte el cabello en el dedo índice de tu mano izquierda mirando la hoja de papel.

Yo: ¿Qué piensas?

Tú: ¿Te acuerdas de la frase de Gustav? Para conocerlo como artista…

Yo: …hay que conocer su obra.

Sonreíste, tu mente trabajando, casi podía ver las sinapsis neuronales a través de tus pupilas. Te levantaste de pronto.

Tú: ¿Vamos a ver los otros murales?

Te noté apurada, como si hubieras tenido un momento de inspiración que no querías dejar ir. Al salir, consideramos que era mejor caminar por Madero en vez de llevar las bicis, iba a ser más complicado ir esquivando coches. En esos días notaste que la civilidad austriaca para los peatones y los ciclistas no cruzó el Atlántico con Maximiliano.

En el camino por 5 de Mayo nos encontramos a un Thor, un Iron Man y un Hombre Araña cobrando para sacarles fotos. "¿No quieres una?", te dije riendo. Eran unos galanes con cuerpo de Kung Fu Panda. El primero medía metro y medio menos que el actor y parecía que no se había lavado el pelo desde que salió de Asgard. El segundo medía más que Robert Downey Jr., lo cual no es difícil, pero en vez de que el traje fuera de hierro parecía de melamina ponderosa. El tercero se sacaba la palma de oro, cuando se quitó la máscara en vez de 17 tenía 37 y no había hecho ejercicio la mitad de su vida, el traje tenía el doble de spandex que el original para que le cubriera la panza de chelero. Superhéroes a la mexicana.

Tuvimos que hacer fila para entrar a Palacio Nacional, pasar detectores de metales, rayos X en las mochilas, atravesar el jardín de cactus, la explanada y llegar a la famosa *Epopeya del pueblo mexicano*. Antes te permitían acercarte a verlo, pero ahora estaba una cuerdita prohibiendo el paso hacia las escaleras. Subimos al segundo piso por las aledañas, se apreciaba el mural mejor desde arriba.

Fuimos comentando de derecha a izquierda la historia de México desde la época precolombina, pasando por la conquista, la independencia, la revolución, hasta llegar a los años treinta y mirar el futuro que Diego soñaba para el país.

Yo: Mi tocayo era un idealista, ¿no?

Tú: ¿Lo dices porque era comunista?

Yo: Lo digo porque aquí pinta el futuro político de México y en las escaleras de la SEP hace una proyección del nuevo mundo que imagina para el país.

Encontramos los elementos mestizos de los que habíamos leído, como la concha de mar que utiliza el fraile para bautizar a los indígenas y al mismo tiempo hace referencia a Tlaloc, el dios del agua. Señalamos las representaciones de dioses aztecas como Quetzalcóatl y el arte local: escultura, pintura, alfarería, tejido.

Tú: Es curioso, estando en Europa Diego no quería mostrar su mexicanismo en la pintura porque lo llamaban "exótico". No lo entiendo, no es algo malo, tú eres exótico.

Yo: ¿Cómo una guacamaya?

Tú: ¡Nooo! Lo digo como bueno. Eres distinto.

Yo: Diferente a lo que conoces, sí. Porque aquí me veo como del montón. En cambio, tú te ves exótica.

Tú: ¿Yo? *Exotische?*

Yo: ¿Cuántas güeras naturales has visto? Ni el Thor. La palabra exótico solo se utiliza para los países no occidentales, nunca al revés. Yo sé que tú no lo dices así, pero puede ser despectivo.

Tú: A mí me gusta que pienses que soy exótica. Tú eres distinto a los chicos con quienes he salido, no solo por tu físico, por muchas otras cosas.

Yo: ¿Buenas? ¿O malas?

Tú: Ambas.

Te reíste y me diste un beso en la mejilla.

Yo: Mi profesor de Sociedad Contemporánea decía que el mestizaje se proyecta como inclusivo y no necesariamente lo es, porque hay una connotación racista detrás.

Tú: *Rassistisch?*

Yo: Sí, porque se utiliza como un mecanismo para occidentalizar o hacer más blanco.

Tú: *Weiß machen?*

Yo: Los indígenas buscaban tener hijos con españoles porque al *europeizarse* tendrían un mejor futuro. Cómo te ves y el tono de piel importaban… siguen importando. Francisco causa sensación por sus ojos verdes, su cabello castaño y su perfecto francés heredados de su mamá, su lado mexicano no es tan popular. ¿Sabes lo que me dijo la vecina el otro día que saqué la basura? "Qué bien que trajiste una novia güerita, hay que mejorar la raza,

Enrique", y se rio como si fuera un chiste. El profe decía que hay frases tan arraigadas que dejamos de notar la discriminación implícita.

Tú: A mí me encantas con tu cabello negro y tus ojos cafés.

Tienes la capacidad de hacerme sentir tan, tan bien.

Yo: Quién soy yo para criticar, Hannah, me gusta una chica rubia, europea y de un país imperialista.

Reíste. Tus ojos azules brillaban con el sol entrando por el patio, tus mejillas rojas por el calor. Me gusta todo de ti no por su color, sino porque es tuyo.

Volvimos a hablar del mural, de cómo Diego critica a Picasso por hacer "arte por el arte mismo", mientras él apoya la creación de códigos o manifiestos para el pueblo. Señalaste una vez más a Benito Juárez y bromeamos que era el nombre favorito para las calles principales de cualquier ciudad de este país; y localizamos a Emiliano Zapata, el símbolo revolucionario predilecto de Diego.

Aunque tardó años en terminar el mural de la escalera por las varias interrupciones, coincidimos en que no se notaba, parecía haber sido pintado de corrido.

Yo: Ahí está Frida como maestra. La que está debajo es su hermana, ¿no?

Tú: Sí.

Antes de que dijera algo más te diste la vuelta y me tomaste de la mano para ir al segundo mural representando a la Ciudad de México antes de la conquista: *La gran Tenochtitlán vista desde el mercado de Tlatelolco.*

Yo: ¿Sabías que Diego llamaba a la ciudad, Anáhuac? Era el nombre antes de que llegaran los españoles.

Tú: ¿Como su museo?

Yo: ¡Exacto! No había pensado en eso. No le puso Anahuacalli por ser "la casa cerca del agua", sino por ser "la casa de Tenochtitlán".

Tú: Y el hogar de sus ídolos. ¿Sabías que a Lupe, su primera esposa, no le gustaba que los coleccionara?

Yo: Ah, sí. Leímos algo.

Tú: Pero a Frida sí.

Yo: Cuenta que cuando era niño estaban haciendo las excavaciones para instalar el drenaje de la ciudad y salían montones de piezas arqueológicas. Algunas se las llevaban los arqueólogos, otras él las recogía y coleccionaba. Para él, haber pintado este mural es un sueño hecho realidad.

Tú: Y en este sueño... mira a quién retrata.

Señalaste a una mujer con un huipil corto, tatuajes en las piernas y alcatraces en la espalda, las cejas algo cerradas, aunque no completamente.

Yo: ¿Es Frida? ¿Por qué le dan un brazo de muerto?

Tú: Es un obsequio.

Yo: ¿De Hannibal Lecter?

Ni escuchaste mi chiste, habías vuelto a sacar el block. Apuntabas, comparabas, te detenías a pensar.

Tú: Me extraña que la retrate como indígena.

Yo: Una muy sexy, por cierto.

Tú: ¿Qué dijiste?

Yo: ¡Era una broma! (Pensé que me regañarías por el comentario). Es solo que me sorprendió que la pusiera así, levantándose el vestido. ¿Te acuerdas que le dio polio de pequeña y usaba faldas largas para no enseñar sus piernas?

Tú: No, lo otro. Sexy... Es cierto, gracias, Enrjike.

Seguiste pensando y comparando fechas. No dije "De nada" porque no sabía en qué te había ayudado.

Yo: ¿Me puedes decir qué tanto anotas?

Tú: *Vielleicht ist es etwas Verrücktes...*

Yo: ¿Tu teoría? ¿Medio loca? (Asentiste). ¿Más demente que andar buscando señales y pistas en los murales de mi tocayo? (Sonreíste). *Denn das muss jemand anders entscheiden, oder?* Alguien más tiene que decidirlo, ¿no?

Te tardaste unos segundos antes de lanzarte a exponer tu hipótesis. Hablabas rápido, mezclando español y alemán, apurando las palabras para que no se te fueran las ideas. Recordaste cuando descubrimos cómo Emilie estaba presente en los cuadros de Gustav indirectamente con sus diseños de moda. Mencionaste las pinturas de Frida, quien retrata momentos y emociones muy íntimos. Y las obras de Diego, siempre leídas a través de su pensamiento político.

Tú: Tengo la impresión... que él también incluía elementos personales en su obra, específicamente de su relación con Frida. ¿Qué opinas? ¿Crees que estoy delirando?

Negué con la cabeza. Me enseñaste la cronología con tus anotaciones.

La primera vez que retrata a Frida es en el mural de la SEP, donde aparece como una mujer armada, combatiente, fuerte, lo cual coincide con la visión que él tiene de ella cuando la conoce. Después de casarse, Frida intenta embarazarse a pesar del daño que le provocó el accidente años antes. Pierde varios bebés, pero estando en Detroit tiene un aborto terrible. En el autorretrato *Hospital Henry Ford*, ella plasma su absoluta desolación después de esa experiencia. Por su parte, Diego pinta embriones afectados por la radioactividad y procesos quirúrgicos relacionados con matrices en su mural de *La industria de Detroit*.

Yo: ¿Supones que son expresiones de su tristeza por verla sufrir?

Asentiste. Diego siempre fue sincero con Frida, él no quería que se embarazara, pero le dolía muchísimo que ella lo deseara tanto y no pudiera cumplirlo. Él nunca había sido paciente con sus hijos porque lo distraían de su trabajo y, en mi impresión, tampoco le gustaba que lo pusieran en segundo plano.

Tú: ¿Sabes? Creo que el no haber tenido hijos los mantuvo unidos.

Yo: Mh… Tiene lógica, solo se tenían el uno para el otro.

Fue con el mural del *Hombre en el cruce de caminos* de Rockefeller que se te ocurrió que el tema coincidía con su estado mental. Se encontraba en un dilema: complacer a su esposa teniendo un hijo cuando él no quería, continuar con su libertad sexual lastimando a Frida con sus engaños o divorciarse y perderla. Estaba en una encrucijada entre el marido que debería ser y el que quería ser.

Poco después, en *Retrato de América* en el New Worker's School en Nueva York enfrenta al bien *vs.* el mal, el fascismo *vs.* la libertad. Uno de los paneles se titula *La nueva libertad*, ¿Se estaba debatiendo entre una relación conservadora y una abierta? ¿O estaba proponiendo un nuevo trato en el que ambos se otorgaran licencias permaneciendo juntos? Él reconoce que su relación con Tina Modotti, libre de prejuicios y exclusividad del uno para el otro, lo había dotado de algo enérgico y sensacional. ¿Quería lograr algo similar con Frida?

Entonces pinta el mural de Palacio Nacional, donde aparece Frida como educadora social, representando la serenidad, la generosidad y el amor al prójimo. Es ella un ser hermoso, lleno de ternura, sencillez y nobleza. La coloca junto a su hermana, Cristina, quien la acompaña casi todo el tiempo y con quien Diego empieza una relación. En algunas biografías escriben que por eso se divorcian, él argumenta que Frida siempre supo de sus infidelidades. Todo tiene un límite, pensé.

Tú: ¿Te acuerdas del cuadro de *Las dos Fridas*?

Yo: ¿El que vimos en el Museo de Arte Moderno?

Explicaste que ella lo pinta para una exposición, justo el año que se entera de la relación de Diego con su hermana. Decide hacerlo en bastidor grande para que llame la atención y molestarlo. Ahora entendías mucho mejor la dualidad entre las dos Fridas. Una vestida de blanco, como una novia o esposa, rompiendo el vínculo de su amor con Diego, su corazón sangrando sobre la tela blanca. La otra es la compañera, vestida con simplicidad, con el corazón conectado a la fotografía de Diego. El fondo no es un cielo nublado y triste, sino un mar incierto, revuelto, indeciso. Ella también estaba debatiéndose entre romper con su esposo o continuar con él.

Al final permanecen un año separados hasta que Frida enferma y coinciden en que ninguno puede vivir sin el otro. Contraen matrimonio por segunda vez bajo un nuevo acuerdo: compañía y complicidad, nada de intimidad.

Yo: Los verdaderos precursores del poliamor.

Mis chistes no estaban surtiendo efecto, estabas demasiado concentrada poniendo la información en su lugar. Me pediste que buscara una foto de *Unidad Pa-*

namericana. Matrimonio de la expresión artística del sur y el norte pintado en San Francisco (le encantaban los títulos kilométricos al Diego). Te pareció curioso que la palabra MATRIMONIO estuviera en el título, porque lo pintó justamente cuando se volvían a casar. La coincidencia se te quedó en la cabeza y a partir de ahí se te ocurrió comparar los murales con su vida personal.

En esa pintura aparece Frida como símbolo del mestizaje, por ser de padre europeo y madre mexicana. Él se autorretrata sentado detrás de ella, de espaldas, frente a la actriz Paulette Goddard, con quien tenía una relación. Pero Frida, dijiste, representa algo mayor: el mestizaje de la dependencia con la libertad sexual. De un matrimonio libre, pero sin prejuicios.

Luego pinta el mural de Tenochtitlán, el cual teníamos frente a nosotros. Te alejaste para verlo completo y caminaste mirándolo de varios ángulos.

Tú: Me extraña que aquí retrate a Frida como indígena, cuando no lo era.

Miramos la figura de la mujer en el mercado de Tlatelolco, con los volcanes y las pirámides de fondo, entre artesanías y comida local. Se veía demasiado provocativa para el contexto a su alrededor. Además, Frida jamás se vistió de ese modo.

Yo: ¿La retrató así para insultarla?

Tú: Diego no era así. Era bastante abierto. A Frida le paga un viaje donde ella se encuentra con uno de sus amantes.

Yo: Muy progres para la época.

Tú: ¿Por qué pintaría a Frida con las piernas que siempre quiso tener? ¿Por qué indígena y no mestiza?

Yo: Quizá en ese nuevo arreglo, ¿le parecerá más seductora que antes? A Diego le gustaban las mujeres fuertes, exitosas y, ¿libres...? Él decía con orgullo que Frida hechizaba a todo el mundo que la conocía. ¿Estaba representando esa parte de su personalidad? La pinta indígena porque... ¿le recuerda a Antonia?

Me vi como el burro que tocó la flauta y sin saberlo abrí una puerta al mundo del discurso psicoanalítico.

Tú: Claro, porque...

No voy a ser capaz de repetirlo exactamente, pero empezaste a deliberar. Dijiste que en la mente existe una rivalidad entre el mundo real y la representación que tenemos de éste. La mayor adversidad es cuando enfrentamos la interpretación que nosotros le damos al mundo exterior y la imposición de las apariencias. Por otro lado, el amor a la madre es el primero y el origen de la imaginación, los amores subsecuentes son una metáfora de ese amor original. Diego tiene una cuidadora sustituta, quien se convirtió en su madre de facto, cuando Antonia desaparece, el dolor por el abandono se manifiesta como un odio desbordado hacia su madre biológica. No solo eso, María se siente amenazada y no le permite manifestar a su hijo el dolor por la pérdida de su nana. En el arte se magnifican y transforman las pasiones, los deseos y los complejos del artista. Es a través de su pintura que Diego proyecta el mundo en el que desea vivir y en sus creaciones forma la imagen de sí mismo... O algo por el estilo.

Para este entonces ya habíamos salido de Palacio Nacional, dábamos vueltas por el Zócalo, veíamos a unas niñitas aventar migajas para las palomas, a un señor tocando el cilindro y a otro pidiendo dinero.

Yo: ¿No crees que pudo haber sido más sencillo? Para él la pintura era su prioridad y el sitio donde encontraba la felicidad. Tengo la impresión de que cada mujer le servía como una gotita de inspiración para crear, por eso no quería perder esa libertad. Frida, en cambio, era... ¿cómo decirlo...? ¿Su centro? Es a la única a la que le permitía dar opiniones sobre su trabajo y la admiraba muchísimo. Y, no sé, pero... parecería que Frida necesitaba ese dolor también para crear. El accidente la proveía del dolor físico y Diego le daba el emocional.

Me miraste considerando lo que acababa de decir, después reíste.

Tú: ¡Lo simplificaste en treinta segundos!

Cruzamos la calle de seis carriles corriendo porque se puso el siga, hacia la Catedral donde había sombra.

Yo: ¿Crees que ese haya sido el éxito de la relación de Gustav y Emilie?

Tú: ¿Cuál?

Yo: Que nunca se casaron o tuvieron hijos. Solo pasaban los veranos juntos, en el lago, pero en Viena cada uno tenía su vida.

Tú: Puede ser. Aunque cada pareja es distinta. No sabemos si alguno de los dos quiso casarse o vivir juntos y el otro no.

Yo: Gustav, seguro.

Tú: *Wirklich?* ¿Tú crees?

Yo: Para la cantidad de postales que le enviaba en un día, ¿lo dudas? Además era un intenso y, fuera de la pintura, un inútil. Tú me contaste que nunca dejó de vivir con su mamá y su hermana porque le resolvían todo. Ese hombre era un crack del pincel, pero no sabía calentar agua para té.

Te dio un ataque de risa.

Tú: No me acordaba de eso.

Yo: Y no quiero hablar mal de mi tocayo, pero era igual. Frida le cocinaba y se encargaba de organizar su vida, hasta en el tiempo que estuvieron divorciados. Ella habrá dependido financieramente de él, pero él también dependía de ella.

Tú: Supongo que reconocen que se necesitan, pero se dan cuenta de que la fórmula tradicional no era para ellos.

Yo: ¿Crees que les haya funcionado?

Tú: Estuvieron veinticuatro años juntos. Diego dice que el día que muere Frida fue el más triste de su vida. Un periodista se acercó a entrevistarlo y él le pidió que se fuera, no quería hablar.

Yo: Para que Diego Rivera se quedara sin palabras, debió haber estado devastado.

Tú: Totalmente.

Yo: Va a sonar trillado y cursi, pero ¿los llamarías almas gemelas?

Tú: Gemelas... Gemelos... Necesitaba que lo complementaran.

Yo: Y ella lo hizo.

Asentiste mirándome a los ojos sin parpadear. No supe descifrar qué pensabas, pero no me volteé. Estuvimos así un rato, con la bandera descomunal ondeando de fondo, hasta que mi estómago crujió tan fuerte que lo escuchaste. "¿Vamos por una torta?", dijiste con una naturalidad como si hubieras nacido en esta tierra de ídolos escondidos bajo nuestros pies. Dije que sí y nos encaminamos por una.

Leí algo…

¿Qué?

¿Ves el libro gordo?

¿El que escribió el gringo?

Ese. Pues Diego destroza al autor.

¿Por?

Lo llama pobre diablo y lo critica porque no se tomó el tiempo de buscar los planos de su mural en el anfiteatro de San Ildefonso.

¿A ver?

Lo llama mentecato, un oportunista que falsificó los hechos para vender libros con una teoría ridícula e inventada sobre el tema del mural.

Qué rudo.

Frida tenía razón.

¿En qué?

Que Diego era extremo defensor de sus amigos e implacable con sus enemigos.

Bueno, él no era su enemigo. Le concedió varias entrevistas.

¿Qué pensará Diego de nuestras conclusiones?

Quizás estén todas mal.

Y opine que somos otros pobres diablos mentecatos.

Puede ser…

Sería muy gracioso. Y la primera vez que me llamaran mentecato.

Anoche decidimos posponer nuestro plan. Siento muchísimo que tu abuela esté enferma. Me parece lógico que prefieras pasar Navidad con tu familia y, para ser honestos, no estoy para andar comprando boletos de avión a precios estratosféricos. Estabas algo triste hasta que te conté de mis finanzas. Está mejor reorganizarlo para Semana Santa, si nos apuramos tal vez consigamos mejores precios.

No te he contado que me inscribí en un taller de creación literaria. Quiero ver si me gusta antes de anunciártelo. La maestra, de entrada, me cayó bien. Es poeta o poetisa, aunque la primera termina con a y suena multigénero. No me metí para compartir lo que te he escrito, para nada, esto es súper privado. Más bien estoy aprendiendo a reconocer lo que tú y mi tío ya sabían: me gusta escribir. El interés existe, el talento no estoy tan seguro. El curso será para mejorar y romper el condicionamiento pavloviano que asocia el expresarme al estar contigo. Tal vez las clases logren abrirme el tercer ojo, alinear mis chacras o expandir mis horizontes a otros estímulos.

Te estoy escribiendo a las 7:35 de la mañana. Soy un menso, se me olvidó que cancelaron la clase de hoy y llegué de madrugada a un salón vacío y helado. Te mandé un mensaje, pero estabas en clase. Entonces vine a la cafetería a desayunar y mientras sacaba mi cuaderno vi que había algo garabateado en la mesa. Si creyera en las señales del universo, esta frase la tomaría como una: "Nunca somos historiadores reales, sino siempre casi poetas, y nuestra emoción tal vez no sea más que una expresión de una poesía que se perdió". Si eso es cierto, yo he perdido un buen de poesías. Critico ampliamente a quien vandalizó el mobiliario, porque ni siquiera tuvo la decencia de darle crédito al autor, lo bueno es que existe google para cualquier duda extravagante y en menos de treinta segundos encontré que es de Gastón Bachelard. Se pone aún más interesante esta coincidencia, porque ayer saqué de la biblioteca *La poética del espacio* y una de las primeras frases que me llamaron la atención fue: "El arte es un redoblamiento de la vida, una especie de emulación de las sorpresas que excitan nuestra consciencia, y la impiden adormecerse". Era apenas la introducción, pero cerré el libro inundado de una serie de preguntas: ¿Será que con estas páginas quiero mirar a través de un lente de aumento tu visita? ¿Estaré proyectando mis anhelos, complejos y deseos en este cuaderno? ¿Estaré abriendo una ventana a mi subconsciente? ¿O la creación de un universo paralelo donde existe un mundo ideal? ¿Estaré intentando poner la realidad de tu estancia en México por encima del mundo de las apariencias?

Quién sabe, quizás estoy complicando demás las cosas, filosofando, psicoanalizando, y tan solo soy un cronista enamorado que peca de ociosidad y horas libres.

21

Ayer manejaba por Altavista, pasé frente a la Casa Estudio de Diego y Frida y me embargaron sensaciones contradictorias. Me sigue costando trabajo creer lo vivido durante el verano y la perfecta armonía disonante del final. Porque no todo fue campanitas y corazoncitos, pero logramos que las cosas terminaran en su lugar.

Recuerdo que era miércoles y no quería salir del departamento. Nos quedaban cuatro días juntos y estaba algo harto de seguir la vida de un pintor que llevaba muerto más de sesenta años. Tú no parecías ni un poquitín cansada, al contrario, querías aprovechar esos últimos días en México.

Yo: ¿Por qué no vamos mañana?

Tú: Porque iremos a Coyoacán.

Yo: San Ángel está muy cerca. Mañana vamos a los dos museos.

Me miraste inquieta, te levantaste y fuiste a la ventana.

Tú: El día está muy bonito. ¿Qué quieres hacer, entonces?

Yo: Se me ocurren varias opciones que no implican salir de esta cama.

En eso escuchamos la puerta abrirse. Casi me cago del susto con el ruido del seguro y las bisagras. ¿Mi tío? Era doña Silvana, que trabajaba ese día. En muy poco tiempo su eficiencia abriendo ventanas, lavando trastes y, para rematar, prendiendo la aspiradora, nos obligó a estar listos en tiempo récord para escapar de ese torbellino de limpieza. Ni siquiera desayunamos, nos preparamos un café con leche para llevar y caminamos a la panificadora.

Nos fuimos comiendo en el camión por todo Revolución hasta la esquina de Altavista.

Caminamos por San Carlos y Calero, las callecitas empedradas aledañas llenas de árboles, hasta que topamos con un anuncio detenido de un poste de luz que decía en letra pequeña: Alcaldía A. Obregón, Colonia San Ángel Inn, y el nombre de la calle: Diego Rivera. Giramos a la izquierda y al final de la cuadra encontramos una cerca de cactus, separando la banqueta del museo.

Habíamos leído cómo Diego le compra ese terreno a su gran amigo Juan O'Gorman, quien tenía una casa colindante y, además de artista, era arquitecto. Rivera le encarga el proyecto de construir dos casas gemelas, una para Frida y otra para él, durante los tres años que la pareja se encuentra en Estados Unidos, con la idea de instalarse a su regreso. El arquitecto utiliza conceptos modernos y funcionales, como ventanales y tragaluces para que a ningún espacio interior le falte luz natural y decide convertir los techos en terrazas.

A falta de barda, la entrada al museo es tan solo un marco con una puerta inútil porque cualquiera con manga larga y pantalones puede traspasar la valla de cactus con espinas. Una placa explica: "Diego Rivera vivió en este espacio e 1934 a 1957, año en que murió. Realizó gran parte de su obra en este estudio". Al acceder, lo primero que llama la atención es la escalera de caracol para ingresar a la casa de Diego, de fachada clara y extremos pintados de rojo. Más adelante, encontramos la casa de Frida, pintada completamente de azul. Un puente en la azotea las comunica para que estén unidas, sin perder la independencia una de la otra.

No sé qué fue, quizás era el cansancio acumulado lo que me bajó la guardia o la intensidad de una emoción repetida, o el vacío dejado en un estudio congelado en el tiempo, pero desde que subimos por las escaleras semicirculares empecé a sentir nostalgia… ¿Cómo describirlo? Era la inminencia de la despedida, la terminación de ese verano, la culminación de otra búsqueda. Volvíamos a llegar a una resolución sin haber desembocado en nada realmente. ¿Estábamos destinados a quedarnos pendientes, suspendidos en un tiempo y un espacio en el que coincidíamos? No pude controlar el infinito sentimiento de pesar y los pulmones se me nublaron. "La bruma da los mejores poetas, pero no los mejores pintores", dijo Diego de Londres. ¿Te puedes sentir sombrío, aunque haya mucho sol? Las lágrimas atoradas en la garganta no me permitían hablar y me alejaba de ti para que no notaras mi pensamiento moviéndose en círculos: esta vez no me voy, pero ella sí.

A la entrada de la casa de Diego había una lista que Frida escribió sobre lo que él representaba para ella: inicio, constructor, niño, pintor, padre, hijo, amante, esposo, amigo, madre, yo, universo. Le tomaste una foto. Leímos sobre el objetivo de O'Gorman en su arquitectura y la comprobamos al ver la inteligencia de lograr un espacio adecuado para el trabajo de Diego, de doble altura y con ventanas plegables para poder acoger y trasladar bastidores de gran escala. La simplicidad estética mostraba una maravillosa funcionalidad. Caminé con las manos metidas en los bolsillos, en silencio, asomándome a ver por la ventana la casa de su vecino, el propio arquitecto que la construyó. El estudio de Diego era mucho más agradable que como se apreciaba en las fotos, cómodo y acogedor, y las enormes esculturas de papel maché me hicieron sentir extrañamente acompañado. Un grupo de dos chicos y una chica se la pasaron diciendo que eran horribles, y en mi estado melancólico me dieron ganas de gritarles enfurecido un insulto de cuarto de primaria: Horribles, ¡sus caras!

Miraste emocionada los pinceles que alguna vez tocó Diego, el bastidor que ocupó, los pigmentos que mezcló, la cama en dónde durmió. En el tercer piso vimos por largo rato la fotografía de Frida mirando a la cámara, con listones en el cabello, un rebozo cruzado cubriéndole los hombros, su mano izquierda con anillos en los cinco dedos sosteniendo un cigarro prendido. Caminamos al despacho y al encontrarnos la Olivetti me miraste de reojo. Estábamos uno junto al otro, nuestras manos se rozaron, tomaste la mía, la apretaste, luego la soltaste. Tal vez sí notabas cómo me sentía. Tal vez tú te sentías más o menos igual.

Salimos a la terraza donde se unían las dos casas, la luz nos deslumbró con las nubes blancas, limpias y bajas, el cielo se apreciaba lejano. El ardor de garganta, el nudo en el pecho, el estómago revuelto, esas sensaciones no eran nuevas, ni agradables, y me sacudían en un momento inesperado. No quería estar así, debía disfrutar esos últimos días. Quería comentar algo sobre la vista, la visita, cualquier banalidad. Y, sin embargo, se me escapó:

Yo: No quiero que te vayas.

Tu perfil enmarcado con los árboles sin flores. Eran jacarandas, lo decía en su biografía, el morado de tu cabello los hacía florear. No me miraste cuando respondiste:

Tú: No me quiero ir.

Yo: ¿Qué vamos a hacer de aquí a diciembre?

Tú: Vivir nuestra vida.

Yo: Me refiero a nosotros.

Giraste la cabeza, tus ojos sobre los míos. Estabas muy seria.

Tú: Eso. Vivir nuestras vidas.

Yo: ¿Qué quieres decir?

Tú: Todo volverá a ser como antes de visitarte.

Yo: Hannah, nada va a ser igual después de esto.

Nos tomamos de la mano. El viento sopló y te dio un escalofrío. Pasé mi brazo sobre tus hombros, diste un paso y recargaste tu espalda en mi pecho, terminé abrazándote por el cuello. Miramos lo que sobresalía de la ciudad por encima del verde de los árboles.

Tú: Gracias por invitarme.

Yo: Gracias por venir.

Giraste en redondo, me tomaste de la cintura.

Tú: Lo digo en serio. No quiero que dejes de hacer cosas por mí, Enrjike.

Yo: ¿Como que?

Tú: Como divertirte o salir con otras chicas.

Yo: ¿Por qué querría salir con alguien más?

Tú: Porque alguien más te va a llamar la atención.

Yo: Pero no quiero. Eres tú quien me gusta.

Tú: Y tú a mí. Pero…

Yo: No digas "pero".

Me volteé pensando en alguna forma de convencerte, sabía a dónde te dirigías y no quería escucharlo. El puente separaba las casas de Diego y Frida, ojalá esa fuera la distancia entre tu hogar y el mío.

Tú: Tú estás aquí y yo estoy allá.

Yo: No me lo recuerdes.

Tú: No podemos quedarnos estáticos hasta nuestro siguiente encuentro.

Yo: Pero no tiene por qué ser así para siempre.

Tú: Ya lo sé, pero mientras… No vamos a tener una relación a distancia por… ¿dos…? ¿tres…? ¿Cuántos años?

Yo: ¿Por qué no? Puedo estudiar un semestre en donde estés, buscar una beca.

Tú: No quiero que acomodes tu vida por mí.

Yo: Pero yo la quiero acomodar.

Tú: ¿Y si no funciona?

Yo: Al menos lo intentamos.

Tú: Y, ¿mientras? En ese tiempo, ¿qué?

Yo: Nos vemos en diciembre.

Tú: Enrjike… (Me miraste con un dejo de angustia). Me gustas por quien eres y no por quien dejarías de ser por mí.

Me desanudé de tus brazos, era demasiado para esa mañana. La cabeza me punzaba y no encontraba argumentos que fueran a parecerte razonables.

Yo: Pero entonces tú vas a salir con otros…

Me detuve, mi tono era de reclamo y la voz más fuerte de lo que quería. Me miraste en silencio. Empecé a sentirme atrapado en la historia que llevábamos descifrando, ¿estaba tratando de imponer el único tipo de relación que me parecía factible? Me tallé los ojos, no podía llorar, tenía que controlar esa nefasta incontinencia que me acecha desde siempre.

Tú: No creo que alguien deba ser lo que Diego fue para Frida. No quiero ser para nadie un todo y no quiero que alguien sea eso para mí. Tenemos que ser amigos, hasta que podamos buscar una manera de retomar esto… (Pusiste tu mano en mi hombro).

Yo: Grandioso, ¿y qué pasa si nos enamoramos de alguien más? ¿Si decido que quiero a otra chica más que a ti?

Lo dije con un ridículo despecho y tú respondiste con absoluta tranquilidad.

Tú: Me dolerá, pero me dará mucho gusto por ti.

Yo: No puedes decirlo en serio.

Te miré derrotado, el cielo y la ciudad observándome, tu cabello de puntas solferinas danzando apenas perceptiblemente.

Tú: Pase lo que pase, esto que tenemos es especial, único. Siempre nos vamos a querer, Enrjike.

Yo: Yo quiero quererte siempre, Hannah. Todos los días, todas las mañanas y todas las noches.

Tus ojos se llenaron de agua salada y en ese instante me sentí menos solo. Diste dos pasos y rodeaste mi cuerpo con tus brazos. Tu cabeza recargada en mi pecho, mi mejilla sobre ti. Nos quedamos un buen rato así, meciéndonos levemente como la brisa, gotas ensombreciendo tu pelo y mi playera favorita.

22

No iba a tropezarme con la misma piedra dos veces. Compré los boletos en línea y cuando salías de bañarte te enseñé las hojas impresas, había conseguido un horario que no era ni temprano, ni tarde, las once de la mañana. Calculamos que tardaríamos casi una hora en llegar, pero al quedarnos dormidos salimos corriendo por segundo día consecutivo con los cafés en la mano, deteniéndonos a comprar los panes frente a la parada de camión. Nos bajamos en Centenario y a la cuadra siguiente dijiste.

Tú: ¡Mira! Una calle con el nombre de Viena.

Yo: Ah, aquí vivía José Clemente Orozco. ¿Por qué no te mudas? Vivirías en la capital austriaca dentro de la Ciudad de México.

Tú: ¿Habrá alguna que se llame Edimburgo?

Yo: Esta zona es la europea, pero solo hubo espacio para las capitales: Bruselas, Madrid, Berlín, Londres, París. Unas cuadras más allá, se pone autóctono el asunto: Xicoténcatl, Malintzin, Cuauhtémoc, Moctezuma.

Tú: Ya puedo decir Xicoténcatl.

Yo: No puedo creer que no te haya besado desde que te vi en el aeropuerto.

Reíste.

Tú: Quiero preguntarte algo… (Te miré con las cejas levantadas). ¿Por qué elegiste ese restaurante el primer día?

Yo: ¿En San Ángel…? Porque quería impresionarte.

Tú: ¿Comida mediterránea?

Yo: Qué quieres que te diga, era antes de abrazar mi etnicismo como Diego Rivera me ha enseñado a través de su arte. Soy un hombre transformado.

Tú: Dices cosas muy chistosas.

Yo: ¿De qué hablas? Es 100% cierto.

Llegamos a la Casa Azul de Frida. Ese jueves había varios vendedores ambulantes en las banquetas ofreciendo sus productos: separadores de libro tallados de madera, muñecas de trapo, objetos con la cara de la artista, blusas de tejidos tradicionales. Faltaban quince minutos para la hora que indicaba nuestro boleto y nos dijeron que regresáramos en diez. Caminamos por la banqueta frente a la barda azul, te pregunté si podía tomarte una foto, el fondo resaltaba tus facciones y me hicieron pensar en la primera vez que estuvimos ahí. Un mes después todo era tan distinto. He visto la imagen en la pantalla de mi celular muchas veces, más de las que debería confesarte: tu rostro algo ladeado a tres cuartos, tus ojos mirando a la cámara, no estás sonriendo, pero te ves contenta, algo intimidada por mi súbita petición, los aretes de filigrana comprados en San Miguel de Allende brillando por debajo del cabello. Sales espectacular.

Regresamos a formarnos a la hora indicada y un poco después de las once empezamos a avanzar. Uno por uno escaneaban los boletos antes de entrar al museo, hasta que nos detuvimos, un hombre discutía, había comprado una entrada para nacionales y no quería pagar la diferencia por ser extranjero residente. Insistía que no era su culpa porque no quedaba claro en la página, lo cual era totalmente falso, no había lugar a confusión. No solo detuvo la fila, sino hablaba con aires prepotentes de tener la razón absoluta y adentro, cuando nos cruzamos con él, se la pasó quejando de que no valía la pena lo que había pagado. Como sabes, en principio me cayó mal que hicieran una distinción de precio entre mexicanos y extranjeros, pero el tipo español estaba siendo tan fastidioso que opiné que deberían haberle cobrado el triple.

Después de entrar compramos el permiso para tomar fotografías y mientras esperábamos nuestro turno una chica, estudiante colombiana, se quejó amargamente de haber tenido que pagar más del doble por ser extranjera. Le dije que estaba de acuerdo con ella, deberían cobrar extra solo a los que vienen de países colonizadores, Diego y Frida hubieran estado de acuerdo. Me diste un codazo: "Y precio especial a estudiantes de cualquier lado", agregué rápidamente.

Esa mañana me sentía bien, animado, aunque no coincidía con lo que me habías dicho el día anterior. Aun así, era mejor haberlo hablado, saber lo que pensabas a estarme mareando con mis suposiciones y dudas.

El acceso es por la puerta principal, y empiezas el recorrido por lo que debió haber sido el comedor. Había una chimenea al estilo Anahuacalli con figuras prehispánicas decorándola. En la sala colgaban varios cuadros inacabados de Frida. Cuando leímos la primera cédula, entendimos por qué su estudio en San Ángel estaba vacío, los muebles y material de trabajo los habían trasladado ahí, a Coyoacán, donde vivió sus últimos años.

Yo: ¿Te imaginas haber nacido y haber muerto en la misma casa?

Tú: No… Me acordé de algo que no te he dicho.

Yo: ¿Qué?

Tú: Mis papás están pensando vender el departamento de Neulinggasse. Antes de Edimburgo solo había vivido ahí.

Yo: ¿Por qué lo quieren vender?

Tú: Es grande para ellos ahora que mi hermana y yo nos mudamos. Quieren comprar algo más pequeño y un departamento para vacacionar.

Recordé las noches cenando con tus papás después de nuestros recorridos por Viena. El cuarto de tu hermana tenía un tragaluz por el que podías ver el cielo. Creo que mi parte favorita era la terraza con vista increíble hacia los techos rojos de los otros edificios. Me había quedado estático pensando en eso frente a un cuadro de sandías cuando noté que ya no estabas. Te encontré en la siguiente sala, frente a un dibujo que hizo Frida años después de haberse casado por segunda vez. En él, aparece el rostro de Diego fragmentado por lo que parece un mueble de madera, en su frente tiene un tercer ojo, en la esquina superior izquierda se lee: *Avenida Engaño* y del lado derecho: *Para Diego, Frida.* Debajo, en una estela: *Ruina. Casa para aves. Nido para amor. Todo para nada.*

Yo: Sigo sin entender por qué estaba con él.

Tú: Las relaciones son complicadas, Enrjike. Si dibujáramos cada vez que nos enojamos, viviríamos en una montaña de papel. (Sonreí). Todos tenemos heridas, Frida las mostraba sin avergonzarse. Es más fácil verla como víctima que tratar de entenderla. Ella decidió estar con él, ¿por qué la seguimos cuestionando? Se querían, se admiraban, se ayudaban. ¿Qué importa lo demás? ¿Era perfecta su relación? No. Ninguna lo es.

Yo: ¿En serio no crees que hubiera sido preferible estar sola?

Tú: Dadas las circunstancias, no. No lo creo. Frida vivía con mucho dolor físico, Diego la alegraba, la divertía…

Yo: La lastimaba.

Tú: …y la inspiraba. (Te miré no del todo convencido). El problema de Diego no era falta de amor hacia Frida, era una incapacidad de…

Yo: ¿Autocontrolarse ante prácticamente cualquier otra mujer que le agradara?

Tú (riendo): Sí.

Yo: ¿Qué dijiste el otro día? ¿Las relaciones en la vida son una metáfora del amor original? Si tuvo dos madres, por qué no dos o tres o cuatro mujeres.

Subiste los hombros haciendo una mueca, ibas a decir algo cuando el cuate español pesado pasó entre nosotros torpemente y con prisa, me empujó para llegar al cuarto dedicado a Diego y su pintura. Perdimos el hilo de la conversación, continuamos a la siguiente habitación.

Nos detuvimos frente a un paisaje del acantilado de Acapulco titulado *La Quebrada*. En un extremo estaba la pequeña explanada desde donde se avientan clavados. Las piedras del despeñadero formaban rostros y cuerpos que recordaban a sus ídolos o esculturas prehispánicas. En el borde inferior derecho, sobre la firma, en letra pequeñita apenas se leía: "A la niña Fridita Kahlo la maravillosa. El 7 de julio de 1956 a los dos años que duerme en cenizas, viva en mi corazón".

Yo: Leí que cuando Frida muere, Diego queda envuelto en una profunda tristeza y el dolor no lo deja continuar con la vida de antes. Dona esta casa y la hace el museo de ella. Sin incluirse él, aunque aquí vivía. Se muda de tiempo completo a su estudio en San Ángel.

Tú: Pero deja acomodado un rincón para él que le recuerda a Frida.

Yo: Como el cuarto que Emilie le dedica a Gustav cuando muere.

Me volteaste a ver, sonreíste.

Tú: Es muy lindo que te acuerdes de tantas cosas de Viena.

Observamos el cuadro de *El despertador*, de estilo cubista y pintado en Europa. Habíamos leído de los elementos mexicanos incorporados en esta obra, utilizando el decorado de un zarape que traía puesto un amigo llegado de México.

Cuando Diego desembarca en Veracruz, después de más de diez años de vivir en Europa, dice que "redescubre la estética y los colores mexicanos". Entiende por qué le llamaban *l'exotique* en París, y a partir de ahí se siente orgulloso del apodo.

Me sentí identificado. Recorrer esta ciudad contigo me había hecho verla con otros ojos, como si me hubieras prestado los tuyos y hubiera logrado apreciarla desde tu perspectiva. Ahora que no estás, puedo notar las tonalidades y la amabilidad que tanto te llamaron la atención.

Yo: ¿Sabes? Lo he estado pensando y puedes decirme *das Exotische*, el tropical, el guacamayo o como quieras. Aplaudo a Diego y festejo mi sello de autenticidad.

Estábamos frente a las fotografías de Frida con sus atuendos mexicanos. Ella estaba especialmente orgullosa de su estilo tan único. Además, era muy buena posando para la cámara, quizá porque su padre era fotógrafo. En una sale mordiendo su collar, con la cara hacia abajo y los ojos hacia el lente. Se ve muy bien, como si estuviera coqueteando con la cámara. Ahí mismo estaba la foto en la que se basa Diego para retratarla en el mural de la Alameda Central, con el rebozo carmín, su cabello entrenzado, los brazos cruzados y la mirada apacible.

Tú: ¿Por qué le habrá añadido el yin yang?

Yo: No sé. A Diego le encantaban los símbolos.

Llegamos al cuarto de Diego, la cama se veía pequeña para su tamaño y sus overoles colgaban de un clavo. En el buró estaba la foto de él con su hermano Carlos sentados en un escalón de su casa en Guanajuato. Los dos nos quedamos mirándola, no dijimos nada. Nos asomamos a la cocina, donde diariamente le preparaban una canasta con alimentos. Frida la decoraba con flores del jardín antes de que el chofer la llevara a su estudio en San Ángel.

En el segundo piso encontramos el estudio de Frida. Ahí estaban sus herramientas de trabajo, el bastidor, la silla de ruedas y el espejo para retratarse. Una fila de libreros ocupaba la larga pared frente a los ventanales. Nos asomamos y encontramos una de las biografías que leímos y un ejemplar de *Los bandidos de Río Frío*, un libro que mis padres tienen en casa. A la vuelta, con salida directa al jardín, apareció su cama, sobre ella un cojín bordado que decía despierta corazón dormido y en el dosel, el espejo con el que se autorretrataba cuando no podía salir de la cama. En un rincón se recargaban sus muletas y en el buró un vaso con lápices. A los pies estaban enmarcadas las fotografías de Stalin, Trotsky, Lenin, Marx y Mao, una junto a la otra. No entendimos por qué, cuando no necesariamente se llevaban bien entre ellos y el primero había mandado matar al segundo.

En el último cuarto, sobre la cómoda, estaban las cenizas de Frida dentro de una urna de cerámica con forma de sapo. Esa era una de tantas referencias de la presencia de Diego en esa casa. En la cocina estaban los nombres Frida y Diego escritos con pequeños jarritos de barro, en el librero estaban las carpetas de cartón con recibos, artículos y papeles con su nombre, la fuente tenía decoraciones de mosaico de ranas, las figuras prehispánicas aparecían en distintos muebles y rincones.

Salimos al jardín, las plantas y las sombras lo hacían sentir fresco y agradable. Debió haber sido un lugar bonito para vivir.

Yo: ¿Sabías que Diego fue comprando los terrenos aledaños para que tuvieran más jardín?

Tú: No. Pero hay algo que no entiendo. Ahí están las cenizas de Frida, ¿y las de Diego?

Yo: No lo incineraron, lo enterraron.

Tú: ¿Cómo? ¿Por qué? Si él dejó por escrito que mezclaran sus cenizas con las de Frida.

Yo: No lo sé. Quizá fue karma. Después de querer independencia mientras vivía, terminó obteniéndola cuando murió.

Tú: No digas eso. Ella también lo quería.

Nos quedamos sentados un rato más en la banca. El turista español se asomó a la fuente, se resbaló y se mojó un pie. Hiciste un comentario en alemán, incluía la palabra karma y un insulto enorme a sus piernas de jamón. Fue tan agudo e inesperado que me dio un ataque de risa. Continuaste haciéndome reír y cuando menos lo esperaba levantaste el celular para tomarme una fotografía. No podía hablar para pedirte que me la dejaras ver. Más tarde te lo volví a pedir mientras comíamos quesadillas en el mercado. "Luego", respondiste. Sigo sin haberla visto.

23

La despreocupación de la mañana desapareció igual que el sol detrás de las nubes grises. La tristeza se fue asentando durante la tarde, poco a poco, en un sitio recóndito dentro del hipocampo. En un *shaker* imaginario se fueron acumulando mis emociones en proporciones equivalentes: ¼ de recuerdos sacados de la botella de la amígdala, ¼ la angostura del tiempo juntos restante, ¼ la culminación de otra investigación. El cuarto restante lo ponían los hielos. Agitar, colar y terminas con un martini depresivo con el cual la embriaguez y el mareo se vuelven inevitables.

Llegamos al Panteón de Dolores poco antes de que cerraran y en el puesto de la entrada se habían terminado los alcatraces. Te conformaste con unas flores con pétalos del color del rebozo de Frida en el mural de la Alameda.

Caminamos por un pasillo entre tumbas que parecían habitaciones y nos cruzamos con una familia ruidosa que iba de salida. Fue demasiado sencillo llegar a la rotonda de los ilustres, nada como la búsqueda de Gustav o Emilie, y no tuvimos que hacer nada para toparnos con la lápida de Diego porque era la primera. El monumento era estilo Anahuacalli, una mezcla de azteca, maya y riveriano. Un busto de la cabeza de Diego sobresalía dentro de un nicho y en una placa grabada hacían honor a sus logros.

Rodeamos la enorme estela negra de piedra volcánica para poder ver su tumba. La habían colocado sobre el piso y en los lados tenía inscripciones con iconografías prehispánicas. Encima, la máscara mortuoria y las manos de mármol veracruzano blanco daban la sensación de que el muralista estaba dormido o había visto directamente a los ojos de Medusa. En la cabecera, una reproducción en mosaico de la pintura de una mujer quemando copal y alumbrada con velas en Día de Muertos. A ambos lados, enormes racimos de alcatraces de mosaico blanco.

Te acercaste a dejar las flores con tintes cereza a los pies de Diego; el color de los pétalos hacía juego con los tonos fúnebres del mosaico.

Tú: ¿Por qué no respetaron sus deseos?

Yo: Si dudabas que Frida hubiera sido la mujer más importante en la vida de Diego, su última esposa estaba segura de ello. Seguía celosa de la pintora aun años después de que murió. Tienes razón, Diego la quería mucho.

Recorrimos la rotonda mirando cada una de las tumbas. Muy cerca estaba la del Nigromante, quien dijo la frase que Diego inscribió en su mural. Más allá encontramos a Gerardo Murillo, debajo en tipografía más pequeña se leía: Dr. Atl. El busto encima era de un hombre calvo y de barba larga decorándola.

Tú: Me da gusto que estén cerca.

Yo: Un poeta decía que Dr. Atl llegó a México después de recorrer medio mundo como "un aerolito en un pantano de ranas". Rivera no hubiera sido lo que fue sin él.

Localizamos la lápida de David Alfaro Siqueiros, estridente y desmedida como él, con una escultura de Prometeo tomada de un cuadro del pintor. Casi frente a la de Diego estaba la de José Clemente Orozco, sobria y elegante, como su obra, de piedra volcánica rojiza.

Señalamos la de Carlos Pellicer, otro gran amigo de Diego, la de Rosario Castellanos, que los dos habíamos leído. En eso se acercó un señor a avisarnos que cerraban en quince minutos.

El círculo nos llevó nuevamente a la primera tumba. "Gracias por enseñarme México, Diego", le dijiste en modo de despedida. Habíamos evitado mirarnos, sabíamos que cualquier contacto visual desataría lo que intentábamos posponer. Pero al decir esto me volteaste a ver, tus ojos centelleaban. Di dos pasos hacia ti, te quité un ligerísimo mechón de cabello atorado en tus pestañas. Nos besamos una y otra vez para compensar que no lo hicimos en aquel otro cementerio, para apagar un poco de la aflicción de lo que sabíamos que vendría, para no tener que llenar el silencio con palabras. El caudaloso manantial de lágrimas entremezcladas sabía a agua con sal. Llevabas puesto una camiseta blanca, jeans y un suéter azul, era el mismo atuendo del día que llegaste. Qué lejana parecía aquella tarde esperándote en el aeropuerto. Con tus labios sobre los míos, pude evocar las olas en el estómago, el nerviosismo de estar frente a ti, y me pregunté si lo volvería a sentir al volvernos a ver.

Fuimos los últimos en salir, decidimos caminar por Chapultepec esperando que no lloviera. En la calle de Bosques nos topamos con un pequeño mercado de flores, te lamentaste cuando vimos las cubetas llenas de alcatraces.

Tú: Debí haber buscado más.

Yo: No teníamos tanto tiempo.

Me acerqué a preguntar cuánto costaban y pedí un racimo. Sonreíste cuando te las entregué. Sabía que las cursilerías estaban prohibidas, pero supuse que la ocasión lo justificaba.

Yo: Son para celebrar que hemos terminado.

Tú: No sé si quiera celebrar.

Yo: Vamos, te invito una cerveza.

Era temprano y había mucha luz, te sugerí ir al Depósito para que no te fueras sin probar una artesanal mexicana, no estaba para escatimar en el precio, quería subirte el ánimo. Al sentarnos la chica de la barra nos anunció que estaban al 3x2. Esa promoción resultó ser mi perdición. Bebí demasiado rápido sin querer o quizás adrede para ahogarme en malta, lúpulo y levadura, intentando quitarme el sabor de mi martini depresivo. Recuerdo poco y en fragmentos, a través de un vidrio empañado. Sé que empecé a necear, diciendo un millón de cosas que no hubiera dicho en momentos de sobriedad. Me hundí en las arenas movedizas de mi frustración por no poder mantenerte cerca, por mi incapacidad de controlar lo que harías o dejarías de hacer al despedirnos. Para mi aturdida mente mi silogismo tenía sentido, con premisas impecables y lógica excelsa. Era, en realidad, un berrinche, una pataleta por no lograr imponerte el mismo convencionalismo lleno de prejuicios que critiqué de mis papás.

"Amor no es fusión", citaste. Y en ese penoso estado de enajenación alcohólica pregunté: "¿Qué es el amor, entonces, Hannah?". Sugeriste irnos de ahí. Saqué la cartera, pero ya habías pagado la cuenta. La chica de la barra se acercó y le empecé a echar un rollazo sobre el atractivo que hubieran tenido sus tatuajes en épocas precolombinas, las piernas de Frida y los alcatraces en la obra de Rivera. Algo te dijo en alemán que no logré entender, luego supe que había pasado dos años en Alemania aprendiendo a hacer cerveza.

Al salir del bar era de noche, las luces de la calle parecían brumosas, la bicicleta imposible de maniobrar. Casi azoto y me vuelo todos los dientes, pero logré poner el pie sobre la banqueta a tiempo. Me convenciste, con esfuerzo, de empujar las bicis aunque me sentía un superhéroe inmune. Las amarraste en algún poste mientras te insistía que las iban a secuestrar si las dejábamos ahí y no tenía dinero para la recompensa. Me guiaste de la mano a la taquería y lo que ordenaste lo devoré repitiendo entre bocados que no tenía hambre.

Desperté a las cuatro de la madrugada con una sed espantosa en el sillón de la sala del departamento de mi tío. Me bebí medio tinaco, me lavé los dientes y me deslicé debajo de las sábanas, junto a ti. Nada me iba a curar de la cruda moral, tampoco de la resaca de lo inaplazable.

Tú: *Wie fühlst du dich heute morgen?*

Preguntaste al verme mirando el techo. ¿Cómo me sentía esa mañana? Muy mal, en muchos niveles.

Yo: Pésimo.

Tú: ¿Te duele la cabeza?

Yo: Me duele acordarme de las estupideces que rebuzné. Lo siento.

Tú: Fue más divertido de lo que crees. Le dijiste unas cosas a los taqueros graciosísimas. Todos nos reíamos.

Yo: Qué horror, no voy a regresar por tacos en un año... (De pronto me vino una imagen a la cabeza). Ayer... (Te miré). ¿Dijiste algo... sobre el amor? (Soltaste una risita). Amor es tocar y alcanzar, amor es...

Tú: ¡*Neuling*! ¡Ni así se te olvidan las cosas!

Yo: ¿Qué dijiste? Por favor, dime.

Tú: Amor es sentimiento, es tocar y alcanzar. Amor es vivir y liberar. Amor eres tú, tú y yo. Amor es saber que podemos ser.

Iba a decir algo, no recuerdo exactamente qué, pero iba a ser un soliloquio de lo que significabas para mí. Antes de que saliera algo por mi boca, me detuviste diciendo: "No me veas así, lo saqué de una canción de John Lennon". Me diste un beso en la mejilla y te levantaste a prender la cafetera.

Me quedé inmóvil, desconcertado sin saber qué pensar o qué sentir. Hasta que escuché la puerta abrirse, doña Silvana llegaba a la hora de siempre.

24

Ay, Hannah, no sé si quiero seguir contando esto, no sé si quiera revivirlo ahora que no tenemos fecha para volvernos a ver. Quisiera dejarnos suspendidos en este cuaderno, mitigar el fastidioso paso del tiempo no pasando la hoja. Debería simplemente terminar nuestra historia aquí o inventarme un nuevo final:

Entonces, Hannah se dio cuenta que prefería vivir en México, pidió su traslado de la universidad de Edimburgo y se quedó a vivir aquí. Fueron felices para siempre.

FIN

Ojalá las cosas fueran tan fáciles, escribir nuestro destino de manera literal. Nunca lo son. No entiendo por qué se empeñan en presentarlo así en las películas. Son más honestos los libros. Algunos.

24.5

Debo terminar, ya lo sé. Aunque no quiera.

Era viernes. Estaba crudo. Salimos con las bicicletas. Veinticuatro no eran suficientes horas para nosotros. Tratamos de estirarlas anotando una larga lista de direcciones olvidadas donde Diego alguna vez habitó. El repertorio se recortó cuando las calles habían dejado de existir o cambiado de nombre, y en las pocas localizables no encontramos alguna placa o mención. Solo sacamos una fotografía del edificio sucio y gris de la calle de Tampico en el número 8. Nada de arte y solo especialidades dentales que prometían una sonrisa perfecta. Tremenda búsqueda desilusionante y anticlimática.

Logré dominar la resaca con relativa facilidad. Dos electrolitos y un par de *shots* de cafeína fueron la solución para la deshidratación y el dolor de cabeza. Eso, aunado al caldo picoso que me chuté en el mercado y el rol de guayaba más caro y delicioso de la historia de los panes, terminaron de aliviarme. Súper combo estelar. Prolongamos el día recorriendo las colonias, parándonos en tiendas de vinilos, sentándonos en los parques. Terminamos en un salón en la calle de San Luis para bailar como si no hubiera mañana o deseáramos que no lo hubiera. No nos importó si lo hacíamos bien o mal, si nos veíamos ridículos frente a las parejas expertas, dimos vueltas, codazos y uno que otro pisotón riéndonos y abrazándonos hasta terminar cansados, sudados y sedientos.

Llegamos al departamento de madrugada, en la dimensión deliciosamente perfecta de euforia para que al entrar nos sintiéramos inspirados por el ritmo de la orquesta y nos lanzáramos a ejecutar cada uno los movimientos aprendidos, experimentados, ensayados por las últimas semanas. Diego tiene mucha razón: "El amor es un arte y, en el arte, lo único que cuenta, en realidad, es la técnica".

25

"La satisfacción se siente como un recuerdo lejano", escribió Alex Turner para la canción de *R U Mine?*... ¿Eres mía? Sí, ya sé que no lo eres, ni yo soy tuyo, y la pregunta es una verdadera estupidez porque no somos de nadie más que nosotros mismos. Sé que querer no significa fusionarse, ni formar un binomio notable en el que debemos estar ambos al cuadrado o al cubo o a la n. En realidad, somos dos monomios que nos gustamos, nos admiramos, la pasamos bien juntos y podemos exponenciarnos o sumarnos o restarnos o factorizarnos o ponernos entre paréntesis. Y aunque lo entiendo, existen pocas cosas tan básicas y fantásticas como la satisfacción de estar contigo un sábado entero en un departamento vacío. Y me frustra, me molesta, me enerva sentirlo distante, remoto, lejano, y cada uno de los otros sinónimos de esas palabras.

Tiene sentido la canción, la maldita canción, porque soy una marioneta en un hilo volviéndose loco porque no es aquí donde quiero estar concibiendo encuentros imaginarios por la execrable injusticia de no estar portándonos mal por días enteros en una tierra lejana. Y no me puedo contener porque quisiera preguntarte si eres mía en el entendido de que me quieres y sigues pensando en mí, o si alguna vez lo quisiste ser, porque aquel 3 de agosto creí que lo habíamos sido, convirtiéndonos en los amantes de Wilcock que no salieron de la cama ni cuando tuvieron hambre, y se comieron las sábanas y las almohadas y después los cuerpos, a mordidas, empezando por la nariz y la boca y las orejas, luego las extremidades y cada uno de los dedos, las uñas eran difíciles de roer, los cabellos servían para limpiarnos los dientes, terminando en trozos, causando horror, pero saciados, satisfechos el uno con el otro, más allá de las fórmulas, las costumbres y las convenciones.

26

En algún momento recibí un mensaje de mis papás invitándonos a cenar para despedirse de ti. Eligieron el restaurante de comida mexicana que más les gusta, donde las tortillas las hacen al momento y las salsas en molcajete. Es mucho más elegante que los puestos del mercado y estrenaste tu chal de diseñadora, contaste la historia de San Miguel de Allende cuando mi madre lo alabó.

Después de pedir el postre sacaste los regalos. Unos aretes para mi mamá, hechos por ti: "Hannah, ¡están preciosos!", dijo emocionada. Se quitó los que traía y se puso los tuyos. A mi papá le diste un separador de libros también diseñado por ti. Pensé que eran los únicos, pero te asomaste a tu bolsa y sacaste un tercer paquete más grande que los otros. Te volviste hacia mí: "Es tu regalo de cumpleaños, Enrjike". Lo miré, luego a ti, quería decir: No, aquí no, por favor, pero ya estaba sobre la mesa. No lo hubiera abierto si mis papás no hubieran insistido y tú no me hubieras estado esperando. ¿Tienes una idea de lo que fue abrir tu regalo hace cuatro años en el aeropuerto de Viena?

Lo desenvolví despacio, con miedo. Por favor, por favor, que no haya nada escrito, repetía como un rezo. El nombre Rivera fue lo que leí de inmediato y un segundo después apareció la pintura donde Nieves Orozco está hincada abrazando los alcatraces. Era este cuaderno con mi apellido y dos plumas de gel borrable. Me diste un abrazo y mientras mis progenitores nos miraban, mi mamá dijo: "Una foto", volteamos a la cámara.

No repelé, sabía que la había tomado pensando en mí.

27

El vuelo salía hasta la noche, teníamos los restos de un último día. Nos despertamos tarde y almorzamos con mis papás. Preparaste las maletas, logrando acomodar impecablemente cada cosa que habías comprado. Eran las tres de la tarde, el día estaba soleado y tenía uno de los autos disponible para llevarte. Metí el equipaje en la cajuela: "¿Quieres pasar a algún lado antes del aeropuerto?". Asentiste: "Quiero despedirme del otro Rivera".

Llegamos al museo una hora antes de que cerraran, no nos cobraron por ser domingo. Afuera, había más gente jugando ajedrez que entre semana, adentro había muy pocas personas.

Con las horas contadas, nos paramos frente al fresco y el tiempo se detuvo. Miramos la amplitud de la obra de derecha a izquierda, de izquierda a derecha. El recuento de la historia de México era una invitación a internarse en un sueño dentro de un parque tan antiguo como la pintura mural. No fue el último retrato que le hizo a Frida, pero sí el más hermoso. Observándola a ella de pie, con su mano recargada en el hombro de un Diego-niño, parece una madre serena, comprensiva, cariñosa. Él tiene la edad en la que recorría el centro de la ciudad en busca de aventuras, cuando los canales llenos de chinampas todavía no los convertían en calles o avenidas y aún se podía entrever lo que alguna vez fue Tenochtitlán. A un lado, la catrina toma a Diego-niño de la mano, es alta, elegante e imponente, como ese primer estímulo recibido al ver los grabados de Posada, revelación original de su más grande amor: la pintura.

Su esposa, detrás de él, lo apoya, lo protege, lo defiende. Es la imagen de la madre omnipresente: madre biológica, madre psicológica, madre patria, madre tierra, madre naturaleza. A la altura del pecho sostiene un disco que forma una espiral, la mitad blanca y la otra negra, dos puntos opuestos en cada lado. Un símbolo de dualidad sostenido en el corazón como ventana hacia un amor tan contradictorio como el yin y el yang, la luz y la oscuridad, el bien y el mal.

Diego y Frida, dos fuerzas opuestas pero interconectadas, complementarias, complementándose. Paradójicos, incoherentes, absurdos. Compañeros, aliados, inspiración.

Aquel *Sueño de una tarde dominical en la Alameda Central* había sobrevivido quejas, vandalismo, un terremoto, pero ahí estaba, estoico y de pie, dejándose admirar como el más brillante análisis instintivo de recuerdos y deseos, el subconsciente concientizado a través del pincel.

Nos tomamos de la mano, un remolino monocromático daba vueltas dentro de mi estómago, en tus dedos encontré el color y la estabilidad. Ninguna relación es sencilla, lineal, simple. Y ninguna es inmutable o estática. Tampoco la nuestra, tampoco nosotros.

En sus últimos años Diego decidió cambiar la frase que tanta polémica había causado y escribió lo que ahora se lee. No cambió su forma de pensar, tampoco el mensaje, pero no quería ofender a nadie. Era un hombre con la capacidad de entender, empatizar, y enmendar.

Tienes razón, Hannah, no podemos suspendernos. Debemos conocer, experimentar y crecer hasta que podamos reencontrarnos.

Las figuras del mural nos miraron. Diego, Frida, la catrina, Benito Juárez, Maximiliano, José Martí y tantos otros con los ojos puestos en nosotros. A través de ellos pude ver nuestro reflejo: tú y yo, Hannah y Enrique, abrazados por esa tarde de domingo en la Alameda Central, soñando con algo más que una amistad sin dejar de ser amigos, luchando por encontrar la armonía a una edad de futuros inciertos, deliberando si la vida puede ser tan sencilla o complicada como pintar un punto verde de manera balanceada dentro de un mar de color rojo.

28

La conversación rumbo al aeropuerto fue anodina, poniéndonos al tanto de los planes para la siguiente semana como si nos interesara escucharlos, hasta que dejamos que la música llenara el espacio y al estacionar el coche volteaste con una pequeña caja en la mano. La miré desconcertado.

Tú: No te preocupes, no es un anillo.

Me hiciste reír.

Yo: ¿Y eso?

Tú: Es tu verdadero regalo de cumpleaños. No quise dártelo frente a tus papás.

Te miré y sonreí agradecido por la prudencia. Tomé la caja, la abrí, las iniciales de mi nombre entrelazadas en un estilo que recordaba al Wiener Werkstätte, el taller para el que diseñaba Gustav y Emilie. La E y la R sobresalían elegantemente inscritas en un par de mancuernillas como dos sellos gemelos. Eran perfectas.

Yo: Gracias, Hannah.

Subí la mirada, tú también, y nos abalanzamos para darnos ese último beso en el confinamiento que nos concedía el coche, sin público saludando o despidiendo a nuestro alrededor. El impacto fue brusco y logramos no despostillarnos un diente. No estábamos para delicadezas en esos últimos minutos a solas, ni para caricias sutiles como un beso dorado colgado en una de las paredes de un edificio refinado y silencioso como el Belvedere.

28.1

Sonreímos al decirnos adiós. Ninguno de los dos creyó la veracidad del gesto del otro.

28.2

Ya no quiero seguir escribiendo. Lo siento, no puedo continuar.

PARTE 4

Acabo de pagar el boleto para encontrarnos en Nueva York del viernes 3 al lunes 13 de abril. Me voy a volar un día de clases, pero no importa, bajaba un poco el precio del avión. No lo puedo creer, logré pagar mis deudas en diciembre y todos en la familia me dieron dinero de Navidad. Se vieron sorprendentemente generosos. Mi primo Mariano me regaló unos guantes por si hace frío.

Ahora que sé cuándo y dónde nos volveremos a ver, puedo contarte algo.

En el aeropuerto, cuando caminé al estacionamiento sin ti no dejaba de tararear una melodía, aunque no me sabía la letra. Al subirme al coche, el asiento aún conservaba el olor a tu perfume. Me eché a llorar porque estaba cansado de aguantarme. Al salir a la intemperie noté la lluvia y pronto los cristales del coche se empañaron más que mis ojos. Busqué esa canción que se debe de escuchar a todo volumen, la que desearías que Alex te hubiera escrito.

Le puse *play* y *Sweet Dreams TN* apareció en la pantalla del celular. Apreté el símbolo de repetición para escucharla una y otra vez, cantando los versos conforme los iba aprendiendo. Manejé sintiéndome enfermo de no tenerte en el asiento del copiloto, insultando a los otros conductores porque, según yo, todos eran unos idiotas, imaginando lo que iba a ser llegar a mi casa sin ti. Cerraba los ojos y te volvía a ver aventándome un beso del otro lado del paso de seguridad aeroportuaria, mientras te hacías paulatinamente más pequeña y cuando te volteaste alcé la mano, lo atrapé y me lo puse en los labios. Sentí que me convertía en un muñeco de porcelana, cuarteado y a punto de colapsarse.

Eres como el primer día de primavera, Hannah. Eres un dolor en el diente y una oreja con tres aretes. Espero que tengamos siete años de buena suerte, *meine liebe*, mi queridísima, *Miss Wien*.

Nos vemos pronto. Muy pronto.

Herzlichste Grüße
Enrique

El 31 de diciembre de 2019 el gobierno de la República Popular de China comunica que en la provincia de Wuhan hay un brote de neumonía de causa desconocida. El 11 de febrero de 2020, la Organización Mundial de la Salud informa el nombre de un nuevo virus: Covid-19, Co de corona, Vi de virus y D de enfermedad en inglés, *disease*. Ese mismo día, se reportan en el mundo 42,708 casos de Covid-19 y más de 1,000 muertes. La oms anuncia una estrategia de contención y, un mes después, declara estado de pandemia.

En Europa, el 15 de febrero de 2020 se anuncia la primera muerte por Covid-19 y el 1 de marzo el primer caso confirmado en Escocia. Para el 15 de marzo la Universidad de Edimburgo determina la suspensión de clases a partir del 23 de marzo, el mismo día que la Unión Europea decide cerrar sus fronteras exteriores.

En México, el 28 de febrero se detecta el primer caso confirmado de Covid-19 y dieciocho días más tarde la primera defunción.

El 12 de marzo, el Tec de Monterrey anuncia que, a pesar de que no se conoce ningún caso de Covid-19 en su población estudiantil o profesorado, las clases presenciales se cancelan a partir del martes 17 de ese mes y se continúa en programa virtual.

El 23 de marzo más de veinte aerolíneas suspenden todas sus operaciones aéreas.

El 29 de marzo, la cuenta oficial de Twitter de Correos de México publica un Aviso Importante en el cual informa a sus clientes y usuarios que, como consecuencia de la pandemia Covid-19, prevé una dilación en los procesos de transportación y entrega de material postal, así como en trámites administrativos y atención a clientes. Por su parte, el correo austriaco, Österreichische Post AG, anuncia que los tiempos de entrega no pueden ser garantizados debido a la situación.

Durante las siguientes semanas fue necesario dar prioridad al envío y la recepción de artículos de primera necesidad. Muchos paquetes quedaron detenidos y, aunque la gran mayoría lograron llegar a su destino —con una demora considerable—, algunos otros envíos no tuvieron la misma suerte: por causas ajenas al personal de las oficinas de correos o aduanas, resultó imposible realizar las entregas.

Este cuaderno se encontraba en las oficinas del Servicio Postal Mexicano en Austria. Venía empacado dentro de un sobre tamaño oficio de papel kraft con interior acolchonado que sufrió un serio y desafortunado deterioro a causa de la humedad y las mordidas de roedores. El daño al embalaje imposibilitó la lectura de las direcciones del destinatario o el remitente. Por esta razón, no pudo ser entregado a su destino final, tampoco ser devuelto a su país de origen.

Lo poco rescatable fue la forma de declaración de aduanas pegada en la esquina inferior izquierda del mismo sobre, donde se certifica que la información proporcionada es exacta y que el envío no contiene ningún objeto peligroso o prohibido por la legislación o por la reglamentación postal o aduanera. En seguida se detalla:

Tipo de envío: regalo
Cantidad y descripción del contenido: 2 cuadernos
Peso en kilogramos: .605
Valor estimado: $250 pesos
Fecha del remitente: 16/03/2020.
Firma: E. R.

El primer cuaderno es de hojas blancas con una portada de diseño en colores negro, crema y ladrillo, en la contratapa se lee: *Ferdinand Andri, Plakat zur XXVI Ausstellung, 1906, Historisches Museum der Stadt Wien.*

El segundo cuaderno es de espiral con hojas blancas, en la portada está una mujer morena hincada, de espaldas, abrazando un enorme racimo de flores blancas con espádices amarillos, en la contratapa se lee: *Diego Rivera, Desnudo con alcatraces, óleo sobre masonita, 1944.*

Todas y cada una de las páginas de los cuadernos están escritas con tinta negra de gel borrable. Algunas hojas con anotaciones están adheridas en el interior de éstos. Entre la contratapa y la guarda del primero se encontraron (ver anexos numerados):

1. Una tarjeta blanca escrita con la misma letra que en los cuadernos.
2. Un calendario del mes de julio de 2019 con una letra distinta y algunas cosas escritas en otro idioma.
3. Una cronología con dos distintos tipos de letra.

Sherlock:

Creía que mi universidad era una exagerada por mandarnos a clases virtuales por culpa de un señor que tuvo antojo de arroz frito con pangolín en la profundidad de una provincia de China, hasta que mis padres fueron enviados a trabajar de manera remota y me contaste que cerrarían tu universidad y tendrías que irte a Viena hasta nuevo aviso. Qué bueno que tus papás todavía no se cambian de departamento, puedes volver a instalarte en tu cuarto por estos días. Estoy seguro de que este asunto pasará en unas semanas, como sucedió hace diez años con la influenza A(H1N1), es imposible que nos mantengan encerrados por mucho tiempo. Dudé mucho de enviarte por correo mi recuento novelesco de tu visita, pero no aguanto las ganas de dártelo. Sucumbo a mi personalidad impaciente. Pienso que estudiando en línea tendrás más tiempo para leerme. Toma nota de que cumplí esta segunda promesa en tiempo y forma (acabé antes de que terminara el 2019). Tomé algunos versos prestados, pero me quedo con las palabras de Diego citando a Baudelaire: *El plagio en el arte no es legítimo sino cuando va seguido de asesinato*. Pronto te darás cuenta de que lograste tu cometido con mi gusto musical, aunque no logré escribirte una canción como las de Alex Turner. La realidad, tú generas una inspiración mucho más extraordinaria que solo para la letra de una rola.

Atentamente,
Neuling

Anexo 2
Mexiko, Juli 2019

L	M	Mi	J	V	S	D
1	2	3	4 British Airways EDI-LHR-Mexiko-Stadt! 18:45 Uhr	5 San Ángel	6 Soumaya	7 Xochimilco
8 Coyoacán	9 Cárcamo: hydraulische Struktur ☺	10 Traum am Sonntag Nachmittag im Park Alameda	11 ∅	12 Theater Anahuacalli Bücherei	13 Cuernavaca	14 ⇒

15	16	17	18	19	20	21
Locos	Der Zócalo San Ildefonso SEP Chapingo	Castillo Rad-reisen Museum für Anthro-pologie	Teo-tihuacán	☺☺☺		

22	23	24	25	26	27	28
Guana-juato	⇒	San Miguel de Allende	Mein Ge-burtstag ☺ Bernal	Cuerna-vaca	⇒	⇒

29	30	31	1	2	3	4
Einkau-fen	Bellas Artes und Palacio Nacional	Casa Estudio Diego und Frida	Blauen Haus Frida und Panteón		Mit Enri-ques Eltern	British Airways MEX-LHR-EDI 21 Uhr ☹

Anexo 3
Cronología – Chronologie
Diego Rivera

	Año	
	1886	**Nace Diego Rivera en la ciudad de Guanajuato el 8 de diciembre**
	1906	Viaja A Europa
Se une con Angelina Beloff	1909	
	1910	Regresa a México
	1911	Vuelve a Europa
	1915	|
Nace Diego Miguel Ángel (hijo)	1916	Período cubista
Muere Diego Miguel Ángel	1917	|
	1920	Viaja a Italia para estudiar el "arte público"
Termina con Angelina	1921	Regresa a México Inicia *La creación* en San Ildefonso
Se casa con Guadalupe Marín	1922	Inicia los murales de la Secretaría de Educación Pública (SEP)

	1923	Inicia *Canto a la tierra* en la Universidad de Chapingo
Nace Guadalupe (hija)	1924	Termina *La creación* en San Ildefonso
Nace Ruth (hija)	1927	Termina *Canto a la tierra* en Chapingo
Se divorcia de Lupe Marín	1928	Termina los murales de la SEP Inicia *La vida y la salud* en la Secretaría de Salud
Se casa con Frida Kahlo	1929	Termina *La vida y la salud* Inicia *Epopeya del pueblo mexicano* en Palacio Nacional
	1930	Inicia *Historia del Estado de Morelos* en el Palacio de Cortés
	1931	Termina *Historia del Estado de Morelos*
	1934	Realiza *El hombre controlador del universo* en el Palacio de Bellas Artes
	1936	Realiza el mural movible en el Hotel Reforma
Se divorcia de Frida	1939	
Se casa con Frida	1940	
	1941	Termina *Epopeya del pueblo mexicano* en el Palacio Nacional
	1943	Inicia *Historia de la cardiología* en el Hospital de Cardiología

	1944	Termina Historia de la cardiología
	1946	Inicia *Sueño de una tarde dominical en la Alameda Central,* Hotel del Prado
	1948	Termina *Sueño de una tarde dominical en la Alameda Central*
	1951	Realiza *El origen de la vida* en el Cárcamo de Dolores
	1952	Realiza *La Universidad, la familia y el deporte en México* en el Estadio de Ciudad Universitaria
	1953	Realiza *Historia del Teatro en México* en el Teatro Insurgentes Inicia *Historia de la medicina* en el Hospital La Raza
Muere Frida	1954	Termina *Historia de la medicina* en La Raza
Se casa con Emma Hurtado	1955	
	1957	**Muere Diego Rivera en la Ciudad de México el 24 de noviembre**
	1985	Terremoto de magnitud 8.1 en la Ciudad de México
	1986	Se traslada el mural *Sueño de una tarde dominical en la Alameda Central*
	1988	Se inaugura el Museo Mural Diego Rivera

Al analizar las referencias, información y frases en este cuaderno, y tras una exhaustiva indagación de la bibliografía sobre Diego Rivera, se llegó a la conclusión de que las fuentes consultadas por Enrique Rivera y Hannah Schmidt incluyen principalmente los siguientes libros, artículos y videos documentales:

- *Diego Rivera: Obra mural completa* de Luis-Martín Lozano y Juan Rafael Coronel Rivera.
- *Memoria y Razón de Diego Rivera* de Loló de la Torriente.
- *Mi arte mi vida* una autobiografía de Diego Rivera hecha con la colaboración de Gladys March.
- *The Fabulous Life of Diego Rivera* de Bertram D. Wolfe.
- *Frida* de Hayden Herrera.
- *Heridas: Amores de Diego Rivera* de Martha Zamora.
- *Diosas y madres, el arquetipo femenino en Diego Rivera* de Dina Comisarenko Mirkin.
- *Cuando la tierra tembló* realizado por Conaculta, la UNAM y el Banco de México.
- *Diego Rivera y los murales de la SEP* realizado por el Canal 11 y Conaculta.

Estimo que, dada la facilidad de indagación a través del internet y la curiosidad propia de la juventud, también se consultaron otras fuentes en el afán de verificar, complementar y ampliar datos. Sería imposible reconstruir los procesos mentales y caminos de búsqueda para llegar a todas las posibles fuentes tomadas en cuenta para esta investigación. Sin embargo, me parecería un trabajo fútil e innecesario en el contexto de este estudio meramente recreativo y sin fines académicos. Más allá de las descripciones y análisis del trabajo mural de Diego Rivera, me parece que la trascendencia de estos cuadernos descansa en el valor narrativo del propio autor.

Será el lector el juez de esta aseveración.

Diana Coronado

AGRADECIMIENTOS

A Enrique y Hannah, estos dos personajes que se negaron a que les pusiera punto final en mi mente, acompañándome en traslados, despedidas, presentaciones y, más recientemente, en los inciertos meses de larga cuarentena.

A Damián, porque nuestra relación dista mucho de ser simple, lineal o perfecta, quizá por eso ha sido tan duradera y única.

A la preciosa Maya, fuente colmada de inspiración, conocimiento, enseñanzas, risas, música, películas y noches de *vibe*. Pasar tiempo contigo es una de mis actividades favoritas. Encontrarás muchos guiños en esta historia.

A Andrés, mi compañero e instructor favorito en el anime, el Fortine, el fútbol e información extravagante sobre animales y otros temas. Nunca dejes de reírte tan frecuentemente y con la soltura de ahora.

A Carla, mi compañera y cómplice a la distancia a través de nuestros muy peculiares monólogos freudianos que desahogan, iluminan y restablecen. No importa cuántos kilómetros nos separen, siempre estás cerca.

A Cris, *my friend*, por estar conmigo desde esa primera novela no publicada, motivarme, alentarme, escucharme y apapacharme con tu amistad.

A Raúl, por revivir la emoción de *El beso*, acercarme al mundo de las bicicletas, dejar la mía como nueva y darme recomendaciones de la colonia. Tu clase en BMX y montaña fue fundamental para darle vida a mi personaje.

A Juan Pablo, Nuria y Betty, por acompañarme en la primera parte de esta historia, volver a leer la versión

397

preliminar de esta segunda y corregir mi alemán semiolvidado. Ustedes saben la enorme confianza y cariño que les tengo.

A Alex Turner, por inspirarme con la letra de las canciones y su voz. A los Arctic Monkeys, por acompañarme muchas (muchas) horas frente a la computadora con su discografía.

A Olga y Roberto, mi madre y mi padre, por su inconmensurable amor.

A mis lectores, SIEMPRE.

Para quienes quieran leer el diario de Enrique
Rivera escrito durante sus siete semanas en Viena,
búsquenlo en las librerías bajo el nombre de *El beso* de
Editorial Edelvives.

Las fotografías de los lugares que visitaron
Hannah y Enrique tanto en Austria como en México
están organizadas cronológicamente en la cuenta de
Instagram @hannahyenrique.

Las canciones mencionadas en este libro se
encuentran en forma de *playlist* en Spotify
con el nombre de
HANNAH Y ENRIQUE.